# 荣获

新闻出版总署优秀畅销书奖
全国优秀古籍图书普及读物奖
第十七届山西省优秀图书一等奖
第二届山西出版政府奖
山西出版集团2008年度十种好书

**全套藏书累计销售500万册**

## 诸子百家卷

《诗经》《尚书》《礼记》《楚辞》《论语·大学·中庸》《孟子》
《老子》《庄子》《荀子》《韩非子》《孙子兵法·尉缭子·鬼谷子》
《墨子》《周易》《山海经》《吕氏春秋》《三十六计》

## 名家选集卷

《三曹诗集》《陶渊明集》《王勃集》《王维集》《孟浩然集》
《高适集》《岑参集》《李白集》《杜甫集》《白居易集》
《刘禹锡集》《元稹集》《李商隐集》《李贺集》《杜牧集》
《韩愈集》《柳宗元集》《李煜集》《欧阳修集》《王安石集》
《苏轼集》《黄庭坚集》《柳永集》《秦观集》《周邦彦集》
《李清照集》《辛弃疾集》《陆游集》《范成大集》《杨万里集》
《姜夔集》《文天祥集》《元好问集》《唐寅集》《张岱集》
《三袁集》《李贽集》《傅山集》《纳兰性德集》《袁枚集》
《郑板桥集》《龚自珍集》

## 史著选集卷

《左传》《国语》《战国策》《史记》《汉书》《后汉书》《三国志》
《资治通鉴》

## 综合选集卷

《唐诗三百首》《宋词三百首》《元曲三百首》《千家诗》《古文观止》
《汉魏六朝小赋骈文选》《唐宋八大家文选》《明清小品文选》

## 笔记杂著卷

《蒙学六种——三字经·百家姓·千字文·增广贤文·幼学琼林·格言联璧》
《颜氏家训·朱子家训》《世说新语》《金刚经·坛经·心经·地藏经》
《曾国藩家书》《菜根谭·小窗幽记·幽梦影》《浮生六记》《闲情偶寄》
《近思录》《徐霞客游记》《古代书信精选》

## 戏曲小说卷

《元杂剧精选》《西厢记》《牡丹亭》《长生殿》《桃花扇》《今古奇观》
《三国演义》《水浒传》《西游记》《红楼梦》《聊斋志异》《儒林外史》
《封神演义》《话本小说选》《文言小说选》

中国家庭基本藏书·名家选集卷

# 陆游集

〔宋〕陆游 著

王增斌 解评

山西出版集团
三晋出版社
博学工作室

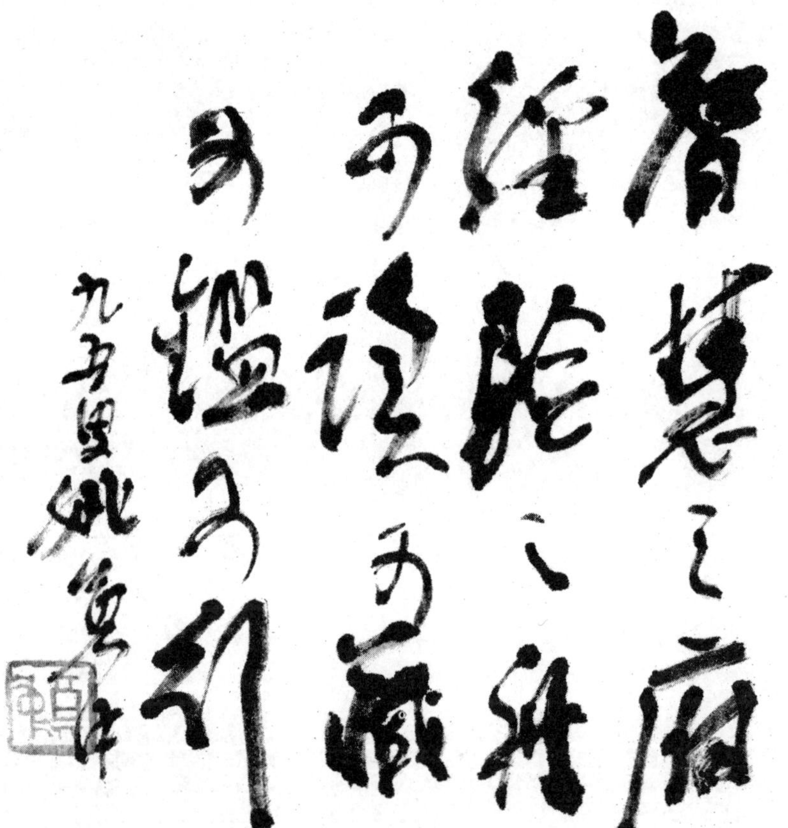

·山西大学教授姚奠中先生为《中国家庭基本藏书》题词

# 前言



## 一、陆游生平经历

陆游(1125—1210),字务观,号放翁,越州山阴县(浙江绍兴)人。祖父陆佃,曾师从王安石,宋徽宗时,官至尚书左丞,后受蔡京排挤,被贬亳州(安徽亳州)知州,死在任上。陆佃一生著述二百馀卷,重要者如《埤雅》、《春秋后传》、《陶山集》等。陆游父陆宰,字符钧,曾官朝请大夫直秘阁、淮南计度转运副使等,官终京西路转运副使。

徽宗宣和七年十月十七日(1125年11月13日),陆游降生在父亲携家眷到东京的船上,陆游有诗记载自己的出生说:"少傅奉诏朝京师,檥船生我淮之湄,宣和七年冬十月,犹是中原无事时。"但实际就在陆游出世的这一年,新兴的女真统治者在灭辽后,分两路进攻宋朝:西路由粘罕率领,从云中(山西大同)直扑太原;东路由斡离不率领,从平州(河北卢龙)直扑燕山府(北京),准备两路会师,拿下北宋的都城开封。

陆宰到京后被调任京西路转运副使,负责供应泽、潞一带抗金军队的粮饷,不久遭御史徐秉哲弹劾免职。金军占领东京,陆宰携家逃难,曾在寿春(今安徽寿县)短暂停留,再回山阴故乡。

建炎四年(1130),战火延烧到山阴,六岁的陆游再随父亲到东阳,往依地方武装陈宗誉,“家本徙寿春,遭乱建炎初,南来避狂寇,乃复遇强胡。于时髫两毛(儿童垂发的样子),几不保头颅。乱定不敢归,三载东阳居”,就是说这时的情况。

绍兴十一年(1141),抗金派将领岳飞被杀,宋金订立“绍兴和议”,南宋向金称臣纳贡,割东起淮河,西至大散关以北的广大地区予金。秦桧以宰相兼枢密使总揽军政大权,主战人士被罢斥,陆宰遂在家乡隐退。宰之友人时来过访,“相与言及国事,或裂眦嚼齿,或流涕痛哭,人人自期以杀身翊戴王室”(《跋傅给事帖》),这给幼小的陆游以刻骨铭心的印象。

**(一)少年读书经历与初入政坛(1125—1169)**

陆游从小好学,“我生学语即耽书,万卷纵横眼欲枯”,十七八岁时,拜当时的名诗人曾几为师,现存集中《别曾学士》就表达了对曾几的仰慕之情:“儿时闻公名,谓在千载前;稍长诵公文,杂之韩、杜编。夜辄梦见公,皎若月在天。起坐三叹息,欲见亡由缘。忽闻高轩过,欢喜忘食眠,袖书拜辕下,此意私自怜。”

绍兴二十三年(1153),二十九岁的陆游赴临安参加考试,被考官陈之茂置为第一。次年赴礼部考试,终因喜论恢复触怒秦桧被黜落。陆游自谓:“陈阜卿先生为两浙转运司考试官,时秦丞相孙以右文殿修撰来就试,直欲首送。阜卿得予文卷,擢置第一。秦氏大怒,予明年既显黜,先生亦几陷危机。”但其深层原因实因陆游喜论恢复。

秦桧死后三年之绍兴二十八年(1158),三十四岁的陆游被任为福州宁德县主簿。不久被调临安,先后担任敕令所删定官及枢密院编修官等职。

绍兴三十二年(1162)六月,宋孝宗即位,由于诗名才华缘故,陆游被孝宗召见。陆游乘机上陈自己刷新吏治、巩固国防、恢复中原的主张,被孝宗任为枢密院编修官兼编类圣政所检讨官、特赐进士出身。

隆兴元年(1163)正月,孝宗任主战派张浚为枢密使。五月,张浚大胜金兵,后因诸将不协,宋师复在符离大败。陆游先因与张焘等论龙大渊、曾觌结党事,触怒孝宗,出为镇江通判;乾道二年(1166),又被言官论以“交结台谏,鼓唱是非,力说张浚用兵”而罢归山阴。乾道五年(1169)底,四十五岁的陆游被任为夔州通判,下年闰五月,他自山阴启程赴夔州,开始了数年的川陕生涯。

### (二)川陕经历(1170—1178)

乾道六年(1170)十月,他到达夔州,将沿路见闻成《入蜀记》六卷。

乾道八年(1172),四十八岁的陆游被四川宣抚使王炎任为权四川宣抚使司干办公事兼检校官。铁马秋风、豪雄飞纵的军旅生活,使陆游的怀抱为之一开,他换上戎装,驰骋在国防前线南郑一带,写出了许多热情奔放的爱国诗篇,"飞霜掠面寒压指,一寸丹心惟报国",成为他这一时期生活和心情的写照。他受川陕险要地势、豪侠民气的鼓舞,颇觉关中可作收复失地反攻之根本,于是向王炎进陈经略中原、积粟练兵之策,并对胜利充满信心,认定"王师入秦驻一月,传檄足定河南北"。但宋朝廷只求苟安,无意进取,将士闲置前线,"报国欲死无战场"。不久王炎被召回,此后的陆游曾在蜀州、嘉州、荣州等地做通判、知州。

淳熙二年(1175),范成大镇蜀,邀陆游赴成都任成都路安抚司参议官兼四川制置使司参议官。陆与范素有诗文之交,不拘官场礼数,又常以"脱巾漉酒""拄笏看山"为自得,甚至在琵琶腰鼓、舞衫香雾中寻求精神麻醉,遂被同僚指为"不拘礼法,恃酒颓放"而于次年六月被免官,主管台州桐柏山崇道观。陆游曾写诗自嘲:"名姓已甘黄纸外,光阴全付绿樽中。门前剥啄谁相觅,贺我今年号放翁。"索性以"放翁"自号而自得。陆游对川陕九年生活颇为珍视,觉得这个时期他才真正领悟到作诗的真谛,"诗家三昧忽见前",因而把其全部诗作集为一书,题名为《剑南诗稿》。

### (三)闽赣浙任职时期(1179—1189)

淳熙五年(1178),陆游得到入京的诏令。秋,他得孝宗召见,被任提举福建常平茶盐公事。不久,改提举江南西路常平茶盐公事。在江西任上,当地发生水灾,他"草行露宿",不辞辛苦,亲到灾区视察,并"奏拨义仓赈济,檄诸郡发粟以予民",终因此触犯当道,淳熙七年(1180)十二月,被给事中赵汝愚以"擅权"罪劾奏,被罢归山阴。

淳熙十三年(1186)春,六十二岁的陆游被任严州知州。他赴京受命,写了有名的七律《临安春雨初霁》,其中"小楼一夜听春雨,深巷明朝卖杏花"两句,得到孝宗的激赏。但孝宗并不了解陆游的真正抱负,只叫他到严州后,"职事之暇,可以赋咏自适"。陆游勤勉从事新职,"忧民怀懔懔,谋己耻营营",在任"宽期会,简追胥,戒兴作,节燕游",得到当地百姓的爱戴,人们曾为他及曾在严州做过知州的高祖陆轸立碑、立祠,以纪念祖孙二人的功绩。在严州任职期间,陆游曾将历年所作诗严加删选,共得2500馀首,刊刻为《剑南诗稿》二十卷。

淳熙十五年(1188),六十四岁的陆游严州任满,七月还山阴。冬,除军器少监,至临安。次年正月,除授礼部郎中;四月,兼膳部郎中;七月,兼实录院检讨官。光宗即位,改任朝议大夫礼部郎中的陆游,因连上奏章,谏劝朝廷“力图大计,宵旰弗怠”,“救民之贫,莫先于轻赋”,由此而被谄佞之徒以“嘲咏风月”罪弹劾,再度罢官。

**(四)晚年隐、仕生活(1190—1210)**

此后陆游长期蛰居农村,计有12年之久。他将书室命名为“老学庵”,以坐拥书城为乐,“万卷古今消永日,一窗昏晓送流年”。他还亲自参加一些农业劳动,“扶衰业耕桑”,“夜半起饭牛”,为了应付“吏征租”,他甚至还典质衣服。由于他“身杂老农间”,深感“忠言乃在闾里间”,“耿耿一寸心,思与穷友论”。农人也感到陆游可敬可亲,“村巷欢欣夹道迎”,且生子多以“陆”为名。

绍熙五年(1194)七月,宁宗即位,外戚韩侂胄当政。这一时期,陆游曾应韩侂胄之请,为他撰写《南园记》,有望于韩“勤劳王事”。嘉泰二年(1202),陆游被召入朝,修孝宗、光宗两朝实录(次年修毕即辞官还乡)。开禧二年(1206),侂胄对金宣战,因急于贪功,贸然出师,最终失败,韩亦被杀,首级被送金议和。由于陆游与韩之关系,人多据此认定他“晚节不终”。其实,陆游在韩当政时退而复出,主要是出于抗敌复国之夙愿,并非趋炎附势。嘉定二年(1209)十二月,85岁的诗人抱着未见国土收复的遗恨,与世长辞。

## 二、陆游的诗

陆游是一位创作特别丰富的诗人,集中存诗共约9300馀首。学者多将他的诗分为三期:第一期为46岁入蜀以前,这一时期集中现存诗约200首。据其《跋诗稿》,他曾将42岁以前的诗“去十之九”,故早期诗删去颇多。第二期是入蜀以后到淳熙十六年(1189)65岁被劾罢官时,前后近20年,存诗2400馀首。这一时期他从军南郑,深入国防前线,充满战斗气息的豪迈生活以及雄奇壮伟的山川形势,不仅加深了他对现实的体验,激发了他爱国的思想感情,同时诗风也随之一变,“地胜顿惊诗律壮”,其诗歌创作的成熟和丰富,奠定了他作为一代文宗的地位。第三期是长期蛰居故乡山阴一直到逝世,亦有20年,现存诗约近6500首。这一时期存诗最多,当是由于晚年未暇删汰的缘故。这一时期他生活比较平静,与农民接触较多,再加宦海沉浮,饱经忧患,诗中常表现出清旷淡远的田园风味，并不时流露苍凉的人生感慨，“诗到无人爱处工”，道出了他此时的心情和向往的艺术境界。这一时期的诗作，风格上也趋向质朴沉实。

从总体上讲，一般研究者都把陆诗大致区分为四个主要方面：

**(一)坚持抗金，讨伐投降派的诗篇**

陆游诗歌中大量的内容是对妥协投降者的揭露批判。他坦率直言：“和亲自古非长策”（《估客有来自蔡州者感怀弥日》），“生逢和亲最可伤，岁辇金絮输胡羌”（《陇头水》），他不无愤慨地说：“诸公尚守和亲策，志士虚捐少壮年”（《感愤》）。如乐府诗《关山月》就高度概括南宋统治集团的妥协求和政策造成的严重恶果：

> 和戎诏下十五年，将军不战空临边。朱门沉沉按歌舞，厩马肥死弓断弦。戍楼刁斗催落月，三十从军今白发。笛里谁知壮士心，沙头空照征人骨。中原干戈古亦闻，岂有逆胡传子孙？遗民忍死望恢复，几处今宵垂泪痕！

南宋自与金订立“隆兴和议”，到陆游写这首诗时已经整整十四年。这十四年中，上层统治者是文恬武嬉，醉生梦死；战马没有战死在沙场上，而是“肥死”在厩中；弓箭不是折断在鏖战中，而是朽烂在仓库里！守边的士兵有心请缨却报国无门，眼看岁月蹉跎，发已苍苍，却无人了解他们建功立业、抗击敌人的愿望。沦陷区的父老忍辱负重，只为了看到祖国统一的一天，但其结果又如何呢？“中原干戈古亦闻，岂有逆胡传子孙”！

**(二)抒发报国之情和理想不得实现的悲愤**

陆游年轻时就以报国为己任，但是他的理想屡屡受挫，发之为诗歌，既表现了他昂扬的抗战斗志，也倾诉了他理想不得实现的深沉的悲愤之情。如《书愤》：

> 早岁那知世事艰，中原北望气如山。楼船夜雪瓜洲渡，铁马秋风大散关。塞上长城空自许，镜中衰鬓已先斑。《出师》一表真名世，千载谁堪伯仲间。

他晚年长期生活在山阴农村的时候，依然念念不忘恢复中原的大业，甚至在睡梦中，也把风雨之声当作是南宋军队踏冰冒雪，奔赴抗金前线的行进之声，可见北伐中原的理想，已经深深融进了陆游的生命：

> 僵卧孤村不自哀，尚思为国戍轮台。夜阑卧听风吹雨，铁马冰河入梦来。(《十一月四日风雨大作》)

### （三）描写田园风光、日常生活的作品

陆游是个热爱生活的诗人，在他的笔下，山水花草、民风民俗以及平凡生活中的读书、纪行、酬答等，都充满了诗意，“凡一草、一木、一鱼、一鸟，无不裁剪入诗”（清·赵翼《瓯北诗话》）。如他的《游山西村》以写景色彩的明丽、景物中寓含哲理而广为人传诵：

> 莫笑农家腊酒浑，丰年留客足鸡豚。山重水复疑无路，柳暗花明又一村。箫鼓追随春社近，衣冠简朴古风存。从今若许闲乘月，拄杖无时夜叩门。

他的《临安春雨初霁》则抒发了对仕途的厌倦之情：

> 世味年来薄似纱，谁令骑马客京华。小楼一夜听春雨，深巷明朝卖杏花。矮纸斜行闲作草，晴窗细乳戏分茶。素衣莫起风尘叹，犹及清明可到家。

### （四）爱情诗

钱钟书先生说，到了宋代，爱情是一步步撤退到词里去了。因为宋词的发展，给感情的宣泄找到了新的工具，所以，宋诗言情的功能渐渐减弱，宋代的爱情诗在数量和质量上，都难以和唐诗比肩。不过，陆游的几首爱情诗却在后世得到了较广泛的传播，尤其是写他与亡妻唐琬的爱情诗篇对后世影响较大。晚年的《沈园二首》，悼念唐氏，发自肺腑，情真意切，读之令人动容：

> 城上斜阳画角哀，沈园非复旧池台。伤心桥下春波绿，曾是惊鸿照影来。
>
> 梦断香消四十年，沈园柳老不吹绵。此身行作稽山土，犹吊遗踪一泫然。

诗人以75岁的古稀之年，重游旧地，触景伤情，写下的这两首诗，被后人称作“绝等伤心之诗”（陈衍《宋诗精华录》）。其对唐氏的感情，可谓“春蚕到死丝方尽，蜡炬成灰泪始干”。

陆游诗歌创作的基本特征是现实主义，但也具有浓厚的浪漫主义色彩。作为杰出的爱国诗人，陆游强烈的现实主义精神颇近杜甫。他始终关怀国家民族的命运，并甘愿为国牺牲。他的诗相当全面地反映了他那个时代的社会面貌，前人也曾许他的诗以一代“诗史”的称号。在表现手法上，陆游的现实主义诗篇也自有其特点。他的诗主要抒写个人的主观感受，很少对客观现实生活作具体的铺叙、细致的刻画。他的诗又容量极大，往往把巨大的现实内容压缩在一首短诗甚至凝结在一两句诗里，如那首《关山月》，全诗只十二句，却用对照的手法描写了

皇帝的下诏主和，朱门的酣歌醉舞，战士的亟思报国和遗民的渴望恢复等方面的情况。《溪上作》中“天下可忧非一事，书生无地效孤忠”、“公卿有党排宗泽，帷幄无人用岳飞”等句，写尽南宋朝廷的苟安导致英雄无用武之地的悲哀。这种对现实的高度概括，陆游有时是通过用事来进行的。如“不望夷吾出江左，新亭对泣亦无人”二句，骂尽了南宋小朝廷的文武百官毫无国家民族观念。故陆游的诗，极具概括性、抒情性，而颇不注重叙事故事性。形成上述特点的原因，主要和他所处的黑暗时代有关。



陆游在当时就有“小李白”的称号，这从他那些富于浪漫主义色彩的诗篇中可以看出。由于对理想的热烈追求，陆游的诗也具有丰富而瑰丽的想象。在想象的天地里，他的气魄是如此壮伟：“手把白玉船，身游水晶宫。方我吸酒时，江山入胸中”（《醉歌》）；“天为碧罗幕，月作白玉钩，织女织庆云，裁成五色裘。披裘对酒难为客，长揖北辰相献酬”（《江楼吹笛饮酒大醉中作》）。但是，陆游的时代，毕竟不同于李白，他所追求的最高理想乃是雪耻报仇，恢复国土，因此有关抗金战争的幻想就更多，也更为壮丽。在诗人的笔下，宋军北伐的阵势是：“三军甲马不知数，但见动地银山来！”（《出塞曲》）敌人溃败的情形是：“马前嗢咿争乞降，满地纵横投剑戟。”（《战城南》）在《胡无人》里，作者用辉煌东升的太阳来象征宋朝的中兴：“群阴伏，太阳升。胡无人，宋中兴！”气魄宏伟开阔，激荡着极其强烈的民族自豪感和自信心。

陆游的记梦诗，据赵翼核计有九十九首之多，可见他常常借助梦境、借助想象来描述在现实中无法实现的理想，抒发胜利的欢笑。如《五月十一日夜且半梦从大驾亲征尽复汉唐故地……》：

> 天宝胡兵陷两京，北庭安西无汉营。五百年间置不问，圣主下诏初亲征。熊罴百万从銮驾，故地不劳传檄下。筑城绝塞进新图，排仗行宫宣大赦。冈峦极目汉山川，文书初用淳熙年。驾前六军错锦绣，秋风鼓角声满天。苜蓿峰前尽亭障，平安火在交河上。凉州女儿满高楼，梳头已学京都样。

由于这种理想扎根于现实之中，和广大人民的愿望一致，所以具有极大的感染力。

奇特的夸张，也是构成陆诗浪漫主义色彩的一个因素。如他写自己的超群武艺：“十年学剑勇成癖，腾身一上三千尺”（《融州寄松纹剑》）；写自己英雄无用武之地的悲愤：“国仇未报壮士老，匣中宝剑夜有声”（《长歌行》）、“逆胡未灭心未平，孤剑床头铿有声”（《三月十七日夜醉中作》）。他自述自己的胸怀是：“胸中太华蟠千仞”（《读书》）、“胸中十万宿貔貅”（《冬夜读书有感》）。但当他这闲置不用的十万貔貅蠢蠢欲动时，他就只好：“起倾斗酒歌出塞，弹压胸中十万兵！”（《弋阳道中遇大雪》）这类夸张的写法，形成陆诗悲壮奔放的风格。

陆诗的语言，历来公认的特点是晓畅平易，精练自然，“清空一气，明白如话”、“无一语不天成”。他反对雕琢，反对追求奇险，“琢雕自是文章病，奇险尤伤气骨多”（《读近人诗》）。在这方面，他受白居易的影响较大，《自咏》诗说：“闭门谁共处，枕藉乐天诗。”但是也应指出，他的平易自然，仍是从锻炼中来的，所以他又说“工夫深处却平夷”（《追怀曾文清公呈赵教授》）。刘熙载说：“诗能于易处见工，便觉亲切有味，白香山、陆放翁擅场在此。”（《艺概》）这种评论是符合实际情况的。

在体裁方面，陆游也是无体不备，各体俱工，但他尤其擅长的是近体诗，其中七律尤为人所推重。清代沈德潜《说诗晬语》说：“放翁七言律，对仗工整，使事熨贴，当时无与比埒。”舒位《瓶水斋诗话》和洪亮吉《北江诗话》甚至认为他“专工此体而集其成”，“诗家之能事毕，而七律之能事亦毕”。潘德舆《养一斋诗话》则极赞其七绝，尊之为“诗之正声”。但陆游的古体诗尤其是七古，也有其特点，清代赵翼说：“才气豪迈，议论开辟……意在笔先，力透纸背。有丽语而无险语，有艳词而无淫词。看似华藻，实则雅洁；看似奔放，实则谨严。”（《瓯北诗话》）所有这些评论，我们都可以从前举诸诗得到印证。

陆游的诗歌所以能在思想性和艺术性两方面都取得如此巨大的成就，并不是偶然的。首先，是由于丰富的生活经验和热爱祖国的思想感情使他的创作获得了永不枯竭的源泉。

在长期的创作过程中，他认识到作家的品德修养和生活实践的重要性。他说：“法不孤生自古同，痴人乃欲镂虚空。”（《题庐陵萧彦毓秀才诗卷后》）诗人认为，生活空虚，思想贫乏就不可能写出好诗。他强调作家要走出书斋，接触现实生活：“诗思出门何处无？”（《病中绝句》）强调作家要“养气”：“养气要使完，处身要使端”（《自勉》），“谁能养气塞天地，吐出自足成虹霓”（《次韵和杨伯子见赠》）；并教导他的儿子说：“汝果欲学诗，工夫在诗外”（《示子遹》），“纸上得来终觉浅，绝知此事要躬行”（《冬夜读书示子聿》）。因此，他的诗内容充实，热情横溢，感人至深。

其次，还由于他善于向前代的诗人学习。对诗歌遗产，他能采取批判继承的态度，所谓“万卷虽多应具眼”，所以，自《诗经》而下，在众多的前代诗人中，他拳拳服膺的只有屈原、陶潜、李白、杜甫、岑参、白居易和宋代的梅尧臣等不多的几个，而最尊崇的则又只有屈原和杜甫。杨万里评他的诗“重寻子美行程旧，尽拾灵均怨句新”，正道出了他在继承诗歌传统方面的根源。

当然，陆诗在艺术上也不是没有缺点的，姚范在他的《援鹑堂笔记》中说：“放翁兴会飚举，词气踔厉，使人读之，发扬矜奋，起痿兴痹矣；然苍黯蕴蓄之风盖微。”这批评是公允的。此外，在他的诗中，特别是晚年所作中，词意句法多重叠互见，这是因为写得多了，“不暇剪除荡涤”的缘故。

## 三、陆游的词

陆游的词比起他的诗来数量较少，共计143首。其词成就显然不如其诗，陆游亦自谓：“少时汩于世俗，颇有所为，晚而悔之，然渔歌菱唱，犹不能止。”（《放翁词自序》）

刘勰在《文心雕龙》中说：“才有庸俊、气有刚柔，学有深浅、习有雅郑，并性情所铄，陶然所凝……各师成心，各异如面。”认为作家的创作与他的知识才学、思想性格有着相当大的关系。陆游的词，就与他的思想性格有相当大的关系。

陆游出生在一个笃好儒学的仕宦之家，他又生逢南渡之时，从小就看到父亲及其朋友们在一起时议论国事、流涕扼腕、食不下咽的情景，这在陆游幼小的心灵中埋下了爱国思想的种子。他家藏书极富，因而陆游从小就饱览群书，他自述自己：“生无他长，不幸束发有文字之愚，自上世遗文、先秦古书，昼读夜思……譬于农夫之辨菽麦，盖亦专且久矣。”（《上执政书》）童年时代不同的思想对他的影响，决定了他日后思想的复杂性和矛盾性，儒家入世的思想和道家出世的思想形成了他矛盾的人生观。

陆游的思想也是丰富多变的。他天资聪颖、博学多才，有时自命不凡，却又常常自暴自弃；他喜交友，但是总觉得孤独；他感情强烈，却又一味标榜自己“冷淡”；他自视清高、不耻贫贱，却又谦卑地请求官职俸禄……当然他还有不变的东西，即他那强烈的爱国之心。

复杂的性格必然形成思想内容复杂的作品。对于陆游的词风，前人有许多不同的说法。明·杨慎说：“放翁词纤丽处似淮海(指宋代秦观)，雄慨处似东坡(指宋代苏轼)。”南宋刘克庄说：“放翁长短句，其激昂感慨者，稼轩不能过；飘逸高妙者，与陈简斋、朱希真颉颃；流丽绵密者，欲出晏叔原、贺方回之上。”可知陆游的词是兼具“婉约”与“豪放”两种风格的。但纵观他143首词，其主要风格还是豪放而非婉约，他更为接近苏、辛，而不是秦观和其他词人。

词坛豪放一派的开山之祖苏轼对于陆游的影响很深。陆词对苏轼的继承，主要是“以诗为词”。在苏轼以前，词坛是一片靡靡之音，这与词的题材限于男女恋情是紧密相关的，自从苏轼突破“词为艳科”的局限后，词的内容就开始丰富，词的境界才开始变得广阔。南宋前期以辛弃疾为首的豪放派词人在词中增加了“家国之恨”这一社会政治内容，使词获得了与诗完全同等的文学地位。陆游是辛派成员之一，他的词内容丰富、主题鲜明。从题材上来说，既有人生的失意颓唐和羁旅行役的感伤，又有席间方外的酬唱赠答和玩世不恭的自我解嘲；既有深挚动人的爱情之作，又有清高孤傲的咏梅之作，更有游仙学道、闲适自得、纵酒狎妓的无聊篇什。

爱国主义是陆游作品中最为鲜明的主题，这一主题也同样鲜明地表现在他的词中，但是它不像诗中表现得那么直接，而是通过理想破灭的悲哀表现出来。陆游的理想有“驱逐逆胡、恢复中原”——维护国家民族利益的一面；也有追求“千秋事业、青史功名”——属于个人利益荣誉的一面。陆游曾在诗中多次表明了他杀敌立功的愿望和决心，如：“戈船破浪飞，铁骑射日光。胡来即送死，讵能犯金汤？汴洛我旧都，燕赵我旧疆，请书一尺檄，为国平胡羌。”（《江上对酒歌》）而在陆词中，除了少数表达了他的这种期待外，更多的则表现了他的叹息和失望。陆词不像陆诗那样高昂激越，而是低沉抑郁的，如《诉衷情》：

当年万里觅封侯，匹马戍梁州。关河梦断何处，尘暗旧貂裘。
胡未灭，鬓先秋，泪空流。此生谁料，心在天山，身老沧洲。

陆游的“以词为诗”还体现在语言的自由平易，不受音律束缚上。“不协音律”是苏轼开的先例，到了南宋前期的豪放派词人中更是形成了一种风气。陆词在当时为人推崇，但刘克庄说陆词“世歌之者绝少”，可见陆游也受到了这一风气的影响。陆游的“不协音律”，一方面是由于重在表情达意，不屑于注意音律；另一方面是由于他本身性格的豪放不羁，也受不了音律的束缚。前人说他“天才豪迈”、“不顾绳削”，他填词不仅不注意音律，而且在文字上也多不加修饰。如“三年流落巴山道，披尽青纱尘满帽”（《木兰花·立春日作》）；“重到故乡交旧少，凄凉。却恐他乡胜故乡”(《南乡子》);“忙日苦多闲日少,新愁常续旧愁生”(《浣溪沙》)……这些都是不加修饰、自然流利的白描词句。清代刘熙载:“放翁诗明白如话,然浅中有深、平中有奇,故足令人咀味。”(《艺概·诗概》)陆词也可以说是“浅中有深,平中有奇”。即使用典,陆游也能运用他超凡的文字功力做到雅俗共赏。

陆游终生不得志,他的很多词都是表述这种不得志的悲哀的。如《谢池春》:

> 壮岁从戎,曾是气吞残虏。阵云高、狼烽夜举。朱颜青鬓,拥雕戈西戍。笑儒冠自来多误。功名断桥,却泛扁舟吴楚。漫悲歌、伤怀吊古。烟波无际,望秦关何处?叹流年又成虚度!

如《蝶恋花》:

> 桐叶晨飘蛩夜语。旅思秋光,黯黯长安路。忽记横戈盘马处,散关清渭应如故。江海轻舟今已具。一卷兵书,叹息无人付。早信此生终不遇,当年悔草《长杨赋》。

从以上这几首词,我们可以看出,陆词表现的主要特点是感情强烈、出语直率,这是与陆游外向而快人快语的性格分不开的。但有时太过直露难免就会缺少韵味,从艺术上来说,不能不算是一个缺点。在这一点上,辛弃疾就比他高明得多。辛词含蓄委婉,往往一笔宕开,将千言万语化为形象,让读者自己去体味。在欣赏陆词与辛词时,我们会感觉到,尽管陆词痛快淋漓,却不及辛词包蕴丰富并给人以回味的馀地。《人间词话》也指出“剑南有气而乏韵”,就是说陆词虽然有强烈的情感却缺少韵味。

苏轼的词豪放飘逸,这与他“超然物外”的处世态度是分不开的。陆游虽然也有一些描写闲适隐逸生活和游仙学道内容的词作,但他却始终不能忘怀世事,他的词基本上都是“入世”的。这与苏轼“彷徨乎尘垢之外,逍遥乎无为之业”的遗世绝俗的思想是不同的。

陆词与秦观词虽然有些相近之处,但是由于性格的不同,所以同类词的风格也有差异。秦观的词淡雅轻柔,细致工巧,犹如一位美人,元好问称其诗为“女郎诗”;他的词同样也充满了“女郎气”。而陆词却没有这样的细腻,一些词尽管写的也是儿女之情,但仍然有男子气。这也是他们词风的根本区别。

总的来说,陆词的风格是多样的,但是以豪放为主。他的豪放,不同于苏轼的飘逸,也不同于辛弃疾的沉郁,而近似于“悲慨”的风格。

他的婉约，不同于秦观，丽而不纤，柔而不弱。陆词外放、直率的性格使得他的词感情强烈，直抒胸臆，这也是陆词最大的风格。陆游的理想是能驰骋疆场，但他始终没能如愿，只能做一位文人，这是他的不幸，但也是文学的幸事，否则我们就会失去一位伟大的诗人兼词人了。

## 四、陆游的散文

陆游在散文方面也著述甚丰，而且颇有造诣。其中记、铭、序、跋之类，或叙述生活经历，或抒发思想感情，或论文说诗，最能体现陆游散文的成就。陆游的文，也如诗一样，不时表现着爱国主义的情怀，如《静镇堂记》、《铜壶阁记》、《书渭桥事》、《傅给事外制集序》等皆是。其他如《澹斋居士诗序》等文，则表现了陆游对文学的卓越见解："盖人之情，悲愤积于中而无言，始发为诗，不然，无诗矣。苏武、李陵、陶潜、谢灵运、杜甫、李白，激于不能自已，故其诗为百代法。"这种创作重在内在修养而不在于外在形式的观点，可谓是对他所说的"工夫在诗外"作了进一步的发挥。陆游还有一些别具风格的散文，如《烟艇记》、《书巢记》、《居室记》等，写乡居生活之状，淡雅隽永，颇似富有情味的小品文。《入蜀记》六卷，笔致简洁而又宛然如绘，不仅是引人入胜的游记，同时对考订古迹和地理沿革也有帮助。至于他的《老学庵笔记》则是随笔式的散文，笔墨虽简而内容甚丰，所记多系轶文故实，颇有史料价值。其中论诗诸条(如批评时人"解杜甫但寻出处"等)，亦堪称卓见。

本书是为普通读者选编的一本陆游作品的选集，共收陆游诗作76首，词作29首，文11篇。为方便读者使用，末附"陆游行年略考"、"陆游研究主要文献资料"及"《陆游集》名言警句"(正文中用着重号标注)。本书解评时广泛吸收了诸多前辈及时贤的研究成果，特别是对近年来诗、词鉴赏方面的成就广有取资，因书中难以全部点出，故在此一并表示诚挚的谢意。书中的疏漏之处，希望方家不吝教诲。

王增斌

2008年6月

# 陆游其人其诗（代序）

名家选集卷
陆游集·代序

钱仲联

陆游（1125—1210），字务观，号放翁，越州山阴县（今浙江绍兴）人，是我国古代著名诗人，也是宋代诗人中对后代影响很大的人。

爱国主义精神，是陆游诗思想内容的核心。在南宋的历史条件下，爱国与否的鸿沟，区分在对北方女真贵族统治集团的南侵是坚持抵抗还是主张投降，对我国的国土是主张统一还是听任分裂。陆游坚决站在抗金者一边，他的爱国主义思想，是扎根在现实斗争的土壤之上的。

其次是对南宋投降派的苟安偷生的愤怒鞭挞。大地主官僚所支持的南宋政权，是为了保持他们在半壁江山内对农民压迫剥削的阶级利益，不惜对敌人无耻屈膝。他们杀害和排挤了抗金的将相，自己在西湖上过着醉生梦死的生活。诗人在作品中，对他们作了愤怒的谴责，表现了自己"蓬窗老抱横行路，未敢随人说弭兵"的反投降精神。

陆游诗的主要内容，是反映了当时历史阶段的矛盾斗争。由于诗人长期的行役和更多时间的退居农村，对人民的苦难生活有较多的接触，也表示了一定程度的关怀，所以在全部作品中也包含着一部分反映阶级矛盾的作品，他明白地说出了“富豪役千奴，贫者无寸帛”（《岁暮感怀》）的悬殊生活，控诉了“有司或苛取，兼并亦豪夺”（《书叹》）的血腥罪行。这类作品，和杜甫、白居易、李贺、皮日休、杜荀鹤诗同类主题的精神是一致的。

此外，陆游诗中对当时统治阶级内部突出的党争问题和由此而导致的不良政治局面，也表达了自己的看法。他深有感触地说道，南渡以后，“党禁兴来士气孱”（《寄别李德远》其二），“党禁久不解，胡尘暗神州。修怨以稔祸，哀哉谁始谋。小人无远略，所怀在私仇”（《北岩》），都是比较正确的认识。

所有这些，都体现了陆游诗的积极一面，它长远以来激动了读者的心魂。其他描写生活领域的种种见闻和经历，朋友骨肉间的情感以及山水风景等作品，佳作名篇也不少。抒情诗方面，如对故妻唐氏的悲悼，对独孤策、张演等朋友的怀念，写得真挚感人。写景诗往往能用锤炼而归于自然的笔触，捕捉形象，情景交融，突破李白、杜甫、王维、柳宗元、苏轼、黄庭坚、陈与义的藩篱而自辟境界。

陆游诗的艺术风格，具有奇秀、豪横、沉雄、雅健、空灵、超妙、淡远、明丽等各种特色，而以雄健沉郁和清新圆润两种为主。前者多体现在爱国作品方面，后者多体现在闲散作品方面。由于他摆脱了江西诗派的束缚，他的诗歌语言，往往能达到“文章本天成，妙手偶得之”（《文章》）的自然境地。

钱仲联(1908—2003)，原名萼孙，号梦苕，江苏常熟虞山镇人，1926年毕业于无锡国学专修学校，曾任无锡国学专修学校教授。建国后，历任江苏师范学院、苏州大学教授，国务院古籍整理出版规划小组成员，《中华大典·文学典》编纂委员会顾问，《全清词》编纂研究室顾问，《续修四库全书》学术顾问，《全宋诗》编委会顾问，中国古代文学理论学会、中华诗词学会、中国近代文学学会顾问，中国诗学研究会理事长，《中国大百科全书·中国文学卷》编委会副主任，中国韵文学会第一届副会长，苏州大学中国近代文史研究所所长，博士研究生导师等职。1984年获江苏省政协委员会“祖国统一、撰写文史资料工作”成绩显著奖；1993年获曾宪梓教育基金会二等奖，同年被江苏省教委定为普通高校优秀学术带头人；1995年被国家教委授予全国高等学校人文社会科学研究成果奖；1996年被江苏省教委评为江苏省优秀研究生教师。

钱仲联长期致力于中国古典文学的教学与研究，专于诗文词赋，尤其对明清诗文有较深的研究。主编有《清诗纪事》(获国家古籍整理评比和全国图书学会评比一等奖)、《中国文学家大辞典·清代卷》、《中国文学大辞典》等大型工具书。主要著作有《人境庐诗草笺注》、《韩昌黎诗系年集释》、《剑南诗稿校注》、《鲍参军集注》、《近代诗钞》等。

以上“代序”为钱先生《剑南诗稿校注·前言》，略有删节。

# 目录





◎诗

# ◎诗

## 别曾学士

题解

曾学士：指曾几(1084—1166)，字吉甫，号茶山居士，先居赣州(治所在今江西章贡)，后徙居河南府(治洛阳)。宋徽宗时为校书郎，高宗时历官江西、浙江提刑。主张抗金，与兄曾开以反对和议被秦桧罢官。桧死，起为浙东提刑，知台州。官至礼部侍郎、敷文阁待制，卒谥文清。陆游于宋高宗绍兴十二年(1142)十八岁开始从他学习诗文，本诗就作于是年诗人在家乡山阴(今浙江绍兴)读书时。诗主要表达对曾几的崇敬仰慕之情。称曾几为学士，是因曾几曾任校书郎。沈括《梦溪笔谈》卷一："集贤院记：开元故事，校书官许称学士。今三馆职事皆称学士，用开元故事也。"

儿时闻公名，谓在千载前。
稍长诵公文，杂之韩杜编。
夜辄梦见公，皎若月在天。
起坐三叹息，欲见亡繇缘。
忽闻高轩过，欢喜忘食眠。
袖书拜辕下，此意私自怜。
道若九达衢，小智妄凿穿。
所愿瞻德容，顽固或少痊。
公不谓狂疏，屈体与周旋。
骑气动原隰，霜日明山川。
匏系不得从，瞻望抱悁悁。
画石或十日，刻楮有三年。
贱贫未即死，闻道期华颠。
他时得公心，敢不知所传。

新解

儿时闻公名，谓在千载前。稍长诵公文，杂之韩杜编——这四句写诗人对曾几的久仰之情。儿时：指儿童之时。按陆游从小好学，自称“我生学语即耽(喜欢)书，万卷纵横眼欲枯”，“少小喜读书，终夜守短檠”，故钦佩学问高深者，也在情理之中。儿时早闻曾之名，以为是千百年前的古人，这是对曾几很高的评价。既认其为学问高深的古人，所以才有第三、四句：稍稍长大后，诵读曾之文，常常是把它们错杂在韩愈与杜甫的作品中一起对待。韩杜编：指唐代诗人韩愈、杜甫的作品。

夜辄梦见公，皎若月在天。起坐三叹息，欲见亡繇缘——这四句进一步写对曾几的仰慕。儿童时期的时时形诸梦寐，强化为对其学识人格的敬仰，于是夜间做梦总会梦到他，但醒来时惟见升在半天的皎洁月亮。由于见不到曾几，自然心情怏怏，起坐之际惟有悲叹而已。辄：总是、经常之意。三：状悲叹之多；亡繇缘：即“无由缘”，指想见而没有机会。

忽闻高轩过，欢喜忘食眠。袖书拜辕下，此意私自怜——这四句写作者闻听曾即将过访的惊喜之情。轩：官员乘坐的轻便车。“高轩过”，用唐韩愈、皇甫湜走访李贺，李贺写了《高轩过》诗以记其事(见王定保《唐摭言》)的典故。陆游在这里以韩愈、皇甫湜比曾几，以示对曾的尊敬。第二句承上句，写闻听曾几即将到来的高兴劲——以至竟到了乐而忘食、喜而忘眠的程度。这一切所为者何？不外欲当面聆听教诲以求指教之类，故第三、四句自然就写曾几到来时作者欢快的心情。“袖书”句，是说客人刚到还没有下车，作者就拿着书急不可待地拜倒车前请求指教；拿书用一“袖”字，见出小孩子偷偷摸摸怕大人责骂的神态。“此意”句，则写自己企求得到心目中的偶像的关爱。两句均写自己幼时神情意态，动作可谓传神。

道若九达衢，小智妄凿穿。所愿瞻德容，顽固或少痊——这四句以己之所识与曾几之见识相对照，首句夸曾之学问，有如四通八达的通衢大道，可谓无所不到，无所不知。以曾之学问对照自己，对一些书本的理解，可谓小聪明式的妄自穿凿附会。正因为认识到自己的不足，所以就极想见到曾几，认为这或许能改变自己学习上愚顽笨拙的毛病。少痊：少少治愈意。九达衢：指四通八达的道路，以喻曾学问之无所不通；或指“九逵”，指都城的大路，《三辅黄图》一引《三辅决录》：“长安城面三门，四面十二门，皆通连九逵，以相经纬。”小智：小聪明。妄凿穿：主观随意地穿凿附会。“所愿”句，表达自己愿望。瞻德容，犹言希望看到曾几尊贵的容貌。

公不谓狂疏，屈体与周旋。骑气动原隰，霜日明山川——这四句前两句写曾几对诗人的循循善诱：公不以年少孩子的大胆议论为疏放狂妄，反而委曲己身与之周旋。后两句则描写当年曾几对自己的教诲所产生的语言效果：其言所出，有如骑兵之阵云飞布原野，有如白日之清霜满铺山川。骑气：出《史记·天官书》“骑气卑而布”，谓云气如骑兵之阵。原隰(xī)：泛指原野，地高者为原，势低者为隰。

匏系不得从，瞻望抱悁悁——这两句表达自己未能常随曾几的遗憾之情。匏系：典出《论语·阳货》：“子曰……吾岂匏瓜也哉，焉能系而不食？”两字常用以指留滞一处，未能出仕做官。瞻望：遥望、远望意。悁悁：心情忧闷的样子。

画石或十日，刻楮有三年。贱贫未即死，闻道期华颠——这四句是自谦，说自己头脑愚笨，学习得很慢。但即使贱贫到老，只要未死，就会以先生之道为追求之总目标的。画石：出杜甫《戏题王宰画山水图歌》“十日画一水，五日画一石”诗句；刻楮：出《韩非子·喻老》：“宋人有为其君以象(象牙)为楮叶者，三年而成……乱之楮叶之中而不可别也。”华颠：头顶上出现白发，代指老年人。

他时得公心，敢不知所传——如果有朝一日得到您先生的真传学问，怎敢不以您的弟子自居而将您的思想学问传下去呢？

**新评**

本诗表达对业师曾几的崇敬之情，为现存诗人集中编年最早的作品。诗歌围绕着对曾几学问人品的敬仰着笔，先写闻其名而敬，再写读其文以为准的；复写其人形象形诸梦寐，以“皎若月在天”颂所慕者的学问人品；再以不得见其人而深叹，接以闻听其人过访喜极忘食眠作进一步的思念——经过以上数层铺垫，诗人才正面写到曾的到来。与曾的面见，作者则以“袖书拜辕”，当面请教、闻听教诲，如“九达衢”赞其学问；又写其循循善诱的长者之风，再以不能长随曾先生作遗憾语。书之最后，以先生学问文章为终生学习之渊薮作结。诗歌写得如清风徐吹，自然流畅，诗意虽显豁但不失深蕴之内涵。

## 夜读兵书

**题解**

本诗作于绍兴二十五年(1155)，时陆游居山阴。前一年，陆游参加礼部考试，名列第一，因论及恢复中原之事触犯秦桧，被黜落回乡闲居。诗人在本诗中自述自己研读兵书的体会，决心以身报国，为王前驱。但首次尝试出仕受挫，又使诗人产生一种岁月蹉跎，壮志难酬的苦闷。

孤灯耿霜夕，穷山读兵书。
平生万里心，执戈王前驱。
战死士所有，耻复守妻孥。

成功亦邂逅，逆料政自疏。
陂泽号饥鸿，岁月欺贫儒。
叹息镜中面，安得长肤腴？

新解

孤灯耿霜夕，穷山读兵书——这两句对应诗题，从时间、空间两方面写“夜读”。耿：映照之意。霜夕：犹言寒霜之夕；进入冬季，天气变冷，江南地区，夜间有霜。穷山二字，当由诗人感受而发：冬季草枯，北风飒飒，再加夜间，孤凄难捱，故对环境产生一种特殊的感受。孤灯一盏，发出荧荧之光，与夜间的满地白霜相互映照；尽山之内，空阒无声，当此之际，诗人手捧兵书，细细研读，心中感慨油然而生，由此自然逗出下两句。

平生万里心，执戈王前驱——如此苦读兵书为何？为实现自己的雄心壮志也！生平志向究竟为何？志在边疆万里，为君王作先锋，扫平天下啊！“执戈”句，出《诗经·卫风·伯兮》：“伯也执殳，为王前驱。”

战死士所有，耻复守妻孥——这两句承上，对“为王前驱”作具体描写：作为一个“为王前驱”之“士”，战死沙场实为自己应尽之责，份内之事，又怎能守着自己的妻子儿女平安度日呢？妻孥：犹言妻子儿女。孥，指子女。

成功亦邂逅，逆料政自疏——这两句由“夜读”而抒发感想，言自己不以功名利禄为念，为国杀敌，怎能保证就能功成名就？因为成就功名实乃偶然遇合之事，如果现在就料其必成不免显得有点迂阔可笑。成功：指成就功名。邂逅：原指人偶然相遇，这里实指功名取得的偶然性。逆料：预料。政：同“正”。疏：迂阔可笑，疏于事理。

陂泽号饥鸿，岁月欺贫儒——这两句由议论转入写景，并抒发感慨。首句实写诗人夜读所闻：陂泽之地，鸿雁在那里因饥而悲鸣；岁月蹉跎，一事无成，似乎是有意在欺侮自己这一介贫儒。陂泽：地势低洼积水处。鸿：鸿雁。贫儒：作者自谓。

叹息镜中面，安得长肤腴——这两句承上句“岁月欺贫儒”：可叹啊镜中之面日显老相，当此岁月流逝，壮志未酬，国耻难刷，人又怎能永葆肌肤的丰满润泽？长肤腴：长久保持皮肤的光洁润泽。肤腴：指皮肤丰满润泽。

新评

本诗抒发自己夜读兵书的感受。首两句直写夜读，重在渲染气氛。次两句由夜读引出平生之志，实是对“夜读兵书”的一种解释。再下两句深入抒发，又是对平生之志的一种补充。“成功”两句则内含自己读兵书非为功名，实乃为国分忧之举，诗人之高风亮节于此可见。最后四句由眼前所闻之景抒发自己的悲情，颇有时不我与，亟思为国出力之感慨。

## 送曾学士赴行在

题解

本诗作于绍兴二十六年(1156)四月(依钱仲联先生《剑南诗稿校注》)。曾学士：指曾几，陆游曾师事之。陆游《曾文清公墓志铭》："绍兴二十五年，桧卒，十一月，起公提点两浙东路刑狱。明年，知台州。"本诗即送曾入都时作，时陆游居山阴。诗歌主要表达对曾的情谊和期望，诗人当曾入都可望重用之际，希望他能在力所能及的范围内，促请朝廷改革弊政，关心民瘼，为国效力，以求青史留名。

二月侍燕觞，红杏寒未拆。
四月送入都，杏子已可摘。
流年不贷人，俯仰遂成昔。
事贤要及时，感此我心恻。
欲书加餐字，寄之西飞翮。
念公为民起，我得怨乖隔？
摇摇跋前旌，去去望车轭。
亭鄣郁将暮，落日澹陂泽。
敢忘国士风，涕泣效臧获。
敬输千一虑，或取二三策。
公归对延英，清问方侧席。
民瘼公所知，愿言写肝膈。
向来酷吏横，至今有遗螫。
织罗士破胆，白著民碎魄。
诏书已屡下，宿蠹或未革。
期公作医和，汤剂穷络脉。
士生恨不用，得位忍辞责？
并乞谢诸贤，努力光竹帛。

新解

二月侍燕觞，红杏寒未拆——首两句由离别之宴写起。二月：点明离别之时。

侍燕觞：犹言陪奉酒宴。燕，通“宴”；觞，酒杯。燕觞：宴饮之意。拆：开放意。二月寒气尚存，故红杏尚未开放，是为“寒未拆”。

四月送入都，杏子已可摘——这两句为遥想之词：当老师曾几四月到京城临安时，杏子当已经成熟可摘了。

流年不贷人，俯仰遂成昔——由上两句遥想之词，联想到时光荏苒，岁月流逝，于是作者深发感慨：年光如流水，从不假借于任何人，抬头低头转眼之际，已成为过去。贷：借加于人意；俯仰：指抬头低头之际，形容很短的时间。

事贤要及时，感此我心恻——这两句由老师曾几之入都抒发自己感慨：本应及时随师前后，有所作为，但又情况不允，联想及此，作者颇有黯然神伤之感。事贤：指侍奉贤人。贤，指曾几。恻：凄怆悲痛意。心恻：心中难过。

欲书加餐字，寄之西飞翮——这两句遥想曾走后诗人对他的怀念，隐含对远行者的祝愿。犹言：你走后，我当写一封情真意切的信，把它送给西飞的大雁，以传达我对师的深切怀念。按汉乐府《饮马长城窟》诗有：“客从远方来，遗我双鲤鱼。呼儿烹鲤鱼，中有尺素书。长跪读素书，书中竟何如？上有加餐饭，下有长相忆。”西飞翮：用鸿雁传书之典。诗人将这两层含意融为一体，表达对曾几将离的思念。翮，鸟羽之茎，这里代指鸟。

念公为民起，我得怨乖隔——由曾几之别，抒发自己的感受：诗人从友谊角度，自不愿曾公的离去，但一想曾公此去入京，乃为天下苍生计，岂能以一己之私废国家之大事？故从大处看，师生朋友之间的分离又算得了什么。乖隔：分离意。

摇摇跋前旌，去去望车轭——这两句承上，遥想离别时对曾师的恋恋不舍：车子开行了，诗人恋恋不舍，追随着前行的旗影；车子逐渐地远去了，诗人尚遥望车影，久久不想离开。摇摇：旌旗摆动的样子。旌：古代一种用旄牛尾和羽毛装饰的旗子，这里泛指旗帜。跋前旌：跟在前行的旌旗后面。轭：套在牛马颈上用以控制牛马的器具，这里代指车。

亭鄣郁将暮，落日澹陂泽——这两句由遥想回到别离之处，写诗人眼望远景所见：远处的亭障在迷茫的暮色中显得有些迷糊不清了，西下的夕阳与微波荡漾的陂泽之水相互交映。亭鄣：指驿亭与城障。驿亭为供客人休息之舍。鄣，通“障”，指古代筑在边防或险要之地用以观望的城堡。郁：晚色迷濛的样子。陂泽：地势低洼积水处。澹：微波荡漾的样子。

敢忘国士风，涕泣效臧获——臧获：指奴仆。《荀子·王霸》：“如是则虽臧获不肯与天子易埶业。”这两句前句言曾几，后句说自己，言己愿如奴仆一样向曾涕泣进谏。

敬输千一虑，或取二三策——这两句承上，指向曾几的进说：恭敬地向您进献千有一得之建议，或许其中的二三条对您有用，您能采取。输：贡献。虑：指谋虑，建议。“千一虑”语出《晏子春秋·杂下》:“愚人千虑,必有一得。”

公归对延英,清问方侧席。民瘼公所知,愿言写肝膈——这四句承上,写对曾几的告劝:您此次到京,面对皇帝的召问,但愿您能痛陈民间疾苦,进献自己的肺腑之言。延英:唐代宫殿名,这里借指南宋朝廷。清问:指天子虚心向臣下求教。侧席:天子请教贤者时,不正坐,以示恭敬。瘼:病痛。民瘼:民间的疾苦。肝膈:指人体脏器肝与膈,这里为比喻,犹言发自肺腑之言。

向来酷吏横,至今有遗螫。织罗士破胆,白著民碎魄——这四句为诗人有望于曾几进陈之言:古往今来酷吏横行,流毒至今不能除根,他们罗织罪名,无中生有,构陷无辜,令读书士子发指胆寒;税额之外,另有名堂,巧取豪夺,无所不用其极,普通百姓更是深受其害,为之魂飞胆裂。遗螫:犹言流毒。织罗:罗织罪名诬陷人。白著:税收外另增之物。

诏书已屡下,宿蠹或未革。期公作医和,汤剂穷络脉——皇帝虽已下诏禁酷贪,禁“白著”,但多年弊政,岂能一朝廓清,这次朝廷如能大用,期望您能做一个如春秋名医和的大臣,下一剂猛药治一治民间的疾苦。宿蠹:犹言长久的积弊。医和:春秋时秦国的良医,名和。汤济:汤药。穷:尽,达到。络脉:筋络和血脉之深处。

士生恨不用,得位忍辞责?并乞谢诸贤,努力光竹帛——作为一个读书人,遗憾的是不能得到重用,这次既能得位,有了发挥自己才能的机会,岂能忍心放弃自己的职责?这次入京,请您代我问候朝中诸位贤臣:努力为国为民工作,争取在史册上留下自己光辉的一页!谢,问候意。光竹帛:犹言在史册上留下光辉业绩,功纪史册,名垂不朽。竹帛,古指书。

新评

本诗作于诗人为曾几送行时。诗由时令而兴发对时光迅逝的感叹,引出事贤及时之叹;再由己而及人,引出对别者的恋恋不舍之情,复由曾几之东去,抒发自己的肺腑之言,有望于师到朝中后,对改革弊政、救治民瘼有所裨益。诗之最后,寄望于朝中诸贤,努力国事,关心民生,实际上也是对曾几的一种勉励。全篇表达了诗人关心民瘼,以天下为己任的精神。全诗陈述己意,痛快淋漓,抒情达意,自然流畅,有如一气呵成。

## 新夏感事

题解

本诗据末联“圣主初政美”之语,当作于孝宗即位之初,时间约为隆兴元年(1163)夏,时诗人自临安返山阴故里,借居云门寺。新主即位,万象图新,再加“下诏通言路”，这些初政的美好举措给久盼抗金复国的诗人带来了一种新的希望，故诗人心情激动之馀，竟至要涕泪纵横了。

百花过尽绿阴成，漠漠炉香睡晚晴。
病起兼旬疏把酒，山深四月始闻莺。
近传下诏通言路，已卜馀年见太平。
圣主不忘初政美，小儒唯有涕纵横。

新解

百花过尽绿阴成，漠漠炉香睡晚晴——首联由景及人，紧扣诗题“新夏”：春天已过，争芳竞妍的百花已纷纷落尽，换以一片绿阴。在这初夏之季，诗人燃起炉香，在缕缕香烟的袅袅陪伴下，晏然静卧，一场好觉，直到傍晚晴好之时。这两句是诗人闲静心情的写照：充满生机的一片绿意又透出日长无事，静默中袅袅升起的炉烟更为这人之闲静、境之闲静增添了几分闲雅的情调。晚晴：犹言晴好的傍晚。

病起兼旬疏把酒，山深四月始闻莺——这两句由首联顺写而下，分承“睡晚晴”与“绿阴成”，并点明自己近日情态：病已二十来天，今刚得痊愈，在这期间，酒是很少喝了；山深林密，物候稍迟，直到四月，才头一次听到黄莺的鸣叫。上句写病后疏懒之态，下句带有春意尚存的欣喜。白居易《大林寺桃花》：“人间四月芳菲尽，山寺桃花始盛开。长恨春归无觅处，不知转入此中来。”一个患病新愈，有相当一段时间与外界没有接触的人，当他在“百花过尽绿阴成”的新夏，听到只有春天才有的流莺鸣啭，内心的欣喜是难以言喻的。

近传下诏通言路，已卜馀年见太平——第三联转叙时事，点明诗题。上句指孝宗即位之初下诏求直言事。封建时代君主广开言路被视为政治清明的标志、国家盛强的征兆，因此才引出下句：庆幸自己有望在暮年得见天下承平。这种心情，又透露出人们对高宗朝秦桧长久当权误国的不满。诗人时年三十九岁，言“馀年”，固然有旧时文人喜欢言老的习惯在内，但也反映出自己久受投降派长期压抑下精神的颓靡。

圣主不忘初政美，小儒唯有涕纵横——这一联紧承“近传下诏”句。按孝宗即位之初，锐意复兴，颇有振作朝政气象，如复胡铨官、追复岳飞尊号并以礼改葬、起用抗战派主将张浚等等。这次下诏中外士庶陈时政缺失，亦为孝宗“美政”之一。诗人寄希望于孝宗：既属“美政”，贵在坚持而不动摇——如果能做到这样的话，那么作为一个小小儒生的诗人，也就心满意足、感激涕零竟至要眼泪纵横了。两句表达诗人的欣喜之情，从其欣喜之情自可体会到诗人念念不忘国事的拳拳爱国之心。

新评

本诗最主要的特点是写情真挚朴实，不假雕饰。清代诗评家方东树《昭昧詹言》曾评此诗谓："前半新夏，后半感事。情真语朴，意境绝佳。"诗前半由诗人初夏之睡写起，转而写自己身体状况、对所居之景的感受，诗调流美圆转，特具风韵；后半直抒情感，诚挚之情溢于言表，方氏以"情真语朴"来概括，还是很确切的。

## 望江道中

题解

宋孝宗乾道元年(1165)夏，诗人由镇江通判调任隆兴府(今江西南昌)通判，溯江西上。本篇是船经望江(今属安徽)道中时所作。据末句，诗人到望江一带，已是"红树青山"的秋天了。陆游由镇江通判调任隆兴府通判，与他坚主抗战，"力说张浚用兵"有关。因此，他在调离前线途中，面对天下"滔滔皆是"的局面，对自己坚持的信念产生疑问。这首诗表达了初次受挫的诗人苦闷、寂寞、忧愤的心情。

吾道非耶来旷野，江涛如此去何之？
起随乌鹊初翻后，宿及牛羊欲下时。
风力渐添帆力健，橹声常杂雁声悲。
晚来又入淮南路，红树青山合有诗。

新解

吾道非耶来旷野，江涛如此去何之——首句用《史记・孔子世家》之典："孔子知弟子有愠心，乃召子路而问曰：诗云'匪兕匪虎，率彼旷野'。吾道非邪？吾何为至于此？"又《论语・微子》："滔滔者，天下皆是也，而谁以易之？"诗人一身孤孑，仆仆道途，伤心国事，无力回天，面对浩淼江波，茫茫旷野，对自己坚持抗战的主张不免产生疑问。这一联情由景生，抒发了诗人初入仕途受挫后悲愤的心情。

起随乌鹊初翻后，宿及牛羊欲下时——由眼前之景再而联想到自己颠沛流离的旅途生活。乌鹊初翻：暗用曹操《短歌行》"月明星稀，乌鹊南飞。绕树三匝，何枝可依"诗意。牛羊欲下：用《诗经・王风・君子于役》"日之夕矣，羊牛下来"句意——清晨天尚未大亮乌鹊初飞之时，就是自己的动身之刻；傍晚牛羊欲归家时才是自己一天旅途的结束——写道途的辛苦，意在隐透诗人无所依托的处境、外出行役的孤孑。

风力渐添帆力健，橹声常杂雁声悲——由自己之路途辛苦再而及眼前之景：

秋风一阵阵劲吹，风帆显得饱满而雄健有力；轧轧的橹声中，不时混杂着南飞秋雁的悲鸣声——这境界令人备感凄清。前句隐示秋风之劲，而这种万物肃杀的秋风带给人们的不仅是时令的变化，更主要的是令人联想到诗人对自己茫然前程的思考。“雁声悲”则意在抒发自己征行的孤孑感受，并暗示时令，逗下“红树青山”。

晚来又入淮南路，红树青山合有诗——淮南路：宋代十五路之一，熙宁间又分为东西二路。风健船速，又进入一个新的地域，诗人心境似乎有所改观，意绪稍稍振起：瞻望前路，脑中出现一个新的兴奋点——眼中所见，一片青山郁郁葱葱，红树夹杂其间，一派生机盎然，正可吟咏诗歌以自遣。

新评

本诗为作者一段经历的写照。诗以对自身行为遭遇的疑问探询开篇。一句“江涛如此欲何之”，含意深刻，既有朝政斗争险恶的隐示，又有诗人对自己政治前程的隐忧。中间两联由人及景，由自己颠沛流离的为宦生涯而及船行之健，雁声之悲，实际上是首联的一种形象再现。结尾稍作振起，预示诗人对前程的一种新的期望。

## 秋夜读书每以二鼓尽为节

题解

这首诗或谓写于乾道元年(1165)秋天，他初任隆兴(治所在今江西南昌)通判时，时年四十一岁。陆游自幼好学不倦，诗集中写夜读的诗篇颇多，他诗歌创作的高度成就，与这种好学精神是分不开的。陆游到南昌前的职务是镇江通判，其时他与友人韩元吉、张仲钦、王明清、张孝祥等得同游、唱酬之乐。改判隆兴后，诗人孤寂无侣，郁郁寡欢，公馀时间更加肆力读书。本诗即自述自己的读书之乐。

腐儒碌碌叹无奇，独喜遗编不我欺。
白发无情侵老境，青灯有味似儿时。
高梧策策传寒意，叠鼓冬冬迫睡期。
秋夜渐长饥作祟，一杯山药进琼糜。

新解

腐儒碌碌叹无奇，独喜遗编不我欺——首两句自叹自己为一“碌碌无奇”的“腐儒”，只喜有古人的遗书可读——是为夜读之缘起。诗人自叹“腐儒”，联系其生平抱负和志趣却非如此，他早年即抱报国壮志，颇以“奇才”自负。这里自称“腐儒”“叹无奇”，实含“世不我许，我不世与”——当道不明，才不见赏，则我不屑与世浮沉，而要坚持读“遗编”，以求“济世”之道之意在内。

白发无情侵老境，青灯有味似儿时——这两句写室内夜读的感受，为全诗精彩之句。陆游到老还以眼明齿坚自豪，但四十以前即已谈及“白发”。“白发无情侵老境”，是说自己由白发联想到年已逼老，但对着“青灯”夜读，还觉得意味盎然，有如儿时读书一样。两句构成一种对称的意境：“白发”、“青灯”，“无情”、“有味”，“老境”、“儿时”一一相映成趣，勾人联想。这一联与诗人六十三岁时所作《冬夜读书》中的“退食淡无味，一窗宽有馀。重寻总角梦，却对短檠书”，七十七岁时所作的《自勉》中的“读书犹自力，爱日似儿时”等句，意境都相同。

高梧策策传寒意，叠鼓冬冬迫睡期——第三联由室内而及室外，由耳中所闻抒发自己的秋夜感受：在高大的梧桐树叶的摇落声中，诗人似乎感到阵阵寒意袭来；街上正敲打着的报二更的鼓声似乎在提醒诗人睡觉的时候到了。叠鼓：第二次打鼓，指二更之鼓。策策、冬冬：均为状声之词。

秋夜渐长饥作祟，一杯山药进琼糜——两句写入睡前的进食。日渐感觉秋夜长起来了，故读书久了，饥饿之“鬼”似乎也来“作祟”了，那就煮一杯山药充饥吧。啊，一杯山药下肚，好香啊，真有如天上的“琼玉之糜”！忍饥读书，故甚觉山药煮成的薯粥，为人间难寻的美食，其好学不倦、乐而忘食的情状如画。

新评

陆游写自己读书的诗很多，如其五十二岁时作的《读书》：“读书本意在元元”；六十七岁时作的《五更读书示子》：“暮年于书更多味，眼底明明见莘渭(指伊尹、吕尚的进身济世)”，“万钟一品不足贵，时来出手苏元元”；七十三岁时作的《读书》：“两眼欲读天下书，力虽不逮志有馀。千载欲追圣人徒，慷慨自信宁免愚”；七十五岁时作的《冬夜读书示子聿》：“圣师虽远有遗经，万世犹存旧典型。白首自怜心未死，夜窗风雪一灯青”；八十四岁时作的《读书至夜分感叹有赋》：“老人世间百念衰，惟好古书心未移。断碑残刻亦在椟，时时取玩忘朝饥”；八十五岁时作的《读书》：“少从师友讲唐虞，白首襟怀不少舒。旧谓皆当付之酒，今知莫若信吾书”等，可见他的这种读书生涯与情怀是贯彻其一生始终的。

## 上巳临川道中

题解

本诗，有人谓写于乾道二年(1166)春。此年，诗人在隆兴府通判任上被主和派以“交结台谏、鼓唱是非、力说张浚用兵”的罪名弹劾免职，他从南昌出发回家乡山阴，于三月初三(即“上巳”)到达临川(今江西抚州)城外，准备去拜访一位名叫李浩(字德远)的朋友。这首诗就作于其时。诗中借写自己的平生行事和遭遇，颇流露出归隐江湖的思想。

二月六夜春水生，陆子初有临川行。
溪深桥断不得渡，城近卧闻吹角声。
三月三日天气新，临川道中愁杀人。
纤纤女手桑叶绿，漠漠客舍桐花春。
平生怕路如怕虎，幽居不省游城府。
鹤躯苦瘦坐长饥，龟息无声惟默数。
如今自怜还自笑，敛版低心事年少。
儒冠未恨终自误，刀笔最惊非素料。
五更欹枕一凄然，梦里扁舟水接天。
红蕖绿芰梅山下，白塔朱楼禹庙边。

新解

二月六夜春水生，陆子初有临川行——起两句点明行役时令。首句用杜甫《春水生二绝》成句，交代出行时风物节候：正当春水初生时节，诗人离开任所向临川进发。临川行：犹言向临川进发。

溪深桥断不得渡，城近卧闻吹角声——“溪深桥断”句，承首句“春水生”。因为溪深所以桥断，故而不能渡河入城，只能在城外客舍投宿。宿店近城墙，所以晚间睡卧中可以听到城头上的吹角声音。对近在咫尺的临川不得一睹风貌，隔河听角，又是晚上，遂激起诗人对它的想象。溪、桥：当指盱水(即抚河)及河上的桥梁，为入临川城必经之地。

三月三日天气新，临川道中愁杀人——这两句转笔正面描绘上巳日临川道中情景，对应题目“上巳”。首句用杜甫《丽人行》成句。三月三日上巳之日，天气是清新美好的，但这美好的春光，对行走在临川道上心情失意的诗人看来，则是一种愁烦苦闷的感觉，这种愁烦苦闷之感，竟至令人难以忍受，简直要逼使人走向绝境——“愁杀人”的含意即在于此。

纤纤女手桑叶绿，漠漠客舍桐花春——这两句具体描绘道中风景：女子在道旁采桑，纤纤素手翻动，片片绿叶进入筐中；客舍掩映在一片盛开的桐花中，渐渐远去已显得有点模糊不清。纤纤：状女子之手纤细美好。桐花春：指桐花逢春开放。漠漠：远视模糊不清的样子。桑叶深绿，与纤纤素手相映。桐花红艳，与呈青灰色的客舍相混杂：温煦旖旎的风光中似乎带有一种淡淡的客愁。

平生怕路如怕虎，幽居不省游城府——由道行念及自己生平行事：平生喜欢幽居，不喜外出，竟至"在路途上行走有如怕遇到老虎那样感到可怖"，同样，对到城池府第热闹之所在也不喜欢。两句为自己画出一幅厌弃尘俗的幽栖高蹈图像。

鹤躯苦瘦坐长饥，龟息无声惟默数——由上两句再写自己形体和平昔所为：形体有如仙鹤，苦于太瘦，这是因为经常饥饿；整天如乌龟一样无声无息，这是因为自己时时在默默地数数。"鹤躯"修饰"苦瘦"，写其形体有如仙鹤之身躯；"龟息"，则强调自己平居的静默。坐长饥：因为经常饥饿。坐，因为意。

如今自怜还自笑，敛版低心事年少——"如今"二字，应上"平生"，写此前处境，仍属道中所感：如今对自己感到既可怜又可笑，自己这么一个人，竟至为了生计，不得不俯首低心，屈节事人。年少：当指比诗人年少的上司。诗人联想：此前的所做完全违背了自己的高洁本性，这想来是多么令人可悲又复可笑！

儒冠未恨终自误，刀笔最惊非素料——"儒冠"句，化用杜诗"儒冠多误身"。两句谓：为这顶儒冠而终生误身，我并不悔恨；在幕府中以刀笔为业(指任通判之职)，与素愿相违，这才更令人惊心痛苦。"未恨"、"最惊"，两相对映，显得感情浓烈。

五更欹枕一凄然，梦里扁舟水接天——诗人带着这种凄凉的心境进入睡乡，梦见自己乘坐一叶扁舟，飘荡在与天相接的茫茫大水中。

红蕖绿芰梅山下，白塔朱楼禹庙边——这两句承上之梦，写自己梦中归乡，遥见梅山被一大片红绿相间的荷花、荷叶掩映包围，大禹庙边的白塔、朱楼更显得巍峨壮丽。按诗人家乡山阴有禹庙，为当地著名胜迹。以上四句借助湖光扁舟、家乡蕖荷与禹庙风光，微露自己的归隐之志。红蕖绿芰：指荷花、荷叶。

新评

本诗写于诗人初入仕途受挫之后。诗由道中所见所感引发心思，抒发了诗人心情的苦闷。全诗以归隐理想作结，使诗平添一种意境绵邈情调。"红"、"绿"、"白"、"朱"等色彩字的巧用，又使诗呈现一种清丽之致。

## 游山西村

题解

本诗为一首纪游诗，当写于诗人在乾道二年(1166)被罢职闲居山阴时。山西村为诗人家乡山阴的一个村庄，在今浙江绍兴鉴湖附近。诗中写到农家的好客，村风的古朴，当地风物节候的热闹，山水风光的可留可恋，表达了诗人闲居生活的清雅悠闲。

莫笑农家腊酒浑，丰年留客足鸡豚。
山重水复疑无路，柳暗花明又一村。
箫鼓追随春社近，衣冠简朴古风存。
从今若许闲乘月，拄杖无时夜叩门。

新解

莫笑农家腊酒浑，丰年留客足鸡豚——首联渲染出一派丰收之年农村宁静、欢悦的气象：可不要笑话农家的腊酒纯度不高啊，农家待客可是真情实意的，丰收之年盛情款客，酒宴上的鸡豚可是让你吃不完的！腊酒：指上年腊月酿制的米酒。浑：指酒纯度不高，味道薄。足鸡豚：意谓酒宴上鸡豚充足。豚，指小猪。农家酒味虽薄，而待客情意却十分深厚，一个“足”字，写出了农家款客尽其所有的盛情。“莫笑”二字，道出了诗人对农村淳朴民风的赞赏。

山重水复疑无路，柳暗花明又一村——次联紧扣诗题“游”字，写山间水畔的景色：诗人在青翠可掬的山峦间漫步，清碧的山泉在曲折溪流中汩汩穿行，草木愈见浓茂，蜿蜒的山径也愈益依稀难认——到底应该向哪里行走呢？正在迷惘之际，突然看见前面花明柳暗，几间农家茅舍，隐现于花木扶疏之间，诗人顿觉豁然开朗，啊，又来到了一个村庄了！其喜形于色的兴奋之状可以想见——这两句流走绚丽、开朗明快而又格外委婉别致，写景中寓含哲理，千百年来曾被人广泛引用。诸如探讨学问、研究问题时，初起山回路转、扑朔迷离，难寻出问题症结所，顿生茫然之感；但如锲而不舍，坚持不懈，忽然间眼前便会现出亮光；再往前行，便豁然开朗，一个前所未见的新天地就会发现——在人生的各种境遇中，都会出现与诗句惊人的契合之处，因而备觉亲切。

箫鼓追随春社近，衣冠简朴古风存——本联由对春光明媚山水图的展示转入对人事描写：悠扬的箫声吹起，咚咚的鼓声响起，春社之日是越来越近了，村民们是衣着简朴，一派古风犹存的神态。这两句描摹南宋初年的农村风俗，显示出诗人对民风民俗的浓厚兴趣。社：土地神。春社在立春后第五个戊日，这一天是农家祭社祈年的日子，大家热热闹闹，吹吹打打，充满着丰收的期待。按春社节日，周代就有记载，如《周礼·春官·籥章》：“凡国祈年于田祖，吹《豳雅》，击土鼓，以乐田畯(农官)。”苏轼《蝶恋花·密州上元》也说：“击鼓吹箫，却入农桑社。”说明此风到宋代还很盛行。陆游这里更以“衣冠简朴古风存”对此风加以赞美。

从今若许闲乘月，拄杖无时夜叩门——前三联写了外界之景，并与诗人自己的情感相融。但诗人意犹未足，故而笔锋一转，写下了这两句。诗人已“游”了一整天，此时已是明月高悬，大地笼罩在一片淡淡的清光中，这使春社热闹后的村庄又沉浸在一派静谧的气氛中，于是这两句油然而自胸中出：但愿从今而后，若情况允许，当在空闲之时，乘着月色，不时地拄着手杖，夜间轻叩柴扉，与老农亲切絮语，此情此景，不亦乐乎！无时：指不时地、随时地。闲乘月：指空闲时乘着月色而出。

新评

陆游七律最工。这首七律结构严谨，主线突出，全诗八句无一"游"字，而处处切"游"。全诗层次分明，"以游村情事作起，徐言境地之幽，风俗之美，愿为频来之约"（方东树《昭昧詹言》）。中间两联对仗工整，善写难状之景，如珠落玉盘，圆润流转，堪称千古传唱的名句，达到了很高的艺术水平。

## 晚泊

题解

本诗写于宋孝宗乾道六年(1170)。宋孝宗乾道二年(1166)，放翁以"交结台谏，鼓唱是非，力说张浚用兵"（《宋史·陆游传》）被免官放归，闲居山阴达四年之久。乾道五年(1169)，作者被任为夔州通判。乾道六年(1170)，他乘舟溯长江西上赴夔州任，诗即写于泊船长江时，时间是六月。诗作主要借写沿路风光景物感慨自己身世。

半世无归似转蓬，今年作梦到巴东。
身游万死一生地，路入千峰百嶂中。
邻舫有时来乞火，丛祠无处不祈风。
晚潮又泊淮南岸，落日啼鸦戍堞空。

新解

半世无归似转蓬，今年作梦到巴东——首句自慨自己身世飘零，可与曹植《杂诗》"转蓬离本根，飘飖随长风"、杜甫《客亭》"多少残生事，飘零任转蓬"相对照。无归：拟想之词，犹言今后将辗转于各地为官，难有归家机会。放翁于赴任前尝作诗自道："残年走巴峡，辛苦为斗米"（《投梁参政》）。通判本属下僚，夔州又在蜀地，为此微禄，离家远游，岂能无感？但放翁志存国家，不忘用世，闲居多年，方得此职，虽有飘泊之恨，又不能轻弃，故一方面发其"转蓬"之叹，另一方面仍作"西游"之梦。次句"梦到巴东"，正可见其赴任前不平静的心情。他同时期的其他诗就表达了这种感情，如："四方男儿事，不敢恨飘零"（《夜思》）、"不恨生涯似断蓬"（《武昌感事》）。转蓬：转动的蓬草。巴东：郡名，东汉末年益州牧刘璋置，包括今重庆奉节、云阳、巫山诸县。

身游万死一生地，路入千峰百嶂中——次联遥想入蜀途中的险难。沿长江入蜀，必经三峡，夔州即在瞿塘峡口。夔门雄峙，危岩欲坠，高江急峡，惊涛如雷；巫峡重峦叠嶂，水复江迴，峡气萧森，日隐月亏；西陵礁石如林，险滩成堆，黄牛愁客，峻岭泣鬼，故诗中谓之万死一生之地、千峰百嶂之路。柳宗元谪官永州，复徙柳州，曾作诗自叹："一身去国六千里，万死投荒十二年"（《别舍弟宗一》）。夔州僻远，与永州、柳州相近，放翁遭斥，不得重用，与子厚贬官情状也甚相似，故此句之"万死一生"，一方面写道路艰险，另一方面亦有自慨身世坎坷之恨的意思在内。

邻舫有时来乞火，丛祠无处不祈风——颈联由眼前之事之景而及远景所见——相邻之船，时有人借火；路经的远处乡野林中的丛祠，没有一处不有人在那里为顺风而祈祷。乞火：指借火。从句意看，乞火似乎就是为到丛祠祈风而借火。丛祠：指掩映在乡野林间的神祠。

晚潮又泊淮南岸，落日啼鸦戍堞空——晚潮已到，天近傍晚，是停舟歇息的时候了；落日的馀辉中，唯见成群的乌鸦啼叫着从空空的戍楼上边穿行而过。堞：指城墙上的矮墙。戍堞，指守望的城楼。城楼本用作守敌，但现在却成了乌鸦的安乐窝，为什么？盖宋金和议成，撤守以示南北和好不战也。但这对时刻不忘恢复中原的诗人来说又是难以忍受的，故泊舟所见之景，与自己飘泊无归的心情相激荡，使诗人的心境更显凄凉。

新评

放翁论作诗，曾说"大抵此业在道途则愈工，虽前辈负大名者，往往如此。愿舟楫鞍马间，加意勿辍，他日绝尘迈往之作，必得之此时为多"（《与杜思恭书》），本诗即为其"道途"中所写的一个名篇。全诗由自己的身世经历起端，再由眼前景物而抒心中情思，状难已之情于笔端，可谓一即景命篇的佳作。

## 黄　州

题解

此诗作于宋孝宗乾道六年(1170)。黄州在今湖北黄冈，时放翁西行入蜀，舟过黄州，见前代遗迹，念时势艰危，叹英雄已矣，顾自身飘零，无限伤感，于是油然而形诸诗篇，写下此诗。

局促常悲类楚囚，迁流还叹学齐优。
江声不尽英雄恨，天意无私草木秋。

万里羁愁添白发，一帆寒日过黄州。
君看赤壁终陈迹，生子何须似仲谋！

新解

局促常悲类楚囚，迁流还叹学齐优——楚囚：用《左传》钟仪之典。《左传·成公九年》："晋侯观于军府，见钟仪，问之曰：'南冠而絷者，谁也？'有司对曰：'郑人所献楚囚也。'"齐优：用孔子之典。《史记·孔子世家》载：孔子在鲁，"由大司寇行摄相事"，鲁得治。"与闻国政三月，粥羔豚者弗饰贾，男女行者别于涂，涂不拾遗……"。齐人闻而惧，选国中女子好者八十人，遗鲁君与执政季桓子，"桓子卒受齐女乐，三日不听政……孔子遂行"。《史记·乐书》："自仲尼不能与齐优遂容于鲁。"司马贞《索隐》："齐人归女乐而孔子行，言不能遂容于鲁而去也。"按这两句，前句指自己的处境窘迫，后句言自己不见容于人。放翁本为越人，但万里赴蜀，苦为微官所缚；局促如辕下驹，故首句即标其情，自悲如楚囚之难堪。后句更有许多不可言说的痛苦在内。这两句重在"局促"、"迁流"四字，主要用来比喻自己在特殊处境下的心情。

江声不尽英雄恨，天意无私草木秋——黄州位于长江中游，为当年三国争雄之地，杜甫有诗云："江流石不转，遗恨失吞吴。"（《八阵图》）"江声"句，或即是借用杜诗。句中"英雄"表面上指已被长江巨浪淘尽的三国风流人物，但实质上也有自道其恨之意。其所恨者，对应上联"局促"、"迁流"，实是一种岁月蹉跎、壮志未酬之恨。"天意"句，当从李贺诗"衰兰送客咸阳道，天若有情天亦老"（《金铜仙人辞汉歌》）中化出，言：人虽多情，天意无私。衰兰送客，秋草迎人，于天虽是时之当然，于人看了却是备增伤感，而天之无情，又正衬出人心之不平。

万里羁愁添白发，一帆寒日过黄州——颈联紧接上联：万里羁愁，激起英雄无限之恨；草木摇落，使人顿感白发频添；一帆寒日，与两岸秋声相映；黄州城下，点出兴感之地。此时、此地、此景，放翁遂生出无限感慨，不能不吐，但又不欲畅言，故借眼前景象，反复致意。

君看赤壁终陈迹，生子何须似仲谋——长江、汉水流域，有赤壁多处。苏轼谪官黄州，误信其地传说，言"黄州西山麓，斗入江中，石色如丹，传云曹公败处，所谓赤壁者"（《苕溪渔隐丛话后集》）。其实苏轼所游之处，乃黄冈城外赤鼻矶，三国"赤壁之战"旧址，在今湖北赤壁东北，两者并非一地。但黄州赤壁，却因苏轼之《赤壁赋》而声名大振。后人过黄州遂思赤壁，见赤壁又必追念昔日英雄。特别在偏安半壁，强敌入犯之时，更是思英雄再世，与敌抗衡。放翁于此，却与前人评价有异：赤壁已成陈迹，万事尽付东流，世事成败，又何足道，生子何须定似仲谋。按放翁一生，志在收复失地，即使僵卧孤村，犹梦铁马，提笔狂书，思驱敌人，为何出此消极之言？此诗末联，实是因当时小朝廷不思振作而发的无可奈何的不平之鸣。这一点，有如明代王嗣奭评杜甫诗“儒术于我何有哉，孔丘盗跖皆尘埃”时认定的那样，认为杜诗表现的实是一种“不平之鸣，无可奈何之词”(杜甫《醉时歌》)。仲谋：即孙权。《三国志·吴书·吴主传》裴松之注：“曹公喟然叹曰：‘生子当如孙仲谋，刘景升儿子若豚犬耳。’”

新评

本诗看似咏古，实为伤怀。首联写自己心情的悲凉，处境的尴尬。中间两联，虽所写情景相似，但笔法错综，变化无端。尾联大说反话，偏道赤壁已成陈迹，万事尽付东流，世事成败，又何足道，生子何须定似仲谋？是作者愤激心情的一种极端表现。读此诗，当于词意凄怆之处，识其愤激之情；当于笔力横绝之处，求其不平之气；当于音节顿挫之处，听其深沉之慨。

## 哀郢二首

题解

乾道五年(1169)十二月，陆游被任命为夔州(今重庆奉节)通判。次年闰五月十八日，他从山阴启程入蜀。九月他过荆州(今湖北江陵)，因此地原为战国时楚国故都郢都，他联想屈原及当年楚国的命运，触景生情，怀古伤今，写下这两首诗。诗题与屈原的作品同题，诗人对屈子的倾慕怀念可见一斑。

远接商周祚最长，北盟齐晋势争强。
章华歌舞终萧瑟，云梦风烟旧莽苍。
草合故宫惟雁起，盗穿荒冢有狐藏。
离骚未尽灵均恨，志士千秋泪满裳。

荆州十月早梅春，徂岁真同下阪轮。
天地何心穷壮士？江湖自古着羁臣。
淋漓痛饮长亭暮，慷慨悲歌白发新。
欲吊章华无处问，废城霜露湿荆榛。

新解

远接商周祚最长，北盟齐晋势争强——第一首从回顾楚国兴起和发展的历史着笔，与其衰落败亡的结局以及今日遗址荒芜的景象作强烈的对比：楚国远承商、周二代的王业，国统是由来很久的，相传楚国祖先出自帝颛顼高阳氏。殷商时，高阳氏之后彭祖曾为侯伯。周成王时，季连的苗裔鬻熊之孙熊绎受封于楚，故说它“远接商周祚最长”。又其发展的鼎盛时期，即春秋时代，曾北向扩张自己的势力，与齐、晋两强争夺华夏盟主地位，“北盟齐、晋”句即就此而言。祚：指君主之王位统嗣。盟：盟誓或盟约，古代国家间的一种外交活动。

章华歌舞终萧瑟，云梦风烟旧莽苍——第二联顺接上联意，写楚国的由盛而衰。章华：即章华台，楚国离宫，春秋时楚灵王所造，旧址在今湖北监利西北。云梦：指楚国的大泽云梦泽，其址在今湖北安陆、湖南华容一带，江北为“云”，江南为“梦”。这两句是说：当年章华台上的歌舞，早已萧瑟寂寥了，但是，楚地著名的云梦泽，依旧气象莽苍，迷茫一片。诗人在一联中并写两物，一人事，一自然，实通过章华歌舞之短暂，衬写云梦风烟之永恒，抒发一种自然代谢、物是人非的慨叹，揭示历史发展之无情。

草合故宫惟雁起，盗穿荒冢有狐藏——第三联由历史的回顾转为对眼前景象的描写：当年楚王故宫旧址，如今已是遍地野草滋蔓，眼中所见唯有雁群时时飞起，他们的葬身之地早已被盗墓者屡次光顾，变成一片荒坟野冢，成为狐兔理想的藏身之所，可见其景象是何等的凄凉败落。

离骚未尽灵均恨，志士千秋泪满裳——由以上所写，引起诗人对楚国败亡历史原因的感慨：楚国败亡的真正原因，正是屈原《离骚》中所揭露的奸佞蔽君，嫉贤害能，朋比为党，惑乱国政。“灵均恨”两句，言即使是屈原的《离骚》，也难以完全宣泄尽那种对国家败亡的遗憾之情，这一历史教训，又怎能不使千秋之后的仁人志士感慨万端，热泪沾裳？这两句是对楚国衰亡的历史性总结，也是全诗主旨之所在。灵均：指屈原，屈原在《离骚》曾言其父“名余曰正则，字余曰灵均”。

荆州十月早梅春，徂岁真同下阪轮——第一首以议论起笔，以抒情落笔，中间两联写景，情寓于景。第二首则换另一种写法，先就眼前之景写来：“荆州”句，对应诗题“哀郢”，言荆州气候之暖，十月便是早梅初开的小阳春气候了。徂岁：犹言逝去的岁月。下阪轮：指下坡的车轮(欲住无由)，喻时光流逝的迅速。作者由眼前季节、景物的转换，油然生出对岁月流逝的感慨。作为一个胸怀大志、迫切要求报国效命的志士来说，还有什么比坐待岁月的流逝而事无所成更痛苦的吗？

天地何心穷壮士？江湖自古着羁臣——由于以上两句，联想到屈原的遭遇，诗人自然会对天地江湖发出种种疑问：天地啊，你到底是出于何种考虑竟然要让壮士穷厄终身；江湖啊，你为什么竟成为无数如屈原这样的贞臣节士去国离乡的放逐之地？第二联实是由对屈原的怀想产生出的对古往今来仁人志士壮志难酬的一种愤慨之情，在伤古中寓含着深重的悼今成份。羁臣：犹言遭受放逐之臣。

淋漓痛饮长亭暮，慷慨悲歌白发新——怨天地怨江湖本是一种“无理之怨”，因为“天行有常”，何曾为尧存？何曾为桀亡？它更不曾存有导致壮士途穷困厄之心，自古以来，这一切皆因人事所致，故这咋能不令人顿生怨愤？而怨愤之情何以排遣，非淋漓痛饮何以去之？非慷慨悲歌何以发泄？诗的第三联正是表达这样一种感情。但是，诗人心中那报国无门的怨愤和苦闷是无法解脱的，所以“淋漓痛饮”于长亭薄暮之中，更显孤独；“慷慨悲歌”之际，似乎白发也渐渐地增多起来，这样做的结果是，反使自己更增一种惆怅之情。

欲吊章华无处问，废城霜露湿荆榛——美人迟暮悲今古，一瓣心香吊屈平，这种心情似乎古今皆同。诗人游古地，由此联想到泽畔行吟的屈子，故产生一种吊古的强烈愿望。但眼前却是古来章华台的确切位置，竟无人知晓，无处可问，只见废弃的城址中霜露满地，浸湿了遍地的荆棘树丛。这种荆榛满地、霜露侵人的惨淡景象，深深地印在诗人的心上，也引起读者的沉思。

新评

本诗为传统的登临怀古之作。诗人由当年楚国旧都郢地起兴，抒发一种深重的时代兴亡之感，尤其是于其中透露出一种浓浓的爱国激情，于对楚国旧都的慨叹和对屈原的思慕中，饱含着对宋朝国土丧失的痛惜和对屈膝苟安、腐败昏聩的南宋小朝廷的怨愤。诗人的一纸诗情，通过郢都古今盛衰的强烈对比，借屈原的千古遗恨得到了充分的表达。杨万里曾说陆游诗是“尽拾灵均怨句新”（《跋陆务观剑南诗稿》），这首诗正典型体现了这一特色。

## 山南行

题解

此诗作于乾道八年(1172)陆游任四川宣抚使司干办公事兼检法官时。山南：指南郑，又名汉中，因在终南山之南，故云。按南郑的地理形势，据《读史方舆纪要》卷五十六《陕西五》：“北瞰关中，南蔽巴、蜀，东达襄、邓，西控秦、陇，形势最重。”高宗绍兴初年，南郑曾入于金人之手。收复后，经多年休养生息，到陆游来时这一年，已是麦陇青青，桑林郁郁，平川沃野，大路如绳。陆游本来就极力主张“经略中原必自长安始，取长安必自陇右始”（《宋史·陆游传》）。如今，当他亲眼看到南郑一带桑麻遍野，气俗雄豪，亲身体会到由此恢复故土大有希望，不禁精神振奋，壮心萌动。诗写了山南极为有利的沃野、山川、地势、民气等，诗人据此认为，南宋王朝完全可凭山南险固的山川，豪壮的民气，作为北进的根据地，反击强寇，一统中原。这首诗以诗论军、论政，充分地表达了陆游对时事、政局的独特看法，标志着诗人的人生历程和创作生涯新的转折点。

我行山南已三日，如绳大路东西出。
平川沃野望不尽，麦陇青青桑郁郁。
地近函秦气俗豪，秋千蹴鞠分朋曹。
苜蓿连云马蹄健，杨柳夹道车声高。
古来历历兴亡处，举目山川尚如故。
将军坛上冷云低，丞相祠前春日暮。
国家四纪失中原，师出江淮未易吞。
会看金鼓从天下，却用关中作本根。

新解

我行山南已三日——首句点明诗题，孝宗乾道八年(1172)，陆游被四川宣抚使王炎辟为宣抚使司干办公事兼检法官，正月，他离夔州(州治在今重庆奉节)赴南郑。首句写到南郑后对当地的初步印象。行山南：犹言到山南。到山南已三日，诗人怀着一种异乎寻常的心态郊游。以下即写他对山南的初步印象。

如绳大路东西出，平川沃野望不尽，麦陇青青桑郁郁——诗人到达南郑时已是暮春，三句就是诗人眼中的南郑暮春之景：道路笔直自东向西延伸；一马平川，肥田沃野望不到边；青青麦苗遮蔽田垅，遍地桑树郁郁葱葱——好一派生气勃勃的繁茂景象。

地近函秦气俗豪，秋千蹴鞠分朋曹——这两句写山南地形民气。函秦：指陕西、甘肃一带秦国故地，因其东有函谷关之险，故称“函秦”。秋千：指荡秋千。蹴鞠：宋代的一种体育活动，近似今天的踢球。分朋曹：指分组分队进行的比赛。山南地近秦地，秦俗尚武，民气豪健，此豪健之民气，陆游诗中曾多次言及，自秋千与蹴鞠之风的盛行可以看出。

苜蓿连云马蹄健，杨柳夹道车声高——这两句当是写诗人乘车郊行时眼中所见、心中所感。前句由所见植物产生联想，后句直写自己乘车出行的感受。苜蓿：俗名金花菜，又名草头，为养马的上等饲料。作者用“连云”两字，写出了苜蓿种植的普遍，有这广泛种植的苜蓿为饲草，军马自然健硕，行走如飞。“杨柳夹道”，承上“如绳大路”；道路笔直，两旁遍植杨柳，车马行走轻捷迅速，自然车声隆隆毫不费力——两句写出了诗人乘车出行时心情的欢快。

古来历历兴亡处，举目山川尚如故——历历：清晰分明的样子。由南郑故地，诗人联想到这里古往历史中发生的一切，历代兴盛衰亡的往事似乎历历在目，但举目远望山川，又似乎什么事也没有发生，一切如过去一样——人事的代谢与自然的永恒相比真是太微不足道了。

将军坛上冷云低，丞相祠前春日暮——将军坛：即拜将台，故址在今陕西汉中的城南，相传为汉高祖拜韩信为大将时所筑。丞相祠：蜀汉后主为诸葛亮所立的武侯庙，故址在今陕西沔县(现改为勉县)境定军山下。诸葛亮六出祁山，北伐中原，曾多次屯兵于此，死后也葬于此地。"冷云低"、"春日暮"，冷云低压，春天将尽，为诗人眼中所见，心中所感。

国家四纪失中原，师出江淮未易吞。会看金鼓从天下，却用关中作本根——四纪：十二年为一纪，四纪即四十八年。中原自高宗建炎元年(1127)入金人之手，到陆游写此诗时(1172)，已经四十六年，此言四纪，是举其成数。"师出江淮"句，是说长江、淮河一带，非形势利便之地，从那里出兵，收功不易。吞者，吞灭敌寇之意，诗人用一"吞"字，想见其气吞山河的气概。会：应当，将该意。金鼓：古代军中用以号令之器，这里用如动词，指鸣金、击鼓。从天下：犹言纵横天下，本句实代指王师平定中原。从，通"纵"，纵横意。关中：指战国末期秦国故地，以今之陕西为主，但也包括秦岭以南的汉中。本根：根本，即根据地。

新评

这首诗，除了后四句是有关军国大事的议论外，其他部分都着重对山南风土人情和自然景物进行描写，貌似一篇旅途游记。但如对当时的形势、陆游的主张及山南的地理位置有所了解，便能明白诗人的真意所在。诗人之所以写平川沃野，青青麦陇，连云苜蓿，夹道杨柳，地近函秦，气俗豪雄，是因为他觉得此地财力可用、民心可使；而他引今据古，历数陈迹，则是为了证明此地完全有可能成就恢复中原统一全国的大业。全诗花了大量笔墨详细描写沿途风土人情，实际主要是在为后四句提供有力的证据。诗人感情所注并不在一己的穷通得失，而是事关国家的兴衰，因此，此诗和那些单纯的模山范水、吟风弄月之作相比，显得格调更高，更有价值。

## 归次汉中境上

题解

本诗写于宋孝宗乾道八年(1172)。这年十月，陆游从阆中返回汉中，途中作短暂停留("归次"即指归途中的短暂停留)。全诗以诗人回到汉中的喜悦心情作开端，继通过山川形胜的描写和金人军事力量的铺叙，抒发了自己对朝廷未能及时掌握时机收复失地的深深遗憾。

云栈屏山阅月游，马蹄初喜踏梁州。
地连秦雍川原壮，水下荆扬日夜流。
遗虏孱孱宁远略？孤臣耿耿独私忧。
良时恐作他年恨，大散关头又一秋。

新解

云栈屏山阅月游，马蹄初喜踏梁州——首句叙述去阆中的经历和时间。云栈：连云栈。从汉中到阆中，要取道褒城、陈仓、宝鸡，这一路群山绵延如连云，其间悬崖峭壁，十分艰险，前人在半山腰架木为栈道，故称“云栈”。屏山：阆中名胜锦屏山，山上有大诗人杜甫的祠堂。诗人到阆中后曾特意游览了锦屏山，并写下《游锦屏山谒杜少陵祠堂》一诗，表达了对杜甫的仰慕之情。阅月：一个月以上。从中可知诗人这次去阆中往返有一个多月光景。在这一个多月里，诗人往来于汉、阆之间，途中所见景物可谓多矣，但诗人只用“云栈”和“屏山”两字作概括，是因为这两种景物地貌给诗人留下了极为深刻的印象。梁州：古代的梁州郡(治所在今汉中)，用以代指汉中。诗的第二句，既是点题，又表达了诗人回到汉中的喜悦。但诗人偏不说自己喜，反而说是“马蹄初喜踏梁州”，这与唐人孟郊用“春风得意马蹄疾”来形容中进士后的得意，有异曲同工之妙。

地连秦雍川原壮，水下荆扬日夜流——这两句承前意而来：汉中地连秦地雍州(指秦国故地，今陕西、甘肃一带)，秦川八百里，地势宽阔，民风豪壮，物产丰富，又有水利之便；汉水流经汉中盆地，注入长江，水流远达荆州和扬州。诗人描写山川形势之好，意在说明此地正是兵家用武的理想场所(诸葛亮北伐中原，就曾以此为根据地)。荆扬：指荆州和扬州，均古九州名，此指湖北、江苏等地。

遗虏孱孱宁远略？孤臣耿耿独私忧——诗人在描述汉中地理形势之后，接着又对金人的军事力量作了描绘。遗虏：指金人留在陕西的兵力。孱孱：形容敌方怯懦软弱。宁远略：反问句，难道他们还有什么深谋远略吗？言外之意是说，像这样兵力不多，又缺少战斗力的敌方，怎会有深谋远略呢？正好趁此大好时机进行反攻，夺回失地，重整山河。陆游从青年时期就立下了匡扶之志，但不被重用，自来汉中之后，看到陕南的山川形胜，他心中又起收复中原的希望。但此时南宋统治者已和金人订了“隆兴和议”，无意收复失地。孤臣：作者自指。耿耿：耿耿于怀，不能忘怀意。诗人不能忘怀者何？自然是收复沦陷的土地，一统中原。但因为北方领土长久不能得到收复，所以诗人“独私忧”。独私忧：犹言独自私下忧虑。

良时恐作他年恨，大散关头又一秋——最后两句，抒发了诗人的感叹，这种感叹是承接上之“独私忧”而来。诗人一生都在忧国忧民，而当他亲临西北前线，观察山川形胜，分析敌情之后，认为这时正是收复中原的大好时机，机不可失，时不再来，一旦失去，便成为千载的遗恨。“良时恐作他年恨”，正反映了诗人此时深切的忧虑。良时：犹言良好的时机。恐作：推测之语，也是论定之词。由他后来写的“中原机会嗟屡失”（《楼上醉书》），更可证实诗人判断的正确性。他年恨：犹言他年的遗憾。诗的最后一句，“大散关头又一秋”，表达了诗人一种无可奈何的悲叹之情：今年收复失地的希望又破灭了，大散关上，又白白虚度了一年的光阴。大散关：位于今陕西宝鸡西南，当时是南宋的边防要塞，宋、金曾以关为界。

新评

本诗是陆游南郑生活时心情的写照。首句点出远游和归来，抒发自己由壮美山川激荡起来的无限喜悦心情；中间两联使读者不仅看到了汉中山川雄伟壮阔的地理形势，也看到了诗人深谋远虑的战略思想。陆游自到汉中以后，不仅积极向四川宣抚使王炎提出收复中原的建议，且时着戎装，骑战马，戍守边关，“铁马秋风大散关”。然而年复一年，按兵不动，岁月空逝，壮志难酬，使他不得不发出“大散关上又一秋”的哀叹。最后两句，总结全诗，给人以无限的深思遐想。陆游诗向以“多豪丽语，言征伐恢复事”（《鹤林玉露》）见称，此诗正表现了诗人的“寄意恢复”的典型特色。

## 剑门道中遇微雨

题解

这首诗作于南宋孝宗乾道八年(1172)冬陆游由南郑(今陕西汉中)调回成都途经剑门山时。他调成都的官职是成都府路安抚使司参议官，而担任安抚使的又是当时著名诗人、陆游的好友范成大。陆游在南郑，是以左承议郎处于四川宣抚使王炎幕中的，南郑是当时抗金前方的军事重镇，陆游在那时常常是“寝饭鞍马间”（《怀昔》），“大散关头北望秦，自期谈笑扫胡尘”（《追忆征西幕中旧事》），讲的就是当时的生活、思想。而成都则是南宋除首都临安(杭州)之外最繁华的都市。陆游去成都是由前线到后方，由战地到大都市，是去危就安、去劳就逸。这首诗就写了诗人这种由战士到书生、由激烈的战斗生活到闲散官员转变时的特殊心情、感受。

衣上征尘杂酒痕，远游无处不消魂。
此身合是诗人未？细雨骑驴入剑门。

新解

衣上征尘杂酒痕——陆游晚年曾云："三十年间行万里，不论南北怯登楼"(《秋晚思梁益旧游》)。这样长期奔走，自然衣上沾满尘土；而"国仇未报"，壮志难酬，"兴来买尽市桥酒……如钜野受黄河倾"(《长歌行》)，这样的嗜酒若命，自然是"衣上征尘"之外，又杂有"酒痕"了。这里"征尘杂酒痕"，对照下句，实又表达了诗人一种壮志未酬，处处伤心的心态(即《病起》诗中所谓"志士凄凉闲处老")。

远游无处不消魂——远游：远方之游，泛指自己流转于各地的为官生涯。无处：亦泛指自己所历各地。"无处"者，无一处，处处也，但更重于写此诗时所过的剑门。这句诗，结合上句，实际是说，他"远游"而"过剑门"时，不但是"衣上"满是征尘，满是征尘的衣上杂有"酒痕"，而且心中呢，是又一次黯然地"消魂"了！消魂：神情黯然之意。

此身合是诗人未？细雨骑驴入剑门——诗人为什么"消魂"？因为就"亘古男儿一放翁"(梁启超《读陆放翁集》)的诗人来说，秋冬之际，"细雨"濛濛，不是"铁马渡河"(《雪中忽起从戎之兴戏作》)，而是骑驴回蜀，他怎能不感到伤心？当然，李白、杜甫、高适、岑参、韦庄都曾入蜀，所以骑驴入蜀，非常容易令人想到这些"诗人"。于是，作者对自己产生了一个疑问：我难道就只该以一个诗人终老吗？为什么我要在微雨中骑着驴子走入剑门关，而不是过那种"铁马秋风大散关"的战士生活呢？作为一个以恢复中原为己任的英雄，陆游可谓"百无聊赖以诗鸣"(梁启超语)，自不甘心以诗人终老，这才是陆游之所以为陆游。

新评

一般地说，这首诗按顺序应该是先说"细雨"，再接以"衣上"，但诗人把"衣上"句放在开头，意在突出久历人间忧患之人的世事沧桑感，然后再接以"远游"、"消魂"句，就把数十年间、千万里路的遭遇与心情，准确地进行了概括。"此身合是诗人未"的疑问，既属自问，也极易引起读者思索，终结以充满诗情画意的"细雨骑驴入剑门"，形象逼真，耐人寻味，其可谓"状难写之景于目前，含不尽之意于言外"。

## 三月十七日夜醉中作

题解

本诗作于乾道九年(1173)陆游四十九岁时，他时任成都府路安抚使司参议官，兼摄蜀州(治所在今四川崇州)通判，在自蜀州返成都的路上，诗人夜宿驿站时作了此诗。诗回忆近年来自己的生活及精神状况，同时也不忘表达自己时刻准备恢复中原的意志和决心。

前年脍鲸东海上，白浪如山寄豪壮。
去年射虎南山秋，夜归急雪满貂裘。
今年摧颓最堪笑，华发苍颜羞自照。
谁知得酒尚能狂，脱帽向人时大叫。
逆胡未灭心未平，孤剑床头铿有声。
破驿梦回灯欲死，打窗风雨正三更。

新解

前年脍鲸东海上，白浪如山寄豪壮——这两句与下两句，主要是对过去生活的回忆。前年：实际指作者三十四五岁在福州任官时。脍鲸东海上：指自福州航行海上。其三十五岁时曾作《航海》诗，诗中有“潮来涌银山，忽复磨青铜。饥鹘掠船舷，大鱼舞虚空”之句；他另有《海中醉题，时雷雨初霁，天水相接也》诗，诗里曾有：“浪蹴半空白，天浮无尽青”，“醉后吹横笛，鱼龙亦出听”等句，可见其航行梗概。这两句犹言：往年在东海上斩鲸炙烤，曾在白浪如山的风暴中寄托自己的豪情壮志。脍鲸：斩鲸以肉炙烤，喻写其豪壮之气。

去年射虎南山秋，夜归急雪满貂裘——去年：指乾道八年在南郑王炎幕下任四川宣抚使司干办公事兼检法官时。陆游壮年怀抱救国壮志，不但学文，亦曾习武，似乎颇有膂力，在南郑任内，有亲自射虎、打虎的事，集中写到此事的不少。句中“射虎”即指此。南山：指长安附近的终南山，南郑在它的南部，故称。陆游在南郑时，常心驰长安，故常泛言及之。“夜归”句，写出了深夜急雪洒落景象，归来时雪满貂裘，见出气候之凛冽。貂裘：貂皮做成的大衣。

今年摧颓最堪笑，华发苍颜羞自照——这两句与下两句写当前，诗篇由豪壮转向沉痛。“摧颓”者，意志消沉之貌也。最堪笑：最令人可笑。正因为意志消沉，所以对照以往之行，才觉得最令人可笑，因此才“华发苍颜”；正因为“华发苍颜”，所以也就羞于引镜自照。华发：指头发半白。苍颜：指容颜变老。

谁知得酒尚能狂，脱帽向人时大叫——这两句，由上两句之摧颓至极，气势稍转向豪壮，主写其“狂”气尚存。但这种“狂”，实有赖于“得酒”，且这种狂气，只是“脱帽”时向人作一声“大叫”，故这种“狂”，实带有一种无可奈何的故作姿态，可算是一种苦中作乐、强颜欢笑之举。

逆胡未灭心未平，孤剑床头铿有声——这两句与下面两句为第三段，再写当前，表现刻骨的沉痛，侧重抒情。首句是说自己因为敌人未灭，所以时时存在一种不平的心境。“逆胡未灭”是诗人“心未平”的根源，也正是他一生的悲痛所在、本诗主导的思想感情所在，上文的追求和挣扎，都是它的外射。正是这种爱国感情的强度与深度及其主客观矛盾，使诗人的豪壮气概与沉痛心情始终交织在一起。接下去一句，以拟人化的手法，写久随身边挂在床头、有如长久而亲密的战友、深深了解诗人心情的“孤剑”，这时也与诗人一样，因“不平”而发出一种“铿然”的鸣声。这一句，衬写出诗人的沉痛之心，极为有力。

破驿梦回灯欲死，打窗风雨正三更——这两句通过景物描写，再加一层渲染诗人不得志的沉痛心情：不能灭敌，愤恨难消，寄身“破驿”之中；“梦回”之后，正是“三更”时分，听着“打窗”的“风雨”之声，看着“欲死”的昏灯，景象是何等的凄凉！梦回：指梦醒。

新评

本诗以对过去生活的忆念开头，在“白浪如山”中去“脍鲸东海”；在南山射虎，直到寒夜始归，以至“急雪”洒满了“貂裘”，这种豪情壮举，决非一般文人所有！开头四句选择了极典型的“壮举”来突出往岁的“豪情”，组成一对“扇对”，既集中、整齐、锤炼，又显得飞动、雄伟。“脍鲸东海”稍显夸张，但总的看来是写实的，于中可见形象的新奇、激情的高涨。次四句写到今年，特别张扬其“摧颓”的容貌，“华发苍颜”，意境急转，气势猛跌，表现当前处境的颓唐。但写“最堪笑”，写“羞自照”，又表现了对这种处境的不甘忍受。四句表现理想与现实的矛盾，表现诗人在失望中的继续追求，悲慨中带有豪壮。第三段再写现在，直露自己雄心壮志之难以实现，与第一段的豪情壮举形成强烈对照，显示出了一种刻骨的沉痛。结尾写灯，用一“死”字，意境深远，用一种拟人写法，把灯火感情化了，颇近于晏几道《阮郎归》中“欲将沉醉换悲凉”。本诗第三段所写的，是一种深刻的“悲凉”；第二段所写的，正是“欲将沉醉换悲凉”；至于第一段，也可以说是“欲将豪壮换悲凉”！但本诗的悲凉，来自不可改变的社会环境，是诗人无法可“换”的。诗篇以豪壮的气概，映照深沉的悲痛，笔力饱满，情调激昂，有很强的感染力。

## 金错刀行

题解

本诗写于孝宗乾道九年(1173)作者在嘉州(治今四川乐山)任上。乾道八年(1172)正月，陆游应四川宣抚使王炎之聘，自夔州赴陕西汉中任干办公事兼检法官，任职时间虽不长，但初步实现了他“上马击狂胡，下马草军书”(《观大散关图有感》)的志向，更坚定了驱逐金兵、收复失地的信心，并把这种感情形诸笔墨。这首七言歌行体借咏刀以言志，抒发誓死抗金、坚信中原势必被收复的豪情。

黄金错刀白玉装，夜穿窗扉出光芒。
丈夫五十功未立，提刀独立顾八荒。
京华结交尽奇士，意气相期共生死。
千年史册耻无名，一片丹心报天子。
尔来从军天汉滨，南山晓雪玉嶙峋。
呜呼，楚虽三户能亡秦，岂有堂堂中国空无人！

新解

黄金错刀白玉装，夜穿窗扉出光芒——第一、二句开门见山，先写刀外观之美：以黄金涂面、白玉饰柄，金玉相映，可谓华美至极。但这些尚未能令人惊叹，最可宝贵的是此刀具备内质之美，黑夜时其光芒竟可穿透窗扉而射出，真可谓锋芒毕露。这里所写与他的《宝剑吟》中写宝剑“殷殷夜有声”有异曲同工之妙——宝剑夜有声是“慨然思遐征”，宝刀夜出光芒亦是“逆胡未灭心未平”《三月十七日夜醉中作》)，故其意不在刀剑，而在报国之心。

丈夫五十功未立，提刀独立顾八荒——第三、四句由刀而入。“丈夫”者，大丈夫之谓也！《孟子·滕文公下》曰：“富贵不能淫，贫贱不能移，威武不能屈，此之谓大丈夫。”陆游另有《胡无人》诗云“丈夫出门无万里，风云之会立可乘”，正是大丈夫的真实写照。五十功未立：指年近五十而报国之功业未成。陆游此时实乃四十八岁，五十乃取整数。“提刀独立顾八荒”，形象生动，意境苍凉。“提刀”人渴望立功，金错刀急欲衅血，但因种种阻碍，有志难申，他四顾八方，涌起几多悲凉之感。但既“提刀”，必将有所作为。诗人这里虽感慨万千，然而并不颓丧绝望。八荒，犹言极远之地。

京华结交尽奇士，意气相期共生死——值此天下兴亡、匹夫有责之时，诗人深感慰藉的是他并不孤立。隆兴元年(1163)孝宗即位，起用张浚，准备北伐。此时陆游亦由大理司直迁枢密院编修，被孝宗召见，赐进士出身。陆游除积极提出军政建议外，并结交了一批力主抗金的奇卓之士，与张浚亦为知心，对其北伐事业更是热心支持。他们相期共生死，充满了胜利的希望。诗人的字里行间洋溢着同仇敌忾的自豪感。京华：指南宋的都城临安。奇士：奇伟卓越之士。

千年史册耻无名，一片丹心报天子——七八两句承上，深入抒写诗人与奇士的内心世界：他们并非汲汲于个人之利，而是耻于史册上留不下名声，故他们都是一片忠心报答天子的知遇之恩。一个"耻"字深刻地表现了诗人企盼立功的雄心。按"报天子"带有浓重的忠君色彩，但在长期的封建社会，"天子"实即国家的代名词，故"报天子"亦即报国家，诗人"一片丹心"之正面意义自不可否认。

尔来从军天汉滨，南山晓雪玉嶙峋——尔来：犹言近来。天汉滨：指汉水之滨。南山：指终南山。玉嶙峋：状山之洁白如玉，重叠不平的样子。嶙峋，形容山势之重叠不平。按陆游尝建议："经略中原必自长安始，取长安必自陇右始。当积粟练兵，有衅则攻，无则守。"（《宋史·陆游传》）他对汉中"地连秦雍川原壮"（《归次汉中境上》）的雄壮山川、丰盛物产、豪迈民风非常欣赏，认为"会看金鼓从天下，却用关中作本根"（《山南行》），欲以汉中为恢复中原的根据地，因此到汉中，就产生了大干一番的雄心壮志，不能不兴奋激动。诗写至此，心潮澎湃，势不可遏，终于发出了最强音。

呜呼，楚虽三户能亡秦，岂有堂堂中国空无人——全诗蓄势至此，非此浩叹不能抒其豪情。这两句前句借用战国时楚地民谣"楚虽三户，亡秦必楚"，喻宋人之恨亦非雪不可。最后一句顺势而下，诘问一句：楚虽三户，亡秦必楚，难道堂堂中原正统王朝，岂有空无人才之理？一句反问笔力千钧，充满浩然正气。堂堂：盛大貌。中国：代指汉族的正统王朝。尽管事实上南宋国力已衰微至极，但诗人深感正义在我，士气必盛，又有汉中之地，定能收拾旧河山。慷慨之音、激越之气，跃然纸上，诗的结尾，极具鼓舞力量。

**新评**

陆游尝自述："我昔学诗未有得，残馀未免从人乞。力孱气馁心自知，妄取虚名有惭色。"（《九月一日夜读诗稿有感，走笔作歌》）又曰："我初学诗日，但欲工藻绘。"（《示子遹》）但自从"四十（按：实际为四十八岁）从戎驻南郑"，有了亲历军旅生活与接触社会现实的"诗外"工夫以后，诗风发生了根本转变，《金错刀行》即是一例。此诗意气慷慨，境界恢宏，声势雄壮，虽不乏议论，但"带情韵以行"（沈德潜《说诗晬语》），非语录押韵者所可比拟。此外，诗适应诗人感情的变化，四句一转韵，显得语气流畅而自然，极具雄宏之美。

## 醉中感怀

**题解**

本诗写于孝宗乾道九年（1173）秋代理嘉州知州任上。上年十一月，陆游调任成都安抚使司参议官，约四个月后的乾道九年三月，改任代理蜀州（治所在今四川崇州）通判，约两个月后又改为代理嘉州（治所在今四川乐山）知州。几个月来频繁的奔波，使他心疲力竭，加之心中悲苦，故情绪抑郁。但诗人竭力鼓励自己，未许消尽任何一点报国之心。

早岁君王记姓名，只今憔悴客边城。
青衫犹是鹓行旧，白发新从剑外生。
古戍旌旗秋惨淡，高城刁斗夜分明。
壮心未许全消尽，醉听檀槽出塞声。

新解

早岁君王记姓名——陆游曾在《史馆书事》一诗中的自注中说："绍兴辛巳，尝蒙恩赐对。"辛巳指高宗绍兴三十一年(1161)，时陆游三十七岁。次年，孝宗即位，他又被召见。他曾建议孝宗振肃纲纪，孝宗也甚称他"游力学有闻，言论剀切"，并赐进士出身。此后陆游还给孝宗提了不少朝政建议，这些便是诗的第一句所包含的内容。

只今憔悴客边城——但是，十多年之后的今天，往日被君王召见时意气风发的诗人已不复存在，他已成为一个客居边城、心身俱疲的人。憔悴：困顿萎靡的样子。

青衫犹是鹓行旧，白发新从剑外生——这首诗的开头两句于今昔变化之中颇流露出自己离群索居的悲凉情调，但诗人深感意犹未足，于是再补足两句。这两句是说，身上穿的还是旧日的"青衫"，但白发则在剑外为宦的经历中悄悄爬上头顶。青衫依旧，白发新生，形象真切，自成对偶，两句饱含着对久沉下僚的感叹，怀旧伤今，抚今追昔，回肠千转，唱叹有情，透过这一感慨，不仅可以看到诗人被伤害的心灵，也可以感受到那个郁闷的时代气息。青衫：唐、宋两代八、九品文官的服色。陆游早年在朝廷任大理司直、枢密院编修官，都是正八品，所以说"青衫"。鹓：又称鹓鹭。因二鸟群飞有序，故称鹓行，这里喻指朝官的行列。剑外：指剑阁以南的蜀中地区，此处代指陆游当时宦游的成都、嘉州等处。

古戍旌旗秋惨淡，高城刁斗夜分明——前四句从叙事中写自己的遭遇和感慨，五、六两句转为写景：秋天，古堡上的旌旗在秋风中飘拂，笼罩着一种阴郁惨淡的气氛；夜深了，城头上巡更的刁斗声清晰可闻。这显然是一个战士眼中所见之景，心中所念之情。"鬓虽残，心未死"(《夜游宫·记梦寄师伯浑》)，古戍旌旗，高城刁斗，无不唤起他对南郑军中戎马生涯的怀念和向往。

壮心未许全消尽，醉听檀槽出塞声——上联虽是写景，却是诗中承上启下的枢纽，所以接着便说这两句。檀槽：用檀木做的琵琶、琴等弦乐器上架弦的格子，诗中常用以代指乐器。出塞，汉乐府《横吹曲》名，本是西域军乐，声调雄壮，内容多写边塞征戍之类的军中生活。诗人壮心虽在，欲试无由，唯有寄托于歌酒之中，但又在酒中竭力鼓励自己：你可千万不要堕了往日的凌云之志啊，因为恢复中原的大业还有待你去完成呢！故醉里听歌，可千万别听那些靡靡之音，要听那些永葆战斗豪情的激越之音啊！

新评

本诗主要抒发自己志向难达的悲哀和至死不堕凌云之志的决心。首二句于今昔变化之中颇流露出自己浓重的感怀之情。三、四句承上，进一步慨叹自己功名未立的悲情。五、六句从写景入手，写对往日战斗生活的怀念和向往。尾联两句再经转折，深刻反映了自己难就功名的无可奈何的心境和愤激不平之情，显示诗人坚贞倔强的性格。诗歌抒情达意淋漓尽致又寓意深蕴，凸现诗人对七律的深厚造诣。

## 胡无人

题解

陆游于乾道九年(1173)摄四川嘉州事，面临的现实是：尽管“近闻索虏自相残”(《闻虏乱有感》)，但南宋朝廷仍按兵不动，故诗人一腔忠愤不得不发。《胡无人》这首诗就勾画了一幅幻想中的北伐胜利图，酣畅淋漓地表现了诗人的爱国激情。

《胡无人》为乐府古题，属七言歌行体。作者虽用古题，但与诗意极为吻合，可见作者匠心。全诗共分三个层次：第一层想象北伐战斗的场面，意在抒发作者的蹈厉奋发之气；第二层幻想北伐胜利后的狂欢，意在表达诗人对恢复中原的必胜信念；第三层重在议论，意在抒发自己的报国豪情。

须如猬毛磔，面如紫石棱。
丈夫出门无万里，风云之会立可乘。
追奔露宿青海月，夺城夜踏黄河冰。
铁衣度碛雨飒飒，战鼓上陇雷凭凭。
三更穷虏送降款，天明积甲如丘陵。
中华初识汗血马，东夷再贡霜毛鹰。
群阴伏，太阳升；胡无人，宋中兴！
丈夫报主有如此，笑人白首篷窗灯。

新解

须如猬毛磔，面如紫石棱——开首两句突兀而起，用《晋书·桓温传》之典，刻画了一个想象中的带兵北伐的英雄形象：胡须如猬毛一样有力地张开，面部如紫色石头一样棱角分明。《晋书·桓温传》载：人尝称桓温“眼如紫石棱，须作蝟毛磔，孙仲谋、晋宣王之流亚也”。两句宛若一面部特写镜头，一下子就把心目中一个具非凡气概的大丈夫形象展示在读者眼前，给人留下深刻的印象。磔：须发张开的样子。紫石：紫色之石。棱：有棱有角。

丈夫出门无万里，风云之会立可乘——首句言大丈夫不计较个人家庭的得失，对出门到万里之外征讨不以为意；次句言他们不放过任何求取功名的机会，认为一旦有良机就应当马上抓住。出门无万里：意在抒发大丈夫驰骋疆场、气吞万里的英雄气概。风云之会：原出《易·系辞》“云从龙，风从虎”，这里喻大丈夫就如乘云升天之龙，驾风出谷之虎。“立可乘”有二义：一突出了“丈夫”求战心切，刻不容缓，所谓“一闻战鼓意气生，犹能为国平燕赵”（《老马行》）；一表明“丈夫”早已秣马厉兵，恨不能立时“手枭逆贼清旧京”，真可谓斗志旺盛。无万里：不惜万里之遥，不以万里为远。

追奔露宿青海月，夺城夜踏黄河冰——这两句转向具体战斗的描写：为追杀敌军，在西部边陲的青海湖边月夜宿营；为夺取坚城，深夜踏过黄河之冰急奔。“追奔”、“夺城”，写“丈夫”参战时的意气风发；“露宿”、“踏冰”又见出战斗环境的艰苦，反衬出“丈夫”气不可摧的英武雄姿。“青海月”、“黄河冰”，显示了疆场的广阔，衬托出“丈夫”一往无前的气概。

铁衣度碛雨飒飒，战鼓上陇雷凭凭——这两句从听觉方面赞扬壮士乘胜前进的勇气：身披铁甲的勇士冒着飞雨，穿过飞沙走石地带，战鼓声传遍陇坂，如“凭凭”雷鸣，壮我胆气，灭敌威风！陇坂：地名，在今甘肃东南与陕西接壤处。

以上是第一层，写“大丈夫”用火与剑开拓出胜利大道。

三更穷虏送降款，天明积甲如丘陵——三更时分，敌人势穷力竭，连夜送来降书；天明之时，敌人正式投降，缴下的盔甲堆积如山。第二句，暗用汉光武破赤眉军“积甲应将熊耳齐”之典。

中华初识汗血马，东夷再贡霜毛鹰——平定敌军后，中华之国终于得识产于西域的汗血马，东夷之国也开始再次进贡珍贵的霜毛鹰。汗血马：汉时产于大宛的一种良马，又称“天马”。霜毛鹰：即白鹰，一种猛禽，唐时新罗等国曾贡此物。诗人借此二物，遥想“四夷宾服”天下定于一统的局面。

群阴伏，太阳升；胡无人，宋中兴——敌人终于伏地而降，太阳也高高地升起来了！啊，胡人再也不会有雄豪杰出之才者作为领导来与天兵抗衡，宋朝终于得到再次复兴的机会！诗人此时完全为自己虚构的胜利所激动，热血沸腾，振臂高呼：四个三字句一气直下，节奏短促有力，掷地可作金石声。“群阴伏”，描摹出敌人威风扫地、诚惶诚恐之态，诗人的感情达到了高潮。

丈夫报主有如此，笑人白首篷窗灯——大丈夫报主就应该这样啊！但可笑的是，竟有人以皓首穷经的方式求取功名！诗人此时正值壮年，有刘越石(琨)、祖士稚(逖)枕戈待旦、闻鸡起舞之概，宁愿战死疆场，马革裹尸，也不愿手抱一经，老死牖下，这最后两句所表白的正是此志。报主：实即报国。有如此：即前两层所想象的壮美情景。“笑人”句，表示对书生白首穷经、深夜读书、汲汲于章句生涯的不屑一顾。白首篷窗灯：犹言熬白了头发每日深夜在篷窗下读书。

新评

陆游论诗文主张“文以气为主，出处无愧，气乃不挠”(《傅给事外制集》序)，意在说明文人无论出世还是入仕，都应该培养保持自己高尚的节操品德，于是表现于诗文中，便具有振奋人心、鼓舞士气的巨大精神力量。陆游的诗中，常常挟带一种誓复中原的正气与壮气，“中原北望气如山”(《书愤》)，“老夫壮气横九州”(《冬暖》)，“白发未除豪气在”(《度浮桥至南台》)，“气可吞匈奴”(《三江舟中大醉作》)指的都是这种“气”。这样的“以气为主”的作品，自然就具阳刚之美，读之使人发扬矜奋，起痿兴痹。这首《胡无人》就是这样一个范例。

## 长门怨

题解

长门怨：古乐府诗名，载郭茂倩《乐府诗集》卷四二《相和歌辞·楚调曲》。长门，汉宫名，汉武帝时陈皇后被废后曾居此，她忧愁哀怨，心情郁闷，后人因作《长门怨》，叙其被遗弃的悲哀。陆游此诗，大多数学者均认为是借陈皇后的遭遇寄托自己政治上的失意的。此诗乾道九年(1173)冬作于嘉州。

寒风号有声，寒日惨无晖。
空房不敢恨，但怀岁暮悲。
今年选后宫，连娟千蛾眉。
早知获谴速，悔不承恩迟。
声当彻九天，泪当达九泉。
死犹复见思，生当长弃捐。

新解

寒风号有声，寒日惨无晖——这两句写时令，渲染出了一派冬日岁暮凄凉景象，这种岁暮凄凉之景，又是从被废的陈皇后感受中来的。因为人的处境不同，对时令的敏感性也有着明显的差异——在被废的陈皇后看来，这个冬季特别地令人痛苦难捱：寒风呼呼地号叫着，寒日在遮蔽天空的风沙劲吹下，一派暗淡无光的凄惨景象。号有声：指风吹大地，发出呼啸之声。惨无晖：形容太阳暗淡无光。晖，阳光。

空房不敢恨，但怀岁暮悲——独居空房，被弃被废，但女主人公对此不敢有丝毫的怨恨，仅是对年岁将终感到悲哀痛苦而已。为什么？遭人弃捐，虚度青春，大好时光，白白浪费，这才是最可悲的事，但她又怎敢怨君？只能空叹自己可悲的命运而已。

今年选后宫，连娟千蛾眉——为什么被弃被废？是因为君王的好色啊！你看今年后宫选妃，漂亮女子何止千数！时过境迁，人心厌旧，被弃被捐，自然在情理之中。后宫：古时妃嫔所居的宫室，这里代指妃嫔。连娟：状女子眉毛或情态之美，如司马相如《上林赋》"长眉连娟"。蛾眉：代指美貌女子。

早知获谴速，悔不承恩迟——这两句由被弃而联想到自己遭遇，表达一种追悔莫及之情：如果早知道这样快就遭受贬黜，那还不如不要那样早地承受皇帝的宠爱。获谴：遭受贬废责罚。承恩：指受到皇帝的宠爱。

声当彻九天，泪当达九泉——这两句写被弃捐者极端痛苦的心情：哭声可上达天之最高处，泪水可下彻地之最深处。九天：指天的最高处。九泉：指地的最深处。

死犹复见思，生当长弃捐——结尾写被弃女冀见君王之意愿：虽遭弃捐，但尚希望再见君王一面；即使为此有生之年永遭弃捐也在所不惜。弃捐：弃置意。

**新评**

以香草美人喻君臣遇合，这是自屈原《离骚》以来就形成的一个中国诗歌独特的意象建构，陆游此诗也不例外。但诗人虽把这种诗歌意想与自己的政治生涯紧密地结合在一起，可在诗中却丝毫未见任何痕迹，读之使人唯感长门寒风之阵阵袭来，使人对失去情爱的女主人公满怀同情之心。政治寓意诗写到此，可以说是已把诗歌表情达意的功能发挥到了一个极致的水平。

## 秋夜怀吴中

**题解**

本诗写于淳熙元年(1174)秋季，陆游离蜀州通判任到成都后，主要抒写自己的远客思乡之情。陆游于乾道六年(1170)赴夔州任通判，其壮志难酬的处境又有类于屈原，因此他常常同情屈原遭遇："离骚未尽灵均恨，志士千秋泪满裳。"后来终得一报效国家的机会——赴南郑佐王炎干办公事，但不到一年就被调任成都宣抚使参议官，诗人不无痛心地唱道："渭水岐山不出兵，却携琴剑锦官城。"不久他又被调离成都，在蜀州、嘉州、荣州任职，过着"似闲有俸钱，似仕无簿书。似长免事任，似属非走趋”的生活。所以，诗人的思乡更有着一层不能为国尽力的遗恨成分在内。

秋夜挑灯读楚辞，昔人句句不吾欺。
更堪临水登山处，正是浮家泛宅时。
巴酒不能消客恨，蜀巫空解报归期。
灞桥烟柳知何限，谁念行人寄一枝。

新解

秋夜挑灯读楚辞，昔人句句不吾欺——首句紧扣“秋夜”两字。次句“不吾欺”，是说《楚辞》中慨叹远游漂泊的诗句在自己读来完全与此时的心境相合，它并没有欺骗诗人自己。不吾欺：即不欺吾，没有欺骗自己意。那么《楚辞》中到底是哪些描写远游的诗句“不吾欺”呢？

更堪临水登山处，正是浮家泛宅时——因为《楚辞·九辩》里有“憭栗兮若在远行，登山临水兮送将归”之句，而诗人此刻，正是流荡在外之时啊，怎能不思念家乡呢？浮家泛宅：语出《新唐书·张志和传》“颜真卿为湖州刺史，志和来谒，真卿以舟敝漏，请更之，志和曰：‘愿为浮家泛宅，往来苕霅间。’”

巴酒不能消客恨，蜀巫空解报归期——这两句直揭诗题。巴酒：巴地之酒。消客恨：消除作客外地之遗憾。蜀巫：蜀地的巫师。两句言自己客愁之深：畅饮巴酒，难以消除作客之愁；高明的蜀地巫师，也难以卜问出今后的归乡之日。

灞桥烟柳知何限，谁念行人寄一枝——尾联再重说一句，表达自己的思乡之情。灞桥：在长安东三里灞水上，古人多在这里送别，临行折柳赠行，以示怀念。“柳”与“留”声相近，折柳赠行，意在表达依依惜别之意。两句谓：重重烟雾弥漫下的灞桥，又有谁能望到它的远近？又有谁能怀念我这个远行之人而能在外面折一枝柳寄赠我呢？

新评

陆游七律，前人推崇备至。沈德潜说：“放翁七言律，对仗工整，使事熨贴，当时无与比埒。”刘克庄更说：“古人好对偶被放翁用尽。”这首诗中间四句不仅对偶亲切、自然、工致，而且涵义丰富。“临水登山”与“浮家泛宅”虽同写羁旅，但前者侧重远游，后者侧重漂泊，而且一句用“处”，一句用“时”，从空间和时间两方面突出了作者的旅寓情怀。即使是“更堪”、“正是”这些虚字的使用，也道出了诗人已经不堪宦游而又不得不继续羁旅的内心世界。颈联“客恨”照应首联，“归期”照应颔联，“巴酒”不能消恨，可见旧恨犹在；“蜀巫”空报归期，则新恨又添。尾联离开前六句的思路独辟蹊径，由自己在蜀川怀吴中联想到吴中无人怀念自己，两相对比之下，更加显示了千里客居者的孤独和苦闷。

## 宴西楼

题解

这首七律作于淳熙元年(1174)诗人以蜀州通判摄理蜀州知州期间。这年六月，他有事至成都，在西楼宴饮后，有感而作此诗。诗写宴会的豪华，音乐歌舞场面的热烈，于花团锦簇的生活描写中，流露出自己功业未立的惆怅，光阴虚度的悲哀。

西楼遗迹尚豪雄，锦绣笙箫在半空。
万里因循成久客，一年容易又秋风。
烛光低映珠帣丽，酒晕徐添玉颊红。
归路迎凉更堪爱，摩诃池上月方中。

新解

西楼遗迹尚豪雄，锦绣笙箫在半空——西楼，指当时成都著名园林西园中的楼阁，为前蜀权臣所建，故称“遗迹”。豪雄，总提一句，虚点一笔，为次句进一步着意渲染发其端。“锦绣笙箫”，紧扣题目“宴”字，写出了宴会上音乐歌舞的豪华壮美、歌管竞逐；句末用“在半空”三字，又衬写出西楼耸立天半的雄姿。

万里因循成久客，一年容易又秋风——因循，随意地空让时光流逝之意，这里实含时日蹉跎、一事无成之感慨。万里作客，光阴虚度，恰逢又到秋风萧飒的季节，是最容易引起人们深重的感喟的。按陆游从乾道六年(1170)入川任夔州通判，八年入王炎幕，赴南郑前线。同年冬入剑门，先后在成都、蜀州、嘉州等地任职，到写这首诗时，首尾已达五年，确实已成为一个“万里”的“久客”者了，故这一联从表面看，似乎只是抒写留滞异乡的客愁和时序更迭的悲叹，实际上所包蕴的内容要深广得多。按陆游怀着报国的雄心壮志，到了南郑前线，但未到一年，就因王炎去职而离幕入川，改任成都府安抚使参议官。此后几年，一直无所作为，岁月蹉跎，壮志消磨，这对像他这样的爱国志士，精神上是最大的折磨。“因循”、“容易”、“成”、“又”，字里行间，颇流露出不能重返前线的深重感叹。

烛光低映珠帣丽，酒晕徐添玉颊红——烛光低低地映照着宴会上盛装的女子，显得她们更加俏丽；酒晕渐渐扩散加深，她们的玉颊更增添了一种诱人的红艳。两句意境温馨旖旎，与前两句之饱含悲慨的抒情形成鲜明对照，在沉醉享乐的气息中，透出了一种无可奈何的悲凉颓放情绪。珠帣(gōu)：装饰有珠宝的衣服；单衣。

归路迎凉更堪爱，摩诃池上月方中——摩诃池，故址在成都旧县城东，为隋将萧摩诃所筑。诗人宴罢归来，夜凉迎面，颇觉快意，再加上摩诃池上，明月正升入中天，此情此景，似将心头的愁云惨雾一扫而空，对此佳景，更生一种赏爱之情。

新评

本诗首联紧扣题目，从宴饮的场所——西楼着笔。次联从宴饮现境写起，抒发自己久客边城事无所成的感慨。第三联折归现境，续写西楼宴饮。但诗人醉宴西楼，置身衣香鬟影之中，只不过是为了缓和精神的苦闷而已。尾联以写景作结，诗情至此振而复起，含不尽之意于其中，可谓深得诗家之法。

## 长歌行

题解

这首《长歌行》写于淳熙元年(1174)九月作者寓成都多福院时，当时诗人已五十岁。淳熙元年春，诗人离嘉州返蜀州任。九月至成都，此前诗《客多福院晨起》有“四到锦城身愈老，更堪重入少年场”句。本首诗则立意在抒发自己理想壮志不能实现的悲哀痛苦和在想象中收复中原、举杯庆祝胜利的场面。

人生不作安期生，醉入东海骑长鲸。
犹当出作李西平，手枭逆贼清旧京。
金印煌煌未入手，白发种种来无情。
成都古寺卧秋晚，落日偏傍僧窗明。
岂其马上破贼手，哦诗长作寒螀鸣？
兴来买尽市桥酒，大车磊落堆长瓶。
哀丝豪竹助剧饮，如钜野受黄河倾。
平时一滴不入口，意气顿使千人惊。
国仇未报壮士老，匣中宝剑夜有声。
何当凯旋宴将士，三更雪压飞狐城！

新解

人生不作安期生，醉入东海骑长鲸。犹当出作李西平，手枭逆贼清旧京——这四句表达作者生平志向，意思颇为显豁：一个人如果不能做一个像安期生那样的仙人，醉骑长鲸，在汪洋大海里纵横驰骋的话，就应当做一个像李西平那样的名将，消灭逆贼，收复旧京，使天下清平。安期生，传说中的仙人，《史记·封禅书》："少君言上曰：'……臣尝游海上，见安期生，安期生食巨枣，大如瓜。安期生仙者，通蓬莱中，合则见人，不合则隐。"李西平，指唐德宗时的名将李晟——他因平服朱泚之乱、收复西京，因功封为西平郡王，故称。

金印煌煌未入手，白发种种来无情——文须蓄势，诗亦宜然。此诗突然而起，二十八字的长句有如长风鼓浪，奔腾前进，但当其全力贯注于"手枭逆贼清旧京"之后，来了个"逆折"："金印煌煌未入手"，表达了诗人壮志难酬的不胜愤懑之情。因为李西平之所以能"手枭逆贼清旧京"，主要是他得到执政者的重用，肘悬煌煌金印以号令天下；而自己呢，空有如李西平的将才和爱国心，却未能如李西平那样掌握兵权，"手枭逆贼清旧京"的壮志又怎能实现？如果说"金印煌煌未入手"尚情有可原，而"白发种种来无情"则更令人痛心。因为"金印煌煌"目前虽"未入手"，但如果是壮盛之年，尚可待来日，可是无情白发已如此种种，又何能久等呢？这两句，直把起头二十八字所抒发的一往无前的壮志豪情"抑"向最低潮。

成都古寺卧秋晚，落日偏傍僧窗明——两句承上，再进一层写自己的悲哀之情，补写出作者投闲置散，独居古寺僧寮的寂寞处境，意在表现诗人岁月流逝、时不我与的焦虑心情：就在这成都古寺的秋晚季节中，诗人独居躺卧，一直到落日斜斜地照射在僧舍的窗户上。就诗人一生来说，已经白发种种，年过半百；就一年说，已到晚秋，岁逢其暮；就一日说，日已西落，沉沉暗夜将至，真所谓"志士愁日短"！而易逝的时光，就在这古寺中白白地消磨，这对于一个渴望"手枭逆贼清旧京"的爱国志士来说，是何等的痛心！

岂其马上破贼手，哦诗长作寒螿鸣——诗人于一抑再抑之后，忽然用一个反诘句平空提起，使诗又形成一个新的波澜：难道我这个马上破贼的英雄，就只能无尽无休地像寒蝉悲鸣般哦诗吗？这两句来势突然，出人意外，然细按脉理，仍从"犹当出作李西平，手枭逆贼清旧京"而来，可谓穷极变化而不离法度。寒螿，指蝉。

兴来买尽市桥酒，大车磊落堆长瓶。哀丝豪竹助剧饮，如钜野受黄河倾——接下去，通过描写"剧饮"，抒发"手枭逆贼清旧京"无由实现的悲愤。兴来，指酒兴到来之时；市桥，桥名，在成都石牛门；"大车"句，指喝完酒后酒瓶众多在车上错杂堆放的样子。哀丝豪竹，犹言悲壮的音乐；丝，弦乐器；竹，管乐器。钜野，古代大泽名，旧址在今山东巨野附近，邻近黄河。"哀丝豪竹"两句，犹言在悲壮的音乐伴奏下，尽情地畅饮，有如古代的大钜野泽吸收倾倒的黄河水一样，有多少也全不在话下，真有"长鲸吸百川"的气概。

平时一滴不入口，意气顿使千人惊——但一味夸张地描写"剧饮"，难免给人以"酒徒"酗酒的错觉，因而诗人用"平时"句陡转：自己平时是滴酒不沾的，正因为“平时一滴不入口”，故这一次“豪饮”的气势顿使众人感到十分吃惊。“意气顿使千人惊”，形成诗歌的再一个波澜。

国仇未报壮士老，匣中宝剑夜有声——诗人为什么剧饮？是因为心怀不平，所以才有这两句：因为国仇未报壮士徒然地老去！正面点明“剧饮”之故，于感慨万端之际，饱含种种失望之情，似乎匣中宝剑也为诗人而鸣不平，夜间发出铿然的响声；侧面烘托誓报国仇的决心，又燃起希望之火。

何当凯旋宴将士，三更雪压飞狐城——结句由上两句引起，并遥应首句，而境界更为阔大。“飞狐城”指飞狐口，在今河北涞源北，古为河北平原与北方边郡间的咽喉。诗人希望有一天能够带兵出征，在收复北宋旧京之后继续挥师前进，尽复北方边郡，在大雪纷飞的飞狐城上大宴胜利归来的将士，痛饮狂欢，直至三更。读诗至此，才意识到前面写“剧饮”，正是为结句写凯旋欢宴作铺垫。何当，犹言何时才能。

**新评**

霍松林先生评此诗时认为，这首诗可作为陆游诗最优秀的代表作，因为陆游的诗，“起势雄迈骏伟者很不少；结句有兴会、有意味，而无鼓衰力竭之态者尤其多。但首尾皆工，通体完美的作品在全集中所占的比例也不太大。这首《长歌行》，则是首尾皆工、通体完美的代表作之一”，故方东树《昭昧詹言》卷十二说它“是陆游诗的压卷”之作，是确有见地的。霍先生又认为，此诗之开头尤其值得赞叹，“一起直抒壮怀，辞气绰厉，有如长江出峡，涛翻浪涌，不可阻遏”。前四句诗实际上不是各自独立的四句诗，而是以“人生”为共同主语，所以必须一口气读到底，从而显示其奔腾前进、骏迈无比的气势。

## 成都大阅

**题解**

大阅，语出《左传·桓公六年》，指对军队的大检阅。淳熙二年(1175)，范成大知成都府，兼四川制置使，制置成都、潼川、利、夔四道，辟陆游为成都府路安抚使参议官兼四川制置使司参议官。这年秋天，陆游参加了成都的阅兵大典而作此诗。

千步球场爽气新，西山遥见碧嶙峋。
令传雪岭蓬婆外，声震秦川渭水滨。
旗脚倚风时弄影，马蹄经雨不沾尘。
属櫜缚裤毋多恨，久矣儒冠误此身。

新解

千步球场爽气新，西山遥见碧嶙峋——第一联写大阅的时令和环境。“千步球场”，写阅兵校场的阔大，这里在练兵讲武之馀，也作踢球用，故以球场称之。诗不明言“秋”字，而以秋季之特征“爽气”点出，再用一“新”，点明其正当初秋，确实给人以清新爽利之感。如果说第一句是写近景，第二句则转向远景：西山，指盘亘在成都北部及西南部的岷山山脉。“遥见”，是一种由近而远的看。对于远方之山，诗人遥见者何？是一片“碧嶙峋”的景象。“碧嶙峋”三个字，活现出山势之峻峭，山色之青碧。这一联用笔轻淡，却已把大阅的时令、环境写得鲜妍可爱，烘托出诗人参加大阅的愉快心情，可谓远近俱到，景中有情。

令传雪岭蓬婆外，声震秦川渭水滨——中间两联写大阅的情况。雪岭，位于成都北部、松潘南部。蓬婆，据《元和郡县志》，是大雪山的别名，但如同雪岭一样，这里的蓬婆，实是泛指岷山主峰一带的山峰。“令传雪岭蓬婆外”，似是写实，因为这一带地区当时名义上属四川制置使统辖，但又带有理想和愿望，因为当时其地实际上在吐蕃的控制下。秦川，原指秦岭以北的关中平原；渭水，为横贯今陕西省的河流，实指长安附近之地。按长安为汉、唐故都之地，但被金人占据。陆游于乾道八年(1172)到南郑任四川宣抚使王炎的幕僚后，时时向往收复关中失地，如《山南行》：“会看金鼓从天下，却用关中作本根”；《送范舍人还朝》：“公归上前勉画策，先取关中次河北”。这里的“声震秦川渭水滨”，实际也是用一种夸张的手法抒写理想与愿望。

旗脚倚风时弄影，马蹄经雨不沾尘——如果说上一联是用理想与激情，渲染阅兵声势的盛大的话，颈联则一转而入写实。这一联主要写了两个东西：军旗与战马。写军旗，诗人重在风吹而旗影闪动形象的捕捉，以“倚”字、“弄”字加以描状，见出风势的不大；写战马，则重写马蹄的轻快。马蹄之所以轻快，一是“经雨”之故，即雨后尘埃不扬，而更重要的是这里暗指士兵的训练有素，驰马轻捷。这一联从动态中反映校场中的宁静、整齐、严肃的气氛，是对大阅的赞美，笔调精细、疏淡。

属櫜缚裤毋多恨，久矣儒冠误此身——结联抒情。“属櫜缚裤”，是写自己身着军装；“毋多恨”，是写自己乐意为此，无须对此生活感到有所遗憾。为什么乐意呢？因为诗人久抱从戎壮志，颇恨“儒冠误此身”，企图凭借杀敌报国，在战场上博取功名富贵。“儒冠误此身”一句乃化用杜甫《奉赠韦左丞丈二十二韵》“儒冠多误身”句。属櫜(gāo)，指佩戴箭囊，语出《左传·僖公二十三年》。

新评

陆游此诗主要为一场秋季的大阅兵而作，诗人身着戎装，参加了这一盛典，是颇感为荣的，故全诗基调昂扬，积极向上，“情主喜悦”。但正如陈祥耀先生所评：“由于当时朝政腐败，军事废弛，阅兵场面，无法过事铺张，故喜悦之情又只能以闲淡、冷静的笔触来描写。阅兵事件触动了诗人的理想与愿望，故闲淡中又着一联富有激情的雄壮笔墨；理想与现实的矛盾，最终在喜悦中又不免带出感慨。”其诗八句，虽以和易清远为主，但笔调多变，给人以飞旋灵动之感。

## 对 酒

题解

这一首诗作于淳熙三年(1176)春，陆游任四川安抚制置使范成大的幕僚时。首写其为消愁而饮酒，是饮酒之因；再写其饮酒之好处，复写其功名富贵之不足炫耀，及时行乐乃为当务。本诗乃饮酒时一时兴会之作，其中饱含作者雄心壮志未能实现的牢骚和不满，读者当于字里行间领悟其言外之旨，方不失作者之真正用心。

闲愁如飞雪，入酒即消融。
好花如故人，一笑杯自空。
流莺有情亦念我，柳边尽日啼春风。
长安不到十四载，酒徒往往成衰翁。
九环宝带光照地，不如留君双颊红。

新解

闲愁如飞雪，入酒即消融——开头两句写愁与酒的关系：闲愁就如飞雪，入酒就能消融，是说酒能解愁化愁。“酒能销愁”是诗人们不知道说过多少遍的话了，而陆游却借助于“飞雪”进入热酒即被消融作为比喻，便显得新奇而与众不同。以愁比雪，文不多见；飞雪入酒，事亦少有；通过“雪”把“愁”与“酒”连结起来，便有神思飞来之感。

好花如故人，一笑杯自空——写完愁与酒的关系，诗人又写“花”与酒的关系：漂亮的“花”就如故人，只要对着你一笑，你的杯中之酒就会一饮而尽。对着“好花”可助酒兴，说来还觉平常，把“花”比为“故人”，便马上使人备感它的助饮力之大，因为对着好友自然容易敞怀畅饮；通过“故人”，把“好花”与“空杯”连结起来，便有力量备增之感。这两个比喻的运用，新鲜、贴切而又曲折，表现了诗人极丰富的想象力，它使诗带上了一种新奇而又真切动人的情态。

流莺有情亦念我，柳边尽日啼春风——这两句为第二层，补足上文，意在说明自然景物使人“对酒”想饮之意，实际是再写饮酒，并为下层作过渡：飞来飞去的黄莺似乎也时时念想着我，它们整天在柳树边上对着春风歌唱——“流莺有情”，故方才在“柳边”的“春风”中啼叫，这两句承接上文“好花”，显示出一幅花红柳绿、风暖莺歌的大好春光。因为春光愈好，便愈动人酒兴，故写景实是在围绕“对酒”这一主题。这一层写景细腻、秀丽，笔调又有变化。

长安不到十四载，酒徒往往成衰翁——这两句主写人事，再写“对酒”想饮之故。长安，指代南宋的首都临安。自隆兴元年(1163)陆游三十九岁时被免去枢密院编修官离开临安，到写诗之时，已历十四年了，故说“长安不到十四载”。第二句不怀念首都的权贵，而只怀念失意纵饮的“酒徒”，则诗人眼中人物的轻重可知。这些“酒徒”，当然也包括了作者众多的“故人”。诗人身离首都，“酒徒”、“故人”转眼成为“衰翁”，这“衰翁”之叹，自然包括自己。“酒徒”中也不乏壮志难酬、辜负好身手的人，他们无缘无故成为“衰翁”，显然包含着朝廷不用人才、浪费人才的意思。这句话表面无关紧要，但内涵深刻。

九环宝带光照地，不如留君双颊红——如果说以上两句在闲淡中出以深沉的感慨，这两句就在感慨的基础上发出激昂的抗议之声了。“九环宝带”，语出《北史·李德林传》，言隋文帝以李德林等修律令有功，赐他们九环带。《唐书·舆服志》载：隋代贵臣多用九环带，且唐太宗也曾用过。“光照地”，用唐敬宗时臣下进贡夜明犀，制为宝带，“光照百步”的典故。“九环带”、“光照地”，表明的意象是贵族身份的光辉显耀，但作者语气一转，突结以“不如留君双颊红”，言外之意是说，这些贵族的身份，富贵荣华的象征，不值一钱，远不如饮酒那样痛快淋漓，因为“饮酒”，留得双颊绯红，色彩绚丽，足以夺“九环宝带”之光，可使“衰翁”显示壮心不老！两相照应，后者更富力量，又饶神韵。

### 新评

陆游写饮酒的诗篇很多，有侧重写因感慨世事而痛饮的，如《饮酒》、《池上醉歌》等；有侧重因愤激于报国壮志难酬而痛饮的，如《长歌行》、《夏夜大醉醒后有感》、《楼上醉书》等；有想借酒挽回壮志的，如《岁晚书怀》之“梦移乡国近，酒挽壮心回”。本诗则侧重蔑视权贵而痛饮。开头奇突豪放，中间细致优美，结尾以壮气表沉痛，笔调灵活多变，而以豪壮为基调。清范大士《历代诗发》据此评该诗：“始终极颂酒德，亦是放翁寄托之词”，认为其诗“起有奇气”。可谓抓住了其中的要害。

## 春　残

题解

本篇作于淳熙三年(1176)暮春，时陆游五十二岁，任成都府路安抚司参议官兼四川制置使司参议官，诗人面对春残日暮的景象，触景生情，遂发诸多感慨，于是写下了这首诗。

石镜山前送落晖，春残回首倍依依。
时平壮士无功老，乡远征人有梦归。
苜蓿苗侵官道合，芜菁花入麦畦稀。
倦游自笑摧颓甚，谁记飞鹰醉打围！

新解

石镜山前送落晖，春残回首倍依依——首句所写，是诗人对往日情事的回忆。遥想当年，石镜山前，眼观落日；今日春尽之时，回首往事，不免勾起对故乡的思念。石镜山，在今浙江临安。依依，指对故乡的依恋思念。

时平壮士无功老，乡远征人有梦归——对故乡产生浓烈的思念之情，随之而来，诗人就想到：自己将来以一种什么身份归家？于是这两句就脱口而出：世道是太平了，壮士也就只能无功而老了；但归家的路依然漫长，乡国遥远，征人又怎能轻易返乡，想归家只有在梦中了。这两句形成一对矛盾。按宋、金自隆兴(1164)和议以来，不再有大的战事，所谓“时平”即是指此。但这种时平，实是宋室以大量财物向金人乞得的一种苟安。既然时平，战士无功空老，就应归乡；但乡又难归，只能在梦中实现。这里满含着对南宋王朝与金不战不和状态的不满。又“壮士无功”，实有强烈的自我感慨在内。按陆游从军南郑，本图从西北出兵，恢复宋室河山，但不到一年即调回成都，从跃马横戈的壮士变为驴背行吟的诗人，如今忽忽又已四年，功业无成，年已垂暮，因此才有这种感慨。

苜蓿苗侵官道合，芜菁花入麦畦稀——这两句写田间近景，与诗题“春残”相扣：暮春时节苜蓿盛长，把往日开阔的官道也遮得颇为严实；芜菁花在田陇中开放，显得麦苗也有点稀稀疏疏。苜蓿，一种植草，古常用作马的饲料；芜菁，这里指蔓菁，开黄花，块根能食。按第二句实自司空图《独望》诗“绿树连村暗，黄花入麦稀”之句化出。

倦游自笑摧颓甚，谁记飞鹰醉打围——尾联总收，写自己“倦游”情绪：多年为宦在外，对游走各地做官的生涯已经产生厌倦之情，神情黯然消极颓废到如此程度，连自己也感到可笑，这种情况下，又有谁能记得当年那个英姿焕发携飞鹰乘醉打猎时的充满豪气的陆游形象呢？正因为“倦游”，所以甚感自己“摧颓”至极，故对往日意气风发地携飞鹰乘醉打猎之生活也似乎不堪回首。末句拈出昔日“飞鹰醉打围”的气概，似乎一扬，但却冠以“谁记”为一重抑，顿觉满怀怆然，意在强调昔年的雄豪气概不过是使自己今日的摧颓意绪更为浓烈而已。甚：程度副词，十分意。

新评

这首诗借春残之景而兴发感慨，表达了自己年龄老大功业未立的悲哀之情。其中的“春残”，既是触景增慨的契机，又兼有人生的象征意味。诗人通过对春残景物的描写，把情、景、事、物，以及过去与现在，自然与人、事得到了一个较好的融合，充分地表达了自己的思想情绪。

## 月下醉题

题解

这首诗作于淳熙三年(1176)诗人五十二岁时。这年三月，诗人因“燕饮颓放”遭言官弹劾，被免四川制置使司参议官，以主管台州桐柏观的名义领祠禄，仍留成都。诗篇主要抒写罢职闲居的感慨，表达对自己无辜被闲置、壮志难酬的不满，但透过字里行间，仍可隐然窥见其意气风发的精神。

黄鹄飞鸣未免饥，此身自笑欲何之。
闭门种菜英雄老，弹铗思鱼富贵迟。
生拟入山随李广，死当穿冢近要离。
一樽强醉南楼月，感慨长吟恐过悲。

新解

黄鹄飞鸣未免饥，此身自笑欲何之——首句“黄鹄”，写闲居情况，用杜甫《同诸公登慈恩寺塔》“黄鹄去不息，哀鸣何所投？君看随阳雁，各有稻粱谋”诗意，意在说明自己做官实出不得已，是为衣食而忙。但既然是为衣食而忙，现在官也做了，衣食不愁，试问自己又想干什么？这两句实际是反话正说：因为诗人并不想做一个老死于牖下为衣食而奔忙的常人。这从下句中可以看出。

闭门种菜英雄老，弹铗思鱼富贵迟——诗人一贯以英雄自命，颇想为国驰驱，收复失地，现在却被迫闲居，且要“老”于这种境遇之中，这又何能使人忍受得住？“闭门种菜”，用三国时刘备之典。《三国志·蜀先主传》注引胡冲《吴历》：“曹公数遣亲近密觇诸将有宾客酒食者，辄因事害之。备时闭门，将人种芜菁，曹公使人窥门。既去，备谓张飞、关羽曰：吾岂种菜者乎？曹公必有疑意，不可复留。”弹铗，用《战国策·齐策》冯谖客孟尝君之典：冯谖客于孟尝君门下，不受重视，于是“倚柱弹其剑，歌曰：‘长铗归来乎！食无鱼。’”作者用此典，意在自嘲富贵之难求。但作者心目中的富贵，决非出于“稻粱谋”之富贵。

生拟入山随李广，死当穿冢近要离——因为他的生平之志是：生也要入山随李广，死也要与勇士要离埋在一起。按李广，汉初文、景、武帝时的名将，勇敢正直，爱护士卒，屡立战功，匈奴人称为“汉之飞将军”。曾被罢职居蓝田南山中，再起用仍不得封侯，终被迫自杀，“知与不知，老壮皆为垂涕”（见《汉书·卷五十四》）。要离是春秋时勇士，曾为吴王阖闾行刺公子庆忌不成，伏剑自杀(见《吴越春秋》)。诗说要“入山随李广”，指李广罢居南山射虎事；“穿冢近要离”，则表示死后墓地要与要离为邻(要离墓相传在苏州阊门外)。按诗人对这两个失败英雄，常常形诸吟咏，如《躬耕》“无复短衣随李广”，《江楼醉中作》“生希李广名飞将”，《言怀》“愿乞一棺地，葬近要离坟”，《感兴》“起坟仍合近要离”。

一樽强醉南楼月，感慨长吟恐过悲——正因为壮志难酬，唯有酒中强醉；但过分的感慨，累累的长吟，悲情过重，又恐身心难以承受。这是诗人意识到自己的悲剧遭遇与悲剧性格的表现。这一联诗慷慨中有悲酸，悲酸中寓更深浓的慷慨。

**新评**

本诗抒发自己闲居后的磊落不平之思，作者思绪由闲淡而入，到慷慨辛酸而出，其情其境颇显悲凉色调，但悲中显壮，意气犹豪，仍不失陆游诗的本色。

## 江楼醉中作

**题解**

本篇作于淳熙四年(1177)，时诗人在成都，年五十三岁。此前一年，诗人被言官指斥为“燕饮颓放”，免去了嘉州知州的官职，改任主管台州桐柏山的崇道观，于是他干脆自号“放翁”（《宋史·陆游传》：“以文字交，不拘礼法，人讥其颓放，因自号放翁。”这首《江楼醉中作》，当是表现自己“燕饮颓放”生活的一曲醉歌。

淋漓百榼宴江楼，秉烛挥毫气尚遒。
天上但闻星主酒，人间宁有地埋忧？
生希李广名飞将，死慕刘伶赠醉侯。
戏语佳人频一笑，锦城已是六年留。

新解

淋漓百榼宴江楼，秉烛挥毫气尚遒——淋漓，这里形容喝酒尽兴之状。榼(kē)，盛酒的器具。起联正点题面，说自己江楼宴饮，淋漓尽致，一饮百榼，十分畅意。醉中秉烛挥毫，赋诗抒慨，意气十分遒劲。两句放笔直抒，意态豪纵，活现出放翁的自我形象。次句应题内"醉中作"，"尚"字传出诗人一种顾盼自赏情态。

天上但闻星主酒，人间宁有地埋忧——颔联因醉酒而发抒内心的深沉忧愤。星主酒，指酒旗星，《后汉书·孔融传》李贤注引孔融与曹操书云："天垂酒星之耀，地列酒泉之郡。"地埋忧，语出仲长统《述志诗》"寄愁天上，埋忧地下"。这两句是说，只听说过天上有专门主管酒的酒星，哪里听说过人间有埋藏忧愁的地方呢？这表面上似乎是为自己的醉酒辩解，实际上却是借此表明：自己之所以"燕饮颓放"，正是由于忧愤填膺，又无地可埋的缘故。上句是宾，用"但闻"放开一步；下句是主，用"宁有"这样的反诘语勒转。

生希李广名飞将，死慕刘伶赠醉侯——汉代名将李广，屡败匈奴，匈奴称为"汉之飞将军"；西晋刘伶嗜酒，人称醉侯，如皮日休《夏景冲澹偶然作》之二："他年谒帝言何事？请赠刘伶作醉侯。"这两句是说，活着颇希图做一个李广式的名将，死后则羡慕刘伶被赠以醉侯之名。这联"生希"、"死慕"，貌似平列，实则有因果关系：正因为"报国欲死无战场"，生作李广无望，所以只能逃于醉乡，慕刘伶之死赠醉侯了，语气颇多感慨。这一联与上联交错相应，互相发明。

戏语佳人频一笑，锦城已是六年留——尾联再回到"江楼"宴席现境。佳人，指席上陪侍的歌伎，按这句下有自注说："退之诗云：'越女一笑三年留。'"陆游从乾道八年(1172)冬离南郑到成都，至此已首尾六年，所以说"锦城已是六年留"。"戏语"句，从用典的角度，无非是极言女子的魅力，能使远客逗留三年，然这里又是实写，"戏语"、"一笑"，完全有可能是宴席间的戏谑调笑，可这两句更为深沉的潜台词，却是忧愤自己的投闲置散，报国无路，无可奈何地白白消磨了六年光阴。

新评

这首诗写淋漓醉饮，写死慕刘伶，写戏语佳人，貌似颓放，但其实质却是对报国功业的追求和对现实处境的不满。即使是颓放的内容，诗人也每每通过雄豪遒劲的诗句表现出来，并于纵怀醉歌中饱含深沉的愤郁。这种诗风，是他入剑门以后，由于理想抱负不能实现而逐步形成的。前人评这首诗，或赞其"造句雄杰"（方东树《昭昧詹言》），或赞其"裁对工整"（陈衍《宋诗精华录》），但均未涉及其内在的精神实质。

## 万里桥江上习射

题解

万里桥，在四川成都南锦江上。淳熙四年(1177)正月，孝宗有诏：“自今内外诸军岁一阅试”；“沿江诸军，岁再习水战”(《续资治通鉴》卷一四五)。这首诗就是记淳熙四年春天，诗人观看万里桥一带江上演练的情景，诗人有所感发，于是写下了这首诗。

坡陇如涛东北倾，胡床看射及春晴。
风和渐减雕弓力，野迥遥闻羽箭声。
天上欃枪端可落，草间狐兔不须惊。
丈夫未死谁能料？一笴他年下百城。

新解

坡陇如涛东北倾——开篇写景，诗人从大处落墨：放眼望去，那高高低低的丘陵，犹如起伏的波涛向东北倾流而下。这就诗题而言，似是闲笔，其实不然，那“如涛”的比喻，是很容易让人联想到江水滔滔的画面；同时，诗人将静的“坡陇”化成奔流的波涛，这阔大的境界，跃动的形象，正隐含着诗人一种激动兴奋的心情。这便为全诗设置了背景，创造了气氛。

胡床看射及春晴——正当一个晴朗的春天，诗人坐在交椅上观看江上将士演习射箭。这一方面点题，一方面点明时间，为下文埋下伏笔。胡床，即交椅，因为最初从西域传入，故称胡床。

风和渐减雕弓力，野迥遥闻羽箭声——第二联紧承“春晴”生发。雕弓，指用雕画装饰的弓。古时角弓用胶粘结兽角制成，春天风和日暖，胶的粘力受到影响，所以弓的力量也有所减弱。但是，尽管“风和渐减雕弓力”，还是可以听到将士们射出的羽箭带着一声声长啸，飞向旷野远处。这两句诗一退一进，刻画出将士们认真演习，膂力不凡的形象。

天上欃枪端可落，草间狐兔不须惊——天上欃枪，指天欃，天枪，彗星之别名，古人认为它的出现主有兵乱，这里代指金人。正因为将士们如此骁勇善战，如此习武练兵，诗人才感到“天上欃枪端可落”。金人的消灭是可指日可待的，至于那些“草间狐兔”，更不在话下，大可不必为此而惊慌失措。端，正。狐兔，喻小盗小贼。

丈夫未死谁能料？一笴他年下百城——尾联宕开一笔：笴，指箭杆。一笴句典出《战国策·齐策六》鲁仲连事。时燕军所占之齐地聊城为齐人所围，鲁仲连作书劝燕将识大势，及早归降，以箭将此书射入城内，燕将果降。这两句诗实是诗人抒怀咏志：男子汉大丈夫只要不死，谁能料到一定无所作为呢？他年有遇，我也能像鲁仲连那样，一箭下百城！这一联壮怀激烈，气势磅礴，豪壮的结语，使全诗的境界得到升华，读者读之精神为之一振。

新评

陆游在蜀中的心情是极其苦闷的，但是，他写军事校阅的诗颇多，如乾道九年(1173)的《八月二十二日嘉州大阅》，淳熙元年(1174)的《蜀州大阅》，淳熙二年(1175)的《成都大阅》等。本次校阅是陆游被人攻击为“燕饮颓放”，遭到落职处分之后，他以这样一篇慷慨磊落、意气昂扬的诗篇歌颂这次校阅，反映了诗人一贯重视习武练兵，以抵制侵扰，恢复中原的执着追求，以及身处逆境，心怀国事，不计个人得失的可贵品格。他后来曾劝勉辛弃疾“深仇积愤在逆胡，不用追思灞亭夜”(《送辛幼安殿撰造朝》)，其深明大义的精神，也体现在此诗中。

这首诗以景兴起，继而叙事，转而议论，结以抒怀，转接自然，但又始终围绕校阅中的“射”字为中心。

## 秋晚登城北门

题解

这首诗写于宋孝宗淳熙四年(1177)九月。诗人当时在四川成都。一天，他拄杖登上了城北门楼，远眺晚秋萧条的景象，激起了对关中失地和要塞大散关的怀念，由此而写下了这一首抒发自己壮志难酬的怨愤和忧国伤时的诗篇。

幅巾藜杖北城头，卷地西风满眼愁。
一点烽传散关信，两行雁带杜陵秋。
山河兴废供搔首，身世安危入倚楼。
横槊赋诗非复昔，梦魂犹绕古梁州。

新解

幅巾藜杖北城头——幅巾：指不着冠，只用一条丝巾束发。藜杖：拄着藜茎做成的手杖。北城头：指成都北门城头。这句诗描绘了诗人的装束和出游的地点，反映了他当时闲散的生活：一种无拘无束日就衰颓的境况。

卷地西风满眼愁——写诗人当时的感受。当诗人登上北城门楼时，首先感到的是卷地的西风。“西风”是秋天的象征，“卷地”则形容风势猛烈。时序已近深秋，西风劲吹，百草摧折，寒气袭人，四野呈现出一派肃杀景象。当这种萧条凄凉景象映入诗人眼帘时，愁绪不免袭上心来。“满眼愁”正是写诗人与外物相接而起的悲愁。但诗人在登楼前内心已自不欢，只有心怀悲愁的人，外界景物才会引起愁绪，所以与其说是“满眼愁”，毋宁说是“满怀愁”。“满眼愁”在这里起承上启下的作用，而“愁”字可以说是诗眼，它凝聚着诗人当时整个思想感情，全诗又从这里生发开来。

一点烽传散关信，两行雁带杜陵秋——这两句表达对边境情况的忧虑和对关中国土的怀念。大散关是南宋西北边境上的重要关塞，诗人曾在那里驻守过，今天登楼远望从那里传来的烽烟，说明边境上发生紧急情况，作为一个积极主张抗金的诗人，咋能不感到深切的关注和无穷的忧虑呢？这恐怕是诗人所愁之一。深秋来临，北地天寒，鸿雁南飞，带来了“杜陵秋”的信息。古人有鸿雁传书的典故，陆游身在西南地区的成都，常盼望从北方传来好消息，但这次看到鸿雁传来的却是“杜陵”秋天的信息。秋，在这里既指季节，又有岁月更替的意思。“杜陵秋”三字，寄寓着诗人对关中失地的关怀，对年复一年不能收复的故都的怀念之情。远望烽火，仰视雁阵，想到岁月空逝，兴复无期，不觉愁绪万千，涌上心头。杜陵，在今陕西西安东南，秦置杜县，汉宣帝陵墓在此，故称杜陵。诗人用杜陵借指长安，长安又为宋以前历代王朝建都之地，故这里实又暗喻故都汴京。烽传：古时边境备警急，筑高土台，积薪草，夜间有寇警，即举火燃烧，以相传告，谓之举烽；白天则燃烧积薪或狼粪以望其烟，谓之燔燧。

山河兴废供搔首，身世安危入倚楼——山河，在此代指国家，国家可兴亦可废，而谁是兴国的英雄？身世，指所处的时代，时代可安亦可危，又有谁是转危为安、扭转乾坤的豪杰？山河兴废难料，身世安危未卜，瞻望前途，真令人搔首不安，愁肠百结。再看，自己投闲置散，报国无门，只能倚楼而叹了。这联诗句，抒发了诗人的忧国深情。

横槊赋诗非复昔，梦魂犹绕古梁州——这一联既承前意，又总结全诗。“横槊赋诗”，用曹操之典。唐元稹《唐故工部员外郎杜君墓系铭并序》：“曹氏父子鞍马间为文，往往横槊赋诗。”苏轼在《前赤壁赋》也言曹操：“横槊赋诗，固一世之雄也。”陆游用此典，实际指其任四川宣抚使幕府职时一段“铁马秋风大散关”的戎马经历，“非复昔”，言这些已成往事不复存在。诗人离开南郑虽已有五年之久，但那种金戈铁马的生活，仍时时魂绕梦萦，永难释怀，“梦魂犹绕”句，即描写自己的这种心态，这正是其报国心志的典型抒发。古梁州，为古九州之一，指汉中地区。

新评

这首诗主要是诗人登城所见所想，叙事与抒情的结合是本诗最大的特色。头两句叙出游地点、时间及感受，点明题旨。第二联抒写自己远望烽火、仰观雁阵所兴起的失地之愁。第三联由失地而想到国家的命运与自身的遭际。最后一联写自己对"横槊赋诗"往事的追忆和壮志难酬的悲哀痛苦。全诗以诗人之"愁"贯穿全篇，感情激愤，思绪沉痛，爱国热情跃然纸上。

## 关山月

题解

本诗写于宋孝宗淳熙四年(1177)诗人五十三岁时。隆兴元年(1163)，宋军在符离大败之后，十一月，孝宗召集廷臣，计议与金国讲和之事，宋与金旋即达成和议。朝廷下诏议和，到诗人写作此诗时，已经十五年过去了，在这期间，朝廷上下满足于苟安局面，文恬武嬉，不图恢复。诗人抚时伤事，不能自已，悲痛之馀，写下了这首感人的诗篇。

《关山月》本为汉乐府旧题，属西域军乐中的横吹曲，这里仅借用其古题。

和戎诏下十五年，将军不战空临边。
朱门沉沉按歌舞，厩马肥死弓断弦。
戍楼刁斗催落月，三十从军今白发。
笛里谁知壮士心，沙头空照征人骨。
中原干戈古亦闻，岂有逆胡传子孙？
遗民忍死望恢复，几处今宵垂泪痕！

新解

和戎诏下十五年，将军不战空临边——金国灭辽、灭北宋之后，形成了与南宋对峙的局面，并不断向南宋发动进攻，攻占了大片土地。腐朽的南宋朝廷从赵构开始，执行的就是一条投降主义的路线。孝宗即位，初期本欲有所作为，但一次仓促而不成功的北伐失败后，又走回到投降主义的老路。隆兴和议成后，到诗人写此诗时，已十五年过去了，这十五年间，将军虽临边，但备而不战，一个"空"字，就揭示了边境这种奇怪的现象，表达了诗人一种极端郁愤不满的心情。因为"将军"是为战而设的，将军不战，何用将军？"戎"，我国古时对西北部少数民族的称呼，这里指女真族建立的金国。

朱门沉沉按歌舞，厩马肥死弓断弦——这两句承上：宋金议和，敌我双方和平共处，苟且偷安的朝廷大员，遂抓住这难得的暂时太平奢侈享受：高门大户不顾国家安危，纷纷按节歌舞，及时行乐。而边疆军备松弛，战马久不临阵，只能在马厩中食肥老死；杀敌的武器多年不用，只能闲置库房中腐朽折断。

戍楼刁斗催落月，三十从军今白发——朝廷上下不以恢复为念，戍守边城的战士在催促落月的刁斗声中一天天地虚度光阴。从军时是一个三十岁的壮汉，到如今已是满头白发。戍楼，指城头守望的岗楼；刁斗，军中用以报更的器具。

笛里谁知壮士心，沙头空照征人骨——壮士竹笛，声声哀怨，传达出一种有志不能报国的悲愤。往日的战场上，月光暗淡，死去的征人似乎在发出无言的悲鸣。然而，纵把横笛吹破，又有谁知壮士之心？那沙场上的征人白骨，不是被月光徒然地照耀？如今朝廷不战，功业无成，他们的牺牲，又能值几何？

中原干戈古亦闻，岂有逆胡传子孙——古往今来，中原曾发生过多少场战事？但像现在，让叛逆的胡人几十年安然盘踞，听凭他们繁子衍孙、世代相传而不闻不问，那可真是千古罕见的事。

遗民忍死望恢复，几处今宵垂泪痕——中原遗民忍死含垢，南望王师，但朝廷并不打算恢复故地，他们的希望岂有实现之日？今宵该有多少北方的遗民在伤心落泪！国门之外，金人虎视眈眈，虽然朝廷上下偷安于东南的半壁河山，但中原遗民却盼望恢复，戍边壮士图欲报国。

**新评**

这首《关山月》表达了诗人对长久未能收复中原、实现国家统一的极端郁愤之情。诗以情取胜，以气见长。诗人抓住几个富于典型的、触目惊心的、令人愤慨的现象，加以渲染，抒发一种强烈的忧国忧民之情，可谓句句是血，声声是泪。又诗以一股浓烈深沉的感情和意气贯穿其中，读来给人以一气贯通，浑然整体之感。

## 浣花女

**题解**

本诗作于淳熙四年(1177)秋，作者时在成都。诗写浣花溪边乡村女子生活，表达了诗人对乡间富有泥土气的质朴生活的向往。浣花：即浣花溪，在成都郊区。嘉庆《四川通志》卷十《舆地志·山川》一：“华阳县：浣花溪，在县东南五里，《方舆胜览》：一名百花潭……杜子美尝居此。”

江头女儿双髻丫，常随阿母供桑麻。

当户夜织声咿哑，地炉豆藉煎土茶。
长成嫁与东西家，柴门相对不上车。
青裙竹笥何所嗟？插髻烨烨牵牛花。
城中妖姝脸如霞，争嫁官人慕高华。
青骊一出天之涯，年年伤春抱琵琶。

新解

江头女儿双髻丫，常随阿母供桑麻——首句写浣花溪边女子装束，次句写浣花溪边女子每日生活：江边女子头发梳成两个髻丫形象，每天的生活就是跟着母亲采桑纺麻。双髻丫：头发梳成两个小辫，高高地挽束在头顶。供桑麻：犹言采桑纺麻。

当户夜织声咿哑，地炉豆藉煎土茶——这两句承"供桑麻"三句，具体写浣花女子生涯：上句言女子的"作"：每夜对着窗户，在咿哑作响的纺车声中纺纱织布；下句言女子夜间织纺时"作"中之"息"：纺织劳累之馀，喝着地炉中以豆秸生火、用当地出产的茶叶烧煎成的茶水。咿哑：象声词，指织机声。豆藉，豆秆。

长成嫁与东西家，柴门相对不上车——女子日夜劳作是如此，而其一生命运又如何？这两句就写决定女子一生命运的出嫁：男女谈婚论嫁，不出自己的乡间邻里，她们成人之后，不是嫁与东邻就是嫁与西舍，家庭虽然不富，但柴门相对，出嫁之时，有如平时的串门过户，无须那些繁琐的礼仪，走着就可到达夫家。

青裙竹笥何所嗟？插髻烨烨牵牛花——这两句承上，具体写女子的出嫁：前句写女子的装束与嫁妆的菲薄，后句强调女子嫁时装束的自然：以素淡的青布为裙，竹编的箱子里装着简单的嫁妆；新鲜的山野开放的牵牛花插在髻上，与油亮健康的头发相辉映。女子对这些菲薄的嫁妆和简单的婚嫁仪式似乎也不感到有什么不如意之处，反而觉得一切都是那么自然而合乎情理。青裙：青布做成的裙子；竹笥：竹篾编成的箱子，用来盛衣饰嫁妆之类。何所嗟，无所嗟叹之意，言女子对自己嫁妆的菲薄毫不在意。烨烨(yè)：光彩夺目的样子。

城中妖姝脸如霞，争嫁官人慕高华——由乡间之女的出嫁，诗人自然联想到城中之女的婚配：城中之女个个精心打扮，妖艳动人，容貌姝丽，面如红霞，这一切所为者何？争嫁官家攀富结贵也。因为她们毕生追求之所在，就是高门大宅的繁华生活。妖姝：妖艳姝丽之女。

青骊一出天之涯，年年伤春抱琵琶——为了追求豪门大户繁华的生活，她们不惜远嫁他方。一旦坐上豪华的车子出门时，就意味着远离父母，永久地沦落天涯。思乡不得见，思亲不得闻，情感无处发泄，年年春暖花开之日，是她们最难熬的日子，只能用琵琶声来传达她们心中的哀怨。青骊(lí)：纯黑色的马，或代指婚嫁时的车辆。天之涯：形容极远之地。抱琵琶：哀怨不得传达，唯用音声以写意，是用王昭君远嫁匈奴之典。

新评

本诗当是诗人由一时所见有感而发。诗写当地女儿的生活与婚嫁，字里行间流露出对乡间朴野生活的向往，和对乡间之女不慕荣华富贵生活的歌颂。作为对比，诗人对城中女子追慕高华的习气显含抑贬之意。诗人认为，她们追慕外在表面奢华富贵生活的同时，也失掉了人间最宝贵的东西——金钱不可以买到的亲情，从此可以看出，诗人对朴直自然的田园牧歌式生活是永存希冀而时常向往的。

## 寓驿舍

题解

陆游四十八岁那一年，自夔州通判调到南郑，为四川宣抚使王炎幕宾。七个月后，改官成都，为范成大幕中参议。此后数年中，虽曾权判蜀州，摄知嘉、荣，但总是以成都为中心，往来奔走。到成都时间短暂，多客寓驿舍、寺院(五十岁到成都，曾客寓多福院，有“四到锦城身愈老”之句以记其事)。这首《寓驿舍》即写其第三次寄寓于某一驿舍的思想感情。

闲坊古驿掩朱扉，又憩空堂绽客衣。
九万里中鲲自化，一千年外鹤仍归。
绕庭数竹饶新笋，解带量松长旧围。
惟有壁间诗句在，暗尘残墨两依依。

新解

闲坊古驿掩朱扉，又憩空堂绽客衣——首句写古驿所处的位置，次句写自己的到达，点明诗题：闲静的街坊上，一所古貌斑驳的驿舍静静地关闭着大门；一个远行者推开它那朱红色的大门，进入其内。在驿官的引导下，他来到一空荡荡的堂房中，脱下他那风尘仆仆的旅途之衣，住了下来。大概驿舍也有职位等级的区别，他住的这个地方显然不是大僚下榻的处所：地属僻静“闲坊”(坊，街道)，并且是一所陈旧的“古驿”；门虽“朱扉”，却又常“掩”；堂房是荡荡“空堂”。诗一开头便把读者带进一处荒凉的场所，一股幽寂之气扑面而来。“又憩”两字，含意深远，表明客人不是来过此地一次，而是多次，一种旧地重游的特殊感受油然而生。绽客衣：

犹言解开旅途之衣。

九万里中鲲自化，一千年外鹤仍归——客衣初解，四观寂寥，诗人不由得想起这些年的宦海浮沉，于是带出次联，抒发此行的情感。“九万”句，是由自己风尘碌碌的生活联想到《庄子·逍遥游》中鲲化为鹏的故事：行走九万里，鲲也会变成鹏，而自己却依然故我。次句用《搜神后记》中丁令威成仙后化鹤归来的故事，但重意在一“孤”字。两句合起来，无非是说：自己在各地做官奔波，路途奔走不少，但依然没有什么变化，反而如孤鹤一样归来旧地，所见所闻，大有一种物是人非之感。前句实际上隐含着一种以得志者的飞黄腾达、官运亨通对比自己命运遭际的意义，后句则在此基础上，概言升沉异势，抒发感慨。

绕庭数竹饶新笋，解带量松长旧围——三联紧承“仍归”：既然旧地重游，追寻旧迹亦属一种情不自禁的举动。在诗人看来，这个屡来屡住的驿舍没有多大的变化，只是环绕庭院的竹子又生出了不少新竹，显得比以前更深更密些；院落的那棵松树，解下带子一量，似乎也比过去更粗大一些了。数竹、量松，两个动作，看起来令人匪夷所思，但在这两个看似悠闲的动作中，实含有诗人无穷感慨，万种凄惶。诗人表面是在数竹、量松，但实际分明是在寻找这些年往来奔波的脚印，分明是在思量这些年闲抛的岁月！竹增松长，岁月如流，可是这数竹量松人依然故我，一无建树！今日故地重来，大有“树犹如此，人何以堪”的感叹，感情是十分深沉复杂的。

然而，哪里又可能追寻到流逝了的岁月？哪里又可能寻回失去的心志？彷徨无依的诗人摩挲徘徊间，突然惊喜地发现：

唯有壁间诗句在，暗尘残墨两依依——往日题在壁上的诗句，虽字迹漫漶，蛛网尘封，但尚依稀可以辨认。这留下了往日雪泥鸿爪的壁上诗句，曾记下了当年的激烈壮怀。岁月虽然流逝，竹虽增，松虽长，而诗人的那副壮心可依然如故啊！抚今追昔，逝去的岁月虽使诗人感慨万端，心骋意想！但一颗跃动而不安分的心，其所负载的积极进取之志，可一点也没有变！

新评

这首诗，气氛沉重，感情抑郁，给人一种幽暗凄冷之感。其独具机抒之处在于：全诗虽无一字言及作者之情，但其意象中却处处含有深沉强烈的感情。如以闲坊古驿寓天涯落拓，以鲲鹏鹤变慨人事升沉，以数竹盘松寄岁月不居，以残墨旧迹追怀往昔豪情，时代的风雨与个人的心迹，无不涵蕴其中。

## 舟中对月

题解

本诗写于宋孝宗淳熙五年(1178)二月，陆游自成都奉召东归时从嘉州到渝州的旅船上(钱仲联先生则认为是写于本年四月从合江至涪州途中)。诗人夜处船中，遥望天边的月亮，联想到这几年的宦海生涯，颇产生一种孤独凄清之感，于是浮想联翩，写下了这首以“对月”为题的诗篇，其无人理解的孤单处境和凄凉情怀透过字里行间隐隐显示。

百壶载酒游凌云，醉中挥袖别故人。
依依向我不忍别，谁似峨嵋半轮月。
月窥船窗挂凄冷，欲到渝州酒初醒。
江空袅袅钓丝风，人静翩翩葛巾影。
哦诗不睡月满船，清寒入骨我欲仙。
人间更漏不到处，时有沙禽背船去。

新解

百壶载酒游凌云，醉中挥袖别故人——凌云，山名，亦为寺名，在嘉州(今四川乐山)城对岸。寺建于唐开元年间，有弥勒佛像(即今之乐山大佛)，“高三百六十尺”，极天下佛像之大。首两句写饯行时场面的盛大、与友人分手时恋恋不舍的心情。“百壶载酒”单言酒，其场面之大可以想见。正因为酒多、场面大，故才有“醉中”之别。“挥袖”两字，为一极普通的别时动作，但可以想见作者此刻对与友人别时情态的忆念，由此而引出以下两句。

依依向我不忍别，谁似峨嵋半轮月——故人依依不舍，别时情态依然在目，但他们早已远远地留在后边，只有峨嵋山的月亮是不懈的伴侣，遥在天边随时与自己做伴。起言“百壶”载酒，以示在凌云山设酒送行者之众多。这里“谁似”一转，突出了峨嵋山月同作者的联系，并与前之热闹局面形成鲜明对照。友人已离，月成了故人，故下面的描写，就在人与月之间进行。

月窥船窗挂凄冷，欲到渝州酒初醒——这两句着力写月。峨嵋之月到了渝州，尚且频频“窥船”，可见月之有情；人近渝州，凌云之酒方才“初醒”，在浓醉的背后，读者自然会体会诗人“不忍别”时借酒浇愁的初衷。但人初醒时对月的感受是挂在天边的一种“凄冷”，似乎这种“凄冷”成为诗人不得眠的原因。诗人既不得眠，那就起来吧，于是就有了以下两句。

江空袅袅钓丝风，人静翩翩葛巾影——江天上吹来的是一股如钓丝般微微的细风，在月光的照耀下，是静默中站立着的人的葛巾微微飘动的影子。按"钓丝"，本意指钓竿上的细丝，但这里实状风之微细。"葛巾"，指用葛布做的头巾，"葛巾影"，指作者自己的影子，三字实透出作者一种孤独寂寞的心态。对月只见"葛巾影"，由此而引出下面的句子。

哦诗不睡月满船，清寒入骨我欲仙——这两句在前八句的基础上再作突破，由孤寂进入飘逸，在清寒中寄寓着作者对自我解脱的追求。既已至此，那就吟诗吧；但月满船中，给人的感受是清寒入骨，飘飘欲仙。诗至此，人由醉中别友到江船初醒，再到哦诗不睡；月则由峨嵋山巅到时窥船窗，再到清光满船，最后月光入骨，月、人一体，紧扣"舟中对月"这一题目，表现得淋漓尽致。

人间更漏不到处，时有沙禽背船去——"更漏不到"直承"我欲仙"，实际是言：更漏既不存在，那实有的只有月光，故这句虽说更漏，实暗写月光。"沙禽背船"则续承"月满船"而来，因为只有月光明亮，离去的沙禽才清晰可见。这两句虽字字内含"月"与"我"，却又能字字不涉"月"与"我"。《白石道人诗说》云："一篇全在尾句，如截奔马。"本篇即是一篇善于收束的精品。

**新评**

方东树的《昭昧詹言》对陆游诗颇多微词，唯于此首却道："《舟中对月》超妙。太白、坡公合作。"认为这首诗兼具李白、苏轼二人风格。方氏如此说，大约因为此诗起句用东坡《送张嘉州》诗中"颇愿身为汉嘉守，载酒时作凌云游"；第四句、第六句用太白《峨嵋山月歌》"峨嵋山月半轮秋，影入平羌江水流。夜发清溪向三峡，思君不见下渝州"；第八句又用太白《月下独酌》"花间一壶酒，独酌无相亲。举杯邀明月，对影成三人"。故从李白、苏东坡二人角度讲，此诗清隽奔放，飘逸欲仙，酷似太白；而其轻灵流丽，如行云流水，又颇类东坡。不过应该指出的是，陆游是一位个性十分鲜明的诗人，他向一切人学习长处，同时又主张自出己意，形成自己独特的风格。故实际上他是以超迈的笔力熔太白、坡公于一炉，自铸成一种雄浑奔放、明朗流畅的风格，使其诗又能远脱出李白、苏轼的樊篱。

## 南定楼遇急雨

**题解**

放翁入蜀，奔走八年，先在汉中四川宣抚使王炎幕下供职，后调回成都。至宋孝宗淳熙五年(1178)三月，始奉召自成都东归。他顺江而下，途经泸州，登南定楼，时骤雨忽来，诗人四顾茫茫，心中凄迷，遂即景命篇，写下此诗。南定楼，据《舆地纪胜·潼川府路泸州》："南定楼在州治。晁公建，取诸葛《出师表》中语为名。"

行遍梁州到益州，今年又作度泸游。
江山重复争供眼，风雨纵横乱入楼。
人语朱离逢峒獠，棹歌欸乃下吴舟，
天涯住稳归心懒，登览茫然却欲愁。

新解

行遍梁州到益州，今年又作度泸游——首联交代在四川的行踪及目前所处之地，对应诗题。梁州：指汉中。益州：指成都。泸：即泸水，指金沙江经泸州这一段江流。

江山重复争供眼，风雨纵横乱入楼——次联承上两句：首句是对上联首句的进一步发挥，次句则是对上联首句的顺势深入描写。因为"行遍"梁、益各地，所以各地江山风光自然见得不少，故用"重复"两字，重复者，重重叠叠屡见不鲜也。争供眼，是说江山争着把自己送到诗人的眼前让诗人欣赏，用的是一种拟人的手法。次句写登楼所见：南定楼在泸州州治，对江负山，江上风大，山间雨急，风雨相挟，纵横奔突。而在这雨横风狂之时，随着萧萧风声，透过森森雨幕，但见重岩叠嶂，百川千流，奔腾呼啸，竞赴眼底。因其风劲雨骤，更觉山重水复；而山洪奔涌，又衬出风紧雨急。一"争"字、一"乱"字，形象地写出暴风急雨时的景状，可谓传神。

人语朱离逢峒獠，棹歌欸乃下吴舟——颈联继写眼前所见所闻。出句承山，兼写土俗。峒獠：旧时对居住在西南山地少数民族的辱称。朱离：同侏离。《后汉书·南蛮传》言南蛮之语"语言侏离"，是说边地语音难辨，不好懂。按《舆地纪胜》云："泸控西南诸夷，远逮爨蛮，最为边隅重地。"其地在宋之时，犹土俗犷陋，风教未开，语言外人难解。对句承江，兼写行船情况，船人棹歌与划桨声相混，生动如画。这二句诗分开看，都只是客观的描写，放在一起，则形成对照，含蓄地表达了归乡心情。棹歌：犹言船歌，舟人鼓桨而歌。棹，船桨。欸乃：划桨声。柳宗元《渔翁》："欸乃一声山水绿。"

天涯住稳归心懒，登览茫然却欲愁——末联两句诗意，似与贾岛诗"客舍并州已十霜，归心日夜忆咸阳。无端更渡桑干水，却望并州是故乡"（《渡桑干》）有相似之处，但其时其情，又有很大不同。贾岛恨久客并州远隔故乡，今非但不能归去，反北渡桑干，离家更远，故其情痛切。放翁久居蜀地，对此怀有一种特殊的感情，无论是汉中形胜，还是成都繁华，都使他依恋难舍。一旦离去，往事分明在目，惜别之情顿起，所谓惯住天涯、归心倦懒，便是此意。但十载为客，方许归去，思乡之情，终不能免。留也难安，去也难安，两种情思，一般缱绻。登高远望，仰对茫茫云天，欲向谁语？俯视迢迢原野，不辨去路。心无所主，怎不生愁！末联所写的，正是这种迷茫之情。

新评

这首诗纵横驰突，跌宕飘忽。诗中忽写行役之促，忽写江山之胜，忽写风雨之狂，忽写土俗之陋，忽写归心之切，忽写登览之愁，句句转，笔笔奇，如山间云雨、大江波澜，幻变奇绝。故读此诗，须以神会其神，以气驭其气，于飘忽回荡之中，求诗之精神所在。此诗另一显著特点是节奏极快，盖非快不能状瞬息万变之景，非快不能成此幻变奇绝之诗。首联连用梁、益、泸三地名，将十年宦旅、千里蜀中，概括在一联之中，如骏马驻坡，读之可闻迅足踏地之声。

## 游楚城

题解

淳熙五年(1178)正月，陆游受孝宗召东归。二月，陆游离成都，顺长江东下，五月初到达归州，作《游楚城》及《屈平庙》等诗。据他所写的《入蜀记》，楚城在长江之南的“山谷间”，与归州(秭归)城及其东南五里的屈原祠隔江相望。江中“滩声”，“常如暴风雨至”。本诗虽题为“楚城”，但只用第一句写“楚城”，第二句和三、四句，则分别歌咏屈原祠及江中的“滩声”。

江上荒城猿鸟悲，隔江便是屈原祠。
一千五百年间事，只有滩声似旧时。

新解

江上荒城猿鸟悲——先点明城在江上，并用“荒”和“悲”定了全诗的基调。楚城即“楚王城”，“楚始封于此”，是楚国的发祥地。楚国强盛之时，它必不荒凉，如今竟成“荒城”，就不能不使人“悲”。接下去，作者就用了一个“悲”字，但妙在不说人“悲”，而说“猿鸟悲”，用了拟人法和侧面烘托法。猿鸟何尝懂得人世的盛衰？说“猿鸟”尚且为“楚城”之“荒”而感到悲哀，则凭吊者之悲哀更可想见。“江上”二字，在本句中点明“楚城”的位置，在全诗中则为第二句的“隔江”和第四句的“滩声”提供根据。

隔江便是屈原祠——在第二句，诗人并没有直接回答“楚城”为什么“荒”，却用“隔江便是屈原祠”一句进一步确定“楚城”的地理位置，这一句颇有深意。按屈原辅佐楚怀王，主张彰明法度，举贤授能，东联齐国、三晋抗强秦，却遭谗去职。怀王违反屈原联齐抗秦的主张，使楚陷于孤立，为秦惠文王所败。此后，怀王又不听屈原的劝告，应秦昭襄王之约入秦，被扣留，死在秦国。楚顷襄王继立，信赖权奸，放逐屈原，继续执行亲秦政策，国事日益混乱，秦兵侵凌不已。屈原目睹祖国迫近危亡，悲愤忧郁，自投汨罗江而死。至秦王政二十四年(前223)，楚国终为秦国所灭。明乎此，就不难理解诗人为什么要写这一句，因为楚国的命运与屈原的遭遇密不可分。诗人一见“楚城”的荒芜，就想到了屈原的遭遇；楚城如此荒凉，连猿鸟都为之悲伤，而楚城的隔江，便是屈原的祠庙啊！这无限感慨中又蕴蓄了多少说不出、说不尽的话语。两句诗，欲吐又吞，低回咏叹，吊古伤今，馀意无穷。

一、二两句，只用“便是”结合“江上荒城”与“屈原祠”，接下去似应申说那二者之间的关系。然而这样写，其意便浅，所以诗人别出心裁，照应着第一句的“江上”与第二句的“隔江”去写“滩声”了。

一千五百年间事，只有滩声似旧时——从屈原那时到现在，时间已过了一千五百年，除了江上的“滩声”仍像一千五百年前那样“常如暴风雨至”(《入蜀记》)外，“楚城”已不似旧时了。陵变谷移，城荒猿啼，一切的一切，都不似旧时啊！诗人在此以少总多，纳“楚城”和“屈原祠”于“滩声”之中，并以“滩声”的“似旧”反衬人间万事的非旧，而“楚城”之所以“荒”，“猿鸟”之所以“悲”，屈原之所以被后人修祠纪念，以及诗人抚今思昔、吊古伤今的无限情意，许多不便说、说不尽处，都蕴蓄于这一个慨叹和停顿之中，令人寻味无穷。全诗也就到此结束，不再“伸说”，也无须“伸说”了。

新评

这首七绝，在运用反衬手法上颇有独创性。第一句写楚城在“江上”，第二句写屈原祠在“隔江”，从而以两个“江”字引出响彻两岸的“滩声”，使四句诗形成了天衣无缝的整体。江水流怨，滩声吐恨，那流经楚城与屈原祠之间、阅尽楚国兴亡和人世巨变的江水及其“常如暴风雨至”的“滩声”，是为屈原倾吐怨愤之情呢，还是为南宋时期与屈原有类似遭遇的一切爱国志士倾吐怨愤之情呢？

## 六月十四日宿东林寺

题解

淳熙五年(1178)正月，宋孝宗召陆游东归。二月，诗人离开成都，顺江东下，秋天到达京城临安。这首诗写于六月东归过九江时。东林寺在九江庐山山麓，为我国古代著名寺院之一。陆游在乾道六年(1170)入蜀，路过九江时，曾游历庐山，并住宿在东林寺。经过九年宦游生活，这次又来到东林寺留宿，望明月，听钟声，洗心涤虑，心旷神怡，不免对游宦生活产生一种厌倦情绪。

看尽江湖千万峰，不嫌云梦芥吾胸。
戏招西塞山前月，来听东林寺里钟。
远客岂知今再到，老僧能记昔相逢。
虚窗熟睡谁惊觉？野碓无人夜自舂。

新解

看尽江湖千万峰，不嫌云梦芥吾胸——诗的起势突兀，好似千里归来，有说不尽的心意，事实也是如此。诗人由临安到夔州，再由夔州到南郑，然后调往成都府，又在蜀州、嘉州任官，最后顺江东下，来到九江。他宦游八年，不仅阅尽巴山蜀水，就是汉中、云栈、剑阁，也无不跋涉；至于长江、汉水，浩渺的洞庭湖也尽在游赏之中。诗人行程万里，真可以说是“看尽江湖”，阅尽了“千万峰”。既已观赏过无数高山大川、奇峰秀水，诗人甚觉心胸开阔，即使把浩瀚的云梦大泽放入心中，也丝毫没有任何芥蒂之感。芥，芥蒂，本作“蒂芥”，指细小的梗塞物。按第二句实源自司马相如《子虚赋》“吞若云梦者八九于其胸中，曾不蒂芥”，宋人多把“蒂芥”颠倒用作“芥蒂”，用来比喻心中的怨恨或不快。如苏轼《送路都曹》诗“恨无乖崖老，一洗芥蒂胸”。陆游的“不嫌云梦芥吾胸”句，既用了司马相如的句意，也含有苏轼诗句的意思，意在说明，对于一个“看尽江湖千万峰”的人来说，云梦虽大，在我心目中也不过是一个小小的水泽罢了，既能容纳它，也能忘却它；至于宦海沉浮，人间的恩怨，更算不得什么。这首诗以议论开始，形象地概括了诗人的行程，抒发了胸臆，表现出一种旷达的情怀。云梦：春秋时楚国泽名，其址大致包括今湖南益阳、湘阴以北，湖北江陵、安陆以南地区。

戏招西塞山前月，来听东林寺里钟——次联再次抒发诗人豪放豁达的胸怀。诗人留宿在东林寺，眼望着天上皎洁的明月，耳听着寺里悠扬的钟声，这境界确实很清幽，但不免又想起乾道六年入蜀时途经西塞山，在大江对岸留宿时所见到的中秋节之月：“空江万顷，月如紫金盘，自水中涌出，平生无此中秋也”（《入蜀记》）。这优美的中秋夜景，如紫金盘的明月，似乎一直伴随着自己。今日在庐山脚下，又看到她，何不邀来共听古寺钟声？戏，嬉戏之意。诗人为什么对钟声那样感兴趣？月下闻钟，当然是一种美的享受，但用佛教的说法，寺院的钟声可以发人深省。是不是诗人也想要深省一番？这两句诗写得洒脱而含蓄，反映诗人对幽静的东林寺的喜爱。西塞山：在今湖北大冶东，山临长江。

远客岂知今再到，老僧能记昔相逢——“远客”妙在是诗人自谓。诗人没想到今日又旧地重游，真是喜出望外，而且老僧还曾记得昔日相逢的情景。这两句虽似浅近，但含意丰富，从中可见诗人倦于仕途，委心任运的思想。何以见得呢？且看下面两句：

虚窗熟睡谁惊觉？野碓无人夜自舂——虚窗：指敞开窗户，敞窗入睡，而且睡得很熟，说明诗人心情坦然，忘怀一切；“谁惊觉”的“谁”字不仅指人，也包括各种声音，意思是说，究竟是谁把我从熟睡中惊起的呢？原来是远处村野传来的水碓夜舂声！“虚窗熟睡”点明题旨，全篇诗意尽蕴含其中。结句以野碓夜舂的田园生活把诗人沉寂的心带进一个新的境界。野碓：指山野间借助水力舂米的石磨。

新评

本诗首联以议论入诗，为宋诗中所常见。颔联写邀月闻钟，涤除尘虑，表现对游宦的厌倦。颈联用转折含蓄的笔法，写与老僧话旧，表现出诗人对东林寺的深厚感情。尾联写山寺熟睡和野碓夜舂，点明题旨。此诗意境高旷超脱，得庄生委心任运之旨，所以姚燕评为“最似东坡气(《五七言今体诗钞》卷九)。至于“野碓无人夜自舂”，虽说是化用唐韦应物的“野渡无人舟自横”(《滁州西涧》)句法，但别出新意——前者写静，后者写动，各有千秋。

## 登赏心亭

题解

此诗亦为诗人于宋孝宗淳熙五年(1178)奉诏回临安路上所作。《景定建康志》载：“赏心亭在(城西)下水门城上，下临秦淮，尽观赏之胜。”可见赏心亭是建在建康城上的亭子，登高远望，可以赏心悦目，故称。全诗的感情脉络，前半由一“兴”字点出，后半为一“忧”字包孕。“兴”乃因一线希望而引起：赴阙召对，将面陈恢复大计，或蒙采用，则宿愿得偿；“忧”，则是希望渺茫的表现。面对现实，他深知孝宗的软弱，国家前途如满目衰败之秋景。

蜀栈秦关岁月遒，今年乘兴却东游。
全家稳下黄牛峡，半醉来寻白鹭洲。
黯黯江云瓜步雨，萧萧木叶石城秋。
孤臣老抱忧时意，欲请迁都涕已流。

新解

蜀栈秦关岁月遒——这句恰与《泊公安县》诗中的“秦关蜀道何辽哉”句意境

相近，一说空间之远，一说时间之长；一写"蜀道"，突出"难"，一写"蜀栈"，突出"险"；"何辽哉"，是以感叹语气状其偏远；而这里"岁月遒"，则是写其经历的不寻常——因为诗人被外放四川、陕南，一去八年，备尝艰辛，度过了一段令人难忘的岁月。"遒"本作强劲解，这句实指在南郑等地的戎马生活，故用"岁月遒"来形容。"岁月遒"，犹言"岁月峥嵘"。诗人回忆往事，按捺不住心头的喜悦之情，于是伏下句之"乘兴"。

今年乘兴却东游——诗人东行的目的是奉诏见孝宗，将有再进忠言的机会，故曰"乘兴"。"东游"之"兴"，不是从"游"中来，而是从"东"中来的，这是兴奋的重要原因，至于"游"，不过是乘着兴致高和顺路之便，沿途观赏罢了，于是：

全家稳下黄牛峡，半醉来寻白鹭洲——一个"稳"，一个"醉"，抒发了诗人经险如夷，平安归来的心境。"黄牛峡"在今湖北宜昌西，长江流经此峡，水势湍急，而作者全家乘舟安然渡过，故用"稳下"二字表其幸运，上承"乘兴"，下启"半醉"。"白鹭洲"，在今南京西南长江中，李白《登金陵凤凰台》所云"一水中分白鹭洲"者是也。陆游既然要"乘兴东游"，此景岂能不观？于是，酒酣气张登亭遥望，想一抒怀抱。然而，映入诗人眼帘的却是：

黯黯江云瓜步雨，萧萧木叶石城秋——昏暗的江边阴云密布，遥看瓜步山已下起了濛濛细雨，石头城笼罩在一派萧萧落叶飘洒的秋意中——诗人所见所感，无非是一派肃杀凄凉的秋景而已。按瓜步山在长江北岸六合境内，与建康遥遥相对。石城即石头城，建康的别名，北临长江，形势险峻。这两处都是历代兵家必争之地，南朝宋文帝元嘉二十七年(450)，北魏太武帝拓跋焘率军攻宋，曾至瓜步山，建立行宫，即后来的佛狸祠，辛弃疾《永遇乐》词中所谓"佛狸祠下，一片神鸦社鼓"，即指此。

孤臣老抱忧时意，欲请迁都涕已流——此地此景，不由使诗人忧从中来。回想十五年前(隆兴元年)，自己曾向朝廷提出迁都建康的建议，被置之不理。这次赴阙，固将再陈迁都之策，但孤忠忧时，而朝廷避战，又能有何结果呢？如今登上建康城头，念及迁都之事，不禁涕泪交流，不能自已。这便是结尾两句的意蕴。按立都建康，是主战派的一贯主张，他们认为从建康渡江，通过皖北，可以随时收复东京，这正是由"忧时"而求"光复"的一项重大决策。而主和派主张建都临安，一则为避金人的猜忌，二则当金兵南攻时，可以更方便地逃命，必要时还可以出海。故建都问题是和、战两派斗争的一个焦点。在已经建都临安之后，陆游还念念不忘迁都建康，正是他"忧时"的表现。

新评

"君诗妙处吾能识，正在山程水驿中"，这是陆游对萧彦毓诗的赞语。诚然，"万象毕来，献予诗材”，是写出好诗的条件之一，陆游自己也何尝不是这样，但陆诗的感人之处，并不在写景的穷形尽相和叙事的丰满委曲，而是寓于景物和事件之内的激情。读陆游这首诗，很容易使人联想起辛弃疾的《水龙吟·登建康赏心亭》。辛弃疾登亭是在陆游前四年，他在赏心亭上“把吴钩看了，栏杆拍遍，无人会，登临意”，因此，“英雄泪”夺眶而出。陆诗的“忧时意”正是辛词的“登临意”，二人心心相印，千载以下，仍令人感叹不已。

## 冬夜听雨戏作二首(其二)

**题解**

这首诗写于淳熙五年(1178)秋诗人五十四岁时。这时的诗人初由四川回到故乡山阴，山阴的一夜微雨使他产生颇多的感受和联想。

绕檐点滴如琴筑，支枕幽斋听始奇。
忆在锦城歌吹海，七年夜雨不曾知。

**新解**

绕檐点滴如琴筑，支枕幽斋听始奇——起二句从山阴听雨说起：在屋檐边听雨，点点滴滴，声如琴筑；在清幽的书斋床上，支枕而听，其声始觉清奇有味。这二句稍作转折，但出以闲淡，为下文相反的笔调蓄势。

忆在锦城歌吹海，七年夜雨不曾知——结二句急转陡变，写出极为豪放绚丽的意境：七年中，生活于锦官城(成都别名)“歌吹”如“海”的环境，夜雨之声似乎都不曾听到。按诗人从乾道六年(1170)四十六岁时入蜀，到五十四岁离蜀回乡，前后九年。起先在夔州、南郑住过一段时间，以后到成都任安抚使、制置使的参议官，中间曾出任蜀州通判、摄知嘉州、荣州等职，但仍往返于成都与诸州之间，有七年时间长短不等地在成都住过。在南郑、成都过的是军府的生活，符合诗人的从军夙愿，所以他后来对这两段生活，最为留恋和怀念，写的回忆诗篇最多。这两句就是回忆成都军府生活的。当时成都边境没有战事，军府晚上常有歌舞、鼓吹的盛会。在这种盛会中，诗人豪情发越，兴高采烈，有时忘了屋外响着雨声是很可能的，但“七年夜雨不曾知”，却是极度夸张。这两句诗如果出于陈后主、江总一类人之手，便是沉醉声色、丧失心肝的表现；出于陆游之手，则性质不同，因为它是诗人热爱军中生活，借以抒发其强烈豪情壮志的表现——不作如此夸张，便难以表现其豪放和热烈的感情。

新评

古代描写听雨的著名诗句，如王维的“山中一夜雨，树杪百重泉”（《送梓州李使君》），孟浩然的“夜来风雨声，花落知多少”（《春晓》），杜牧的“一夜不眠孤客耳，主人窗外有芭蕉”（《雨》），李商隐的“秋阴不散霜飞晚，留得枯荷听雨声”（《宿骆氏事寄怀崔雍崔衮》），苏轼的“急雨萧萧作晚凉，卧闻榕叶响长廊”（《连雨江涨二首》）等，都是偏于幽清的情境。陆游写雨的诗也特别多，如他在《夜雨》中自言：“吾诗满箧笥，最多夜雨篇。”其风格也有幽清、喜悦、悲凉、沉痛等情境，而这首诗却独以写豪放之境出奇：以极端豪放的气概，大胆夸张的手法，为古今听雨诗创造了一种壮丽、新奇的意境。

## 自咏示客

题解

陆游在“西州落魄九年馀”的五十四岁那一年，宋孝宗亲下诏令，调他回临安，似将重用，但旋踵又外放福建，一年之后再调江西抚州（今江西抚州）供职，依然担任管理茶盐公事的七品佐僚。这首诗就是在抚州任内所作，诗里的“洪州”即今江西南昌，离抚州不远。

衰发萧萧老郡丞，洪州又看上元灯。
羞将枉直分寻尺，宁走东西就斗升。
吏进饱谙钳纸尾，客来苦劝摸床棱。
归装渐理君知否？笑指庐山古涧藤。

新解

衰发萧萧老郡丞，洪州又看上元灯——把自己这些年的生活、情怀写给朋友们看，提笔便有许多辛酸。诗人把这许多辛酸，熔铸在这个起句里，先给朋友们展示一幅自画像：白发稀短，老态颓唐，这已是一层辛酸；官位又不过是辅佐州长官的郡丞，而且是“老郡丞”，多年来一直做一些细碎事务，更加上一层辛酸。计陆游自三十四岁初入官场，在宦海中沉浮二十多年，始终未曾独当一面，以展其抗敌救国的壮志雄心。岁月流逝，人生倏忽，自然界的酷暑严冬与政治生涯中的风刀霜剑，交相煎迫，他安得不老？虚掷少壮之年，空销凌云之志，又安得不颓？这个起句，夹半生忧患以俱来，把斯人憔悴的形象描绘得非常逼真，读之便令人泫然涕下。第二句再以上元灯火的彻夜通明反衬此翁的颓唐潦倒，“洪州”二字，更寓写着诗人无数不可言说的宦途经历，故诗人顺势而下，引出颔联：

羞将枉直分寻尺，宁走东西就斗升——谗言可畏，三人成虎，世间枉直，一时谁能评断清楚？故诗人宁作外郡佐僚，东奔西跑，就升斗之俸以糊口，以避开朝中的政治风波。按枉、直，犹言对错是非；寻尺，犹言高低。这十四字形象简洁地概括了诗人近年的宦海生涯。诗人在川中曾有“讥弹更到无香处，常恨人言太刻深”(《海棠》之二)的感慨；奉诏东归，孝宗有意任其为朝官，但又被曾规等人从中梗阻。诗人认为，这些政治上的枉和直，是和非，如果与他们分辨，本身就是自己的一种耻辱。况且这些东西又远非言辞所能分辨清楚的。政治上的翻云覆雨、勾心斗角本就是令人十分厌恶的，对那些吠影吠声的群小更应取一种不屑一顾的态度。这两句直抒胸臆，诗情由此步步展开。寻：古代计量单位，古制八尺为一寻。

吏进饱谙钳纸尾，客来苦劝摸床棱——但是，高飞远走，甘居下僚，是不是就能让自己的心安适下来呢？回答是否定的。因为远郡佐僚的生涯，带给他的是更大的苦恼：有职无权的生涯，使他对主官只能唯唯诺诺，天天在公文上随着主官的意志画押签名，丝毫不能做主；好心的朋友来了，总是苦苦劝自己遇事模棱两可，假装糊涂，真是遍尝了俯仰随人的苦滋味。按“钳纸尾”，用韩愈《蓝田县丞厅壁记》故事。韩在其文中曾言，县丞有职无权，属吏抱来文书，左手挟卷正文，右手指着纸尾，要县丞签署，然不许他看清公文内容(详见《昌黎先生集》卷十三)。“摸床棱”用唐代苏味道之典，《新唐书·苏味道传》：载“苏味道初拜相，依违无所发明”，常谓人：“决事不欲明白，误则有悔；摸稜持两端可也。”认为遇事含糊，不可认真决断是最好的选择。“饱谙”、“苦劝”二词，浓缩了无限屈辱辛酸。

归装渐理君知否？笑指庐山古涧藤——进而分枉直，论是非，诗人既不屑；退而走东西，就升斗，又不堪屈辱难忍，这时的诗人真有一种“乾坤大如许，无处著此翁”(《醉歌》)的深沉感慨。当此情况下，看起来只有一条路可走：打理归装，准备避居山林：庐山古藤盘绕的深涧高壑就应该是自己的理想归宿。这愈转愈深的诗情，走投无路的处境，终于逼得他说出了这句隐忍已久却又不得不说的话，作为最后的退却，归隐山林，可是在他心中酝酿了多年的一种无可奈何的退却！

**新评**

本诗抒发诗人壮志难酬的苦恼，感情十分深沉，语句沉痛。对照诗人心存社稷、志在天下的一生行迹：“蹈海言犹在，移山志未衰”(《杂感》之三)，“向来误有功名念，欲挽天河洗此心”(《夜坐偶书》)，诗中的退隐山林，只能是一种愤激的反语。但我们也可从其无可奈何的一再退却的言辞中，看出诗人对颠倒是非、不辨枉直的社会的极端愤慨和无可奈何之情。

## 登拟岘台

题解

本诗作于淳熙七年(1180)作者提举江南西路常平茶盐公事任所,地点在抚州。拟岘台,在抚州城之东南,宋嘉祐二年,州守裴材建,曾巩曾为之作记,云:“晋国裴君,治抚之二年,因城之东隅作台以游,而命之曰拟岘台,谓其山溪之形,拟乎岘山也。”本诗主要抒发诗人对拟岘台及其周围风物的激赏之情。

层台缥缈压城堙,倚杖来观浩荡春。
放尽樽前千里目,洗空衣上十年尘。
萦回水抱中和气,平远山如蕴藉人。
更喜机心无复在,沙边鸥鹭亦相亲。

新解

层台缥缈压城堙,倚杖来观浩荡春——首联点题,拈出拟岘台的地形和登临的时序。“缥缈”以见层台之高,“浩荡”以明春意之广,两个形容词都用得颇为贴切,但相比之下,更为入神的还推一个“压”字。城堙依山,本自高大险峻,而层台雄踞其上,反使城堙显得矮小局促,诗人用“压”字将这种感受精确不移地表达了出来,不但更显示层台的巍峨,且将台与城从静止变为活动,从互相孤立变为浑然一体,使整个句子也产生了流动感。这两句又组成一对因果句:因为春风浩荡,层台高峻,能极目远眺,方有登台之举。但登上层台,感受又当如何?

放尽樽前千里目,洗空衣上十年尘——登上层台,尽千里之远,面对浩荡春色,可谓心旷神怡,十年间做官为宦衣上所染的尘埃,似乎在瞬间一扫而空。按“衣上十年尘”,表面上是写尘土,实际上又含奔走仕途而对自己高洁生活情调的污染——这些乌七八糟的东西,似乎在诗人骋目远望的瞬间一扫而空。

萦回水抱中和气,平远山如蕴藉人——诗人于骋目惬心之际,眼前的景物不知不觉也变了样子:在“衣上”凡尘洗涤一空的放翁看来,萦回曲折的江水,潺潺流去,充满一团平和之气;平缓起伏的远山,在江山的涌动下似乎在款款移来,颇似一个内心含蓄深沉的哲人。

更喜机心无复在,沙边鸥鹭亦相亲——这两句承上。由于有上面对景物的渲染,对景物的喜爱,所以这两句极其自然地脱口而出。机心,指机诈之心,生在世间不得不有的尔虞我诈之心。诗人受美好景物的感染,甚觉到此,万虑俱无,只有一片诚挚坦白的自然之心。正因为百虑俱无,故大可与沙边鸥鹭嬉戏玩要。“鸥鹭亦相亲”，典出《列子·黄帝》：“海上之人有好鸥鸟者，每旦之海上从鸥鸟游，鸥鸟之至者百住而不止。其父曰：‘吾闻鸥鸟皆从汝游，汝取来，吾玩之。’明日之海上，鸥鸟舞而不下也。”

新评

陆放翁诗，论者多称其雄浑豪健、峻峭沉郁，而这首诗则雅洁冲淡、清新脱俗，反映了其诗风的另一面。本诗首联直写登临，以见拟岘台观春之壮观。次联抒发感受，表现诗人彼时彼地心情，颇为传神。颈联写景，但并非纯粹描山绘水，其间饱含诗人主观感情，实为王国维《人间词话》“有我之境，以我观物，故物皆着我之色彩”的写照。春日登临，心头一片恬静，因此看得山山水水都那么冲淡，那么悠然，传情入景，或托景言心，是很有感染力的。末联结语拓开一层，言诗人在春光融融之中，浑然忘机，与天地万物化为一体，平和淡泊的意境可谓表达得十分圆满。

## 五月十一日夜且半，梦从大驾亲征，尽复汉唐故地，见城邑人物繁丽，云“西凉府也”。喜甚，马上作长句，未终篇而觉，乃足成之

题解

这首诗写于孝宗淳熙七年(1180)陆游五十六岁时。在这之前，陆游奉旨出川赴临安廷对，曾向孝宗涕泣陈请出兵中原，但他最终却被委以“提举福建常平茶盐公事”之职。后再从福建调到江西抚州，官职不变，地方较之前任稍强。陆游也深感孝宗对他的特恩，但因始终不能忘怀“铁马秋风大散关”那一段战斗生活，和从南郑出兵长安恢复中原的宏图大计，所以他在这类后方“仓司”任上总是意气颓然。恢复大计始终萦怀头脑中，于是不免情入梦境，现实中无法实现的理想，遂在梦幻的世界中得到了升华，这首诗就是在这样的情况下写成的。本诗诗题长至四十八字，在诗题中即可见其满怀豪情。“从大驾亲征”，是举国同忾豪情壮志的表现；“尽复”丧失数百年的“汉唐故地”，是国家久衰而兴的征兆；“见城邑人物繁丽”，写出山河的壮丽生色；“云‘西凉府也’”，显示兵临边塞，大功告成；“喜甚，马上作长句”，又表现了诗人不可阻扼的澎湃诗情。

全诗四用韵，四句一转，每转一韵，诗意递进一层。

天宝胡兵陷两京，北庭安西无汉营。
五百年间置不问，圣主下诏初亲征。

熊罴百万从銮驾，故地不劳传檄下。
筑城绝塞进新图，排仗行宫宣大赦。
冈峦极目汉山川，文书初用淳熙年。
驾前六军错锦绣，秋风鼓角声闻天。
苜蓿峰前尽亭障，平安火在交河上。
凉州女儿满高楼，梳头已学京都样。

新解

天宝胡兵陷两京，北庭安西无汉营。五百年间置不问，圣主下诏初亲征——这四句从追溯历史开始，说明这次复地动兵，乃王者之师、正义之师。按唐代自天宝十四载(755)安禄山发动叛乱后，国势逐渐衰弱，唐代在今新疆境内设置的北庭、安西两个都护府，于德宗贞元年间被吐蕃攻占，此后这些地区再"无汉营"，且"五百年间置不问"。"五百年"，作者作诗时上距天宝之乱已四百二十五年，说五百年，不过是举其成数。诗中写汉唐故地，只提北庭、安西，是举其远者而言。后晋石敬瑭割燕云十六州献契丹，使汉族政权退居白沟以南；靖康之变，金兵入据中原，又使宋室退居淮河以南；两宋诗人对这段伤心史的慨叹，就全包括在此句中了。陆游瞩目于汉唐盛世，他自己在《西凉行》中说过："北庭安西皆郡县，四夷朝贡无征战。"而北庭、安西正是西北边境要地，所以要着意写。兴兵及于此地，中原大地已包括在内，固不待论。"圣主"，指孝宗。陆游称孝宗为"圣主"，一方面因这位皇帝对自己有知遇之恩，另一方面也因为这位皇帝登基之初，确曾有收复失地的雄心。这四句一气而下，天宝乱后的伤心史直贯入"圣主下诏初亲征"，显出这次军事行动的正气凛然，为下文叙写张本。

熊罴百万从銮驾，故地不劳传檄下。筑城绝塞进新图，排仗行宫宣大赦——这四句极写出师胜利。"熊罴"，代指勇猛的将士。"百万从銮驾"，言其军容之壮。"传檄"，指收复失地的宣谕文书。古代王朝在出师之前，要颁发檄书，敌人慑于声威，不战而降，称为"传檄而下"。这里说"故地不劳传檄下"，则言传檄之劳也用不着。为什么？因是故地，人心向汉，都望风来归。这一句七个字囊括尽万里山河，直抵"绝塞"。其中暗写进军神速，人心向背。"绝塞"，指极远的边塞，它照应开头，指原来北庭、安西辖地。兵至绝塞而止，于是，一面"筑城绝塞进新图"，修筑城堡以固边防，绘制新图以明疆域；一面又"排仗行宫宣大赦"：皇帝在行宫中排列仪仗，对掠城夺地的敌方宣布大赦，这里又暗写王者仁义之师的不报复杀戮，不劫掠异邦。

冈峦极目汉山川，文书初用淳熙年。驾前六军错锦绣，秋风鼓角声闻天——这四句写全胜后的欢悦。先写重归一统的祖国山川，极目远望，冈峦起伏，壮丽非凡。次写辽阔的疆域政令归一，颁行全国的文书都在使用孝宗的淳熙年号了。人人都曾梦寐以求的理想，而今一旦实现，怎能不上下欢腾呢？君不见随驾的六军将士，衣着锦绣，五彩相错；君不闻劲烈的秋风中，欢声笑语，鼓角喧天。这场面用浓墨重彩，写得景壮气豪，是全诗的抒情高潮。

苜蓿峰前尽亭障，平安火在交河上。凉州女儿满高楼，梳头已学京都样——结尾四句，以旖旎舒缓的语言，诉说恢复中原后的和平气象。“苜蓿峰”，今地未详，岑参赴安西都护幕府时曾作七绝《题苜蓿峰寄家人》，可证为安西辖地，陆游用此三字不过是代指边地而已。“亭障”，即守望用的堡垒之类。“交河”，在今新疆吐鲁番西，源出天山，唐置交河县于此，为安西都护府治所，这里也是代指边地。“平安火”，古人于边境每三十里置一烽堠，无事则夜举烽火以报平安，故称平安火。“苜蓿”两句，是说尽复故地、大赦敌邦之后，边境上遍设堡垒，已加强防守，因而夜举烽火，永报平安。这是用两组镜头概写边疆安靖。最末两句则是一个秀丽的特写画面。“凉州”即诗题中提到的西凉府，府治在今甘肃武威，北宋时被西夏攻占，现在回归祖国，当然有许多新气象。但诗人不写其他，只写了一件生活小事：凉州姑娘，满坐高楼，临街梳妆，而头梳的式样，又都在学京都流行的发式，改胡妆为汉饰——中原习俗被于四境，则人心之归一又可知。按末句中的高楼梳头，见于《云谣集》所载唐人《内家娇》第二首：“及时衣着，梳头京样”。西凉府城邑人物繁丽，也见于元稹《和李校书新题乐府·西凉伎》：“吾闻昔日西凉州，人烟扑地桑柘稠；葡萄酒熟恣行乐，红艳青旗朱粉楼。”

新评

此诗写的是梦境，诗人完全没有这种亲身经历。诗中的地名、年代、边制、史事，都从书本中来。不见经传的苜蓿峰，也是从岑参诗里来的。进军绝塞、尽复汉唐故地这些并非现实的场景，虽是陆游利用他所掌握的书本中的材料组织成的，写的虽全是幻想，但读来却浑然实情，具有震撼人心的艺术力量。为什么？因为收复失地本是当时社会各阶层最普遍最迫切的愿望，而陆游对抗金前途的信念，与人民息息相通，正是此，构成了这首诗的灵魂。有了这个灵魂，死材料可以变活；没有这个灵魂，活材料可以变死。宋人无不资书为诗，为诗恐亦未必能完全不“资书”，但人的气质有高下，诗的格调便迥异。

## 夜泊水村

题解

此诗作于孝宗淳熙九年(1182),时放翁虚任主管成都府玉局观,俾食其禄,奉祠居家,孤寂无聊。这和他所向往的"楼船夜雪"、"铁马秋风"的戎马生涯,和他"提刀独立"、"手枭逆贼"的远大抱负,相距殊甚。此诗所要表现的就是一种"心在天山"而"身老沧洲"(《诉衷情》)的矛盾心情。

腰间羽箭久凋零,太息燕然未勒铭。
老子犹堪绝大漠,诸君何至泣新亭。
一身报国有万死,双鬓向人无再青。
记取江湖泊船处,卧闻新雁落寒汀。

新解

腰间羽箭久凋零,太息燕然未勒铭——首句化用杜甫《丹青引赠曹将军霸行》中诗句"良相头上进贤冠,猛将腰间大羽箭",但杜甫用这二句诗,意在形容凌烟阁上雄姿英发的功臣形象。放翁于此,以"久凋零"三字,反其意而用之,是说:腰中的羽箭因为长久不用,其羽毛已近凋落殆尽。第二句"太息",指叹息。叹息者何?功业未成也! "燕然未勒",用《后汉书》窦宪平匈奴之典,《后汉书·窦宪传》记窦宪平匈奴后,"遂登燕然山,去塞三千馀里,刻石勒功,纪汉威德,令班固作铭"。燕然,山名,即今蒙古国杭爱山。首联写遭时弃置壮志未酬,故而因功业未就而叹息。这是壮士的不平,是请缨的高呼。

老子犹堪绝大漠,诸君何至泣新亭—— "绝大漠"三字,出自《史记·卫将军骠骑列传》,是汉武帝表彰霍去病之语。诗人用此两句,意在说明今放翁虽已两鬓萧然,犹能横绝大漠,奋战沙场,胸中浩气,不让少年。可惜当时朝廷诸公,却只知楚囚相对,作新亭之泣,非但自身不能戮力王室,而且还阻人击楫中流。这联写诗人雄飞奋发的壮怀与达官贵人懦怯孱弱的矛盾,使人如闻骏马风厉猋举、亟思腾空的骄嘶。泣新亭:出《世说新语·言语》,言晋室南渡,"过江诸人,每至美日,辄相邀新亭,藉卉饮宴。周侯中坐而叹曰:'风景不殊,正自有山河之异。'皆相视流泪。唯王丞相愀然变色曰:'当共戮力王室,克复神州,何至作楚囚相对!'"新亭,又名劳劳亭,三国吴建,在今江苏南京南劳劳山上。

一身报国有万死,双鬓向人无再青——颈联写诗人热血沸腾和岁月蹉跎的矛盾,使人如闻骏马腾山绝壑、赴人急难的慷慨之声。上句只有一个平声字,下句拗救，读来自有英姿勃发之感：为国雪耻，不辞万死，这是何等豪迈的气概！但如今放翁却如骏马伏枥，空有此怀，既不能图名青史，也不能长留青丝。镜中生涯，梦里功名，历代有志之士，常为之怵然而悲、喟然而叹。“塞上长城空自许，镜中衰鬓已先斑”（《书愤》），这感慨，在放翁诗中，尤觉深沉。

记取江湖泊船处，卧闻新雁落寒汀——上面三联俱写诗人的报国情怀，末联点题，落到眼前景状。渡冰河，绝瀚海，只是梦中景象，眼前唯有一个孤寂的老翁，夜泊水村，卧闻雁唳。此联所写的萧条秋景，与上面的慷慨之词，似不相称，而这正是放翁的现状和其抱负的矛盾。在这寂寞的景况之中，诗人所发出的是不甘寂寞的呼声。就诗人来说，“骁腾有如此，万里可横行”（杜甫《房兵曹胡马诗》），然而有志无时，找不到驰骋之地；但烈士暮年，壮心未已，依然“哀鸣思战斗，迥立向苍苍”（杜甫《秦州杂诗》），这首诗的主题正在于此。

新评

杜甫集中，有不少咏马诗。少陵写马，笔笔有意，句句含情，处处表现出一个轩昂磊落之士的形象。而读放翁此诗，则如见一匹骏马，意态雄杰，顾影长嘶。若能将此诗与少陵咏马诗比较参看，也许有助于运用想象，加深理解。

## 感　愤

题解

以“喜论恢复”著称的陆游，曾因此多次获罪。宋孝宗淳熙六年(1179)和七年，他自福建和江西召还之际，曾有两次陛见皇帝的机会，当诗人正在激动地考虑着“宣温望玉座，何以待咨访”时，却被权臣赵雄从中作梗，准其罢官还乡，并“无须入都”。此后，直到淳熙十二年，陆游都住在家乡山阴，过着“卧读陶诗未终卷，又乘微雨去锄瓜”的田园生活。尽管他“骏马宝刀俱一梦”，但诗人仍耿耿不忘对敌作战，收复失地。宦途的挫折和家乡的情趣都不能动摇他的意志。《感愤》这首诗便是一个有力的证据。此诗写于淳熙十年(1183)冬，时诗人五十九岁。

今皇神武是周宣，谁赋南征北伐篇？
四海一家天历数，两河百郡宋山川。
诸公尚守和亲策，志士虚捐少壮年！
京洛雪消春又动，永昌陵上草芊芊。

新解

今皇神武是周宣，谁赋南征北伐篇——“今皇”，指宋孝宗。“周宣”，指西周的“中兴之主”周宣王。按周宣王任用仲山甫、方叔、召虎等人北伐“猃狁”，南征“荆蛮”，又平定“淮夷”、“徐戎”，取得了赫赫战果。旧说《诗经》中的《六月》、《采芑》、《江汉》、《常武》等诗，就是赞美周宣王南征北伐的诗篇。“今皇”句，言当今皇上神勇威武，有如西周的周宣王，这是对孝宗的激励、期待。“谁赋”句，语气一转，犹言：但是有谁能为如周宣王这样的神勇威武的孝宗皇帝写下南征北伐的诗篇呢？言外之意是说，又有谁能辅佐孝宗皇帝成就南征北讨的武功？这句不仅对当朝将帅寄予希望，而且隐然以仲山甫等人自命。“赋”固应解作“写”，说是盼望着孝宗下令北伐，自己当感奋而赋诗，自无不可，但陆游并不甘以诗人自居，就在写这首诗的前一年，他还发出“八十将军能灭虏”的壮语。只是由于佞臣的当道，才使他“辜负胸中十万兵，百无聊赖以诗鸣”，所以，这里的“谁赋南征北伐篇”就不仅仅是表现作者动笔的愿望，而是含有“为王前驱”，“手枭逆贼清旧京”的更为实在的意义。神武，神勇威武之意。

四海一家天历数，两河百郡宋山川——这两句是说：四海之内的百郡山川，本来都是宋朝的国土，统一是必然的趋势。历数即天历运行之数，也就是所谓天命、气运。两河，指黄河、淮河。黄河流域在金人统治区，淮河一线是当时宋、金国界。郡的建置，宋已废，这里是借用。全诗头两句意在激励求统一之志，这两句则认为统一必然能到来。

诸公尚守和亲策，志士虚捐少壮年——颈联转到眼前现实。现实是无情的：执政诸公“雍容托观衅”，借口伺敌人的空隙，不愿出兵北伐，仍然拘守着“和约”，致使有志之士白白地浪费掉自己美好的青春岁月。按宋、金在绍兴十一年(1141)结成和议，规定划淮为界，宋对金称臣，年贡银、绢各二十五万两、匹，并割唐、邓二州及陕西馀地给金，诗中“和亲策”即指此。这一政策始于西汉初年对匈奴作战失败之后，以公主嫁匈奴单于来“和亲”，并岁奉匈奴金帛等物。执政者奉此和约为国策，使多少志士的宏愿付诸流水，诗人自己也“报国欲死无战场”，这是何等的悲痛。

京洛雪消春又动，永昌陵上草芊芊——然而，这位老诗人的感人之处正在于他身屡挫而志弥坚，诗人的恢复之志正如永昌陵上草，“野火烧不尽，春风吹又生”。京、洛，指汴京(今开封)、洛阳；汴京是北宋国都，洛阳是宋太祖陵墓——永昌陵所在地。芊芊，草茂盛的样子。大地回春，雪消草长，象征着生机，而作者特别点出汴京和永昌陵的春意，则和前所谓“天历数”者相应——言外之意是说：大宋气运正佳，太祖皇泽正盛，显喻此时乃北伐的大好时机。首写今皇，末写太祖，其意若云：

今皇纵不念“忍死忘恢复”之中原父老，独不恤祖宗之基业乎？诗人之用心，真可谓良苦矣！

新评

本诗全篇纯用赋体，直抒胸臆。开头的用典恰当有力，结句以自然的变化象征国运的盛衰，信念坚定，意味深长。然诗人热情纵高，头脑却清醒。这时他的虚名是“主管成都府玉局观”，这样的闲差已不是第一次得到，故这正是他“感愤”之所在。

## 书　愤

题解

此诗作于孝宗淳熙十三年(1186)春，这时陆游退居于山阴家中，已是六十二岁的老人。从淳熙七年起，他罢官已六年，挂着一个空衔在故乡蛰居。直到作此诗时，才以朝奉大夫、权知严州军州事起用。诗在追怀往事中表达了自己不顾年老体衰尚思重新披甲执戈报国的雄心。

早岁那知世事艰？中原北望气如山。
楼船夜雪瓜洲渡，铁马秋风大散关。
塞上长城空自许，镜中衰鬓已先斑。
《出师》一表真名世，千载谁堪伯仲间？

新解

早岁那知世事艰？中原北望气如山——这两句与下四句主要回忆往事。“早岁”两句，言自己早年根本不知世事之艰险，北望中原豪气冲天，尚以为恢复故地指日可待，轻易异常。“气如山”，犹言气势如山。

楼船夜雪瓜洲渡，铁马秋风大散关——这两句兼指诗人早年的两次重要经历：一是隆兴元年(1163)三十九岁任镇江府通判时，二是乾道八年(1172)四十八岁在南郑王炎幕府时。隆兴元年，主张抗金的张浚以右丞相都督江淮诸路军马，楼船横江，往来于建康、镇江之间，军容甚壮，诗人满怀着收复故土的胜利希望。但不久，张浚军在符离大败，狼狈南撤，次年被罢免，诗人的愿望立时成了泡影。乾道八年，王炎以枢密使出任四川宣抚使，积极筹划进兵关中恢复中原的军事。陆游曾几次亲临大散关前线：“念昔少年日，从戎何壮哉！独骑洮河马，涉渭夜衔枚”(《岁暮风雨》)。但是这年九月，王炎被调回临安，他的宣抚使府中幕僚也随之结束，北征又一次成了泡影。

塞上长城空自许，镜中衰鬓已先斑——陆游不仅仅是诗人，他还以战略家自负："切勿轻书生，上马能击贼"（《太息》）；"平生万里心，执戈王前驱"（《夜读兵书》）是他念念不忘的心愿；自许为"塞上长城"，是他毕生的抱负，但可惜毕生未能一展长才，"塞上长城"只能是空自期许。岁月不居，壮岁已逝，志未酬而鬓先斑，这在赤心为国的诗人来说是日夜为之痛心疾首的。"塞上长城"，典出《南史·檀道济传》，南朝宋文帝杀大将檀道济，檀在临死前投帻怒叱："乃坏汝万里长城！"陆游虽然没有如檀道济被冤杀，但因主张抗金，多年被贬，这种怀才不遇的怅惘是可以想见的。"镜中"句，言引镜自照，见镜中衰落的鬓发已过早地花白了。斑，头发花白的样子。

《出师》一表真名世，千载谁堪伯仲间——诗人老骥伏枥、壮心不死，他仍渴望效法诸葛亮"鞠躬尽瘁"，干一番与伊尹、吕望相伯仲的报国大业。《出师》，指诸葛亮的《出师表》；名世，有名于世之意。"千载"句，犹言千百年来又有谁能与诸葛亮相提并论？伯仲，原指兄弟，这里为对比、比较、相提并论之意。

新评

《书愤》是陆游的七律名篇之一。由于诗出自其亲身经历，饱含其政治与生活感受，所以写来似乎毫不费力，决非那些特意逞才使气的作品可比拟。第二联"楼船"、"铁马"，雄放豪迈，属对工稳，尤其为人激赏。全诗感情沉郁，气韵浑厚，显然得力于杜甫。

## 临安春雨初霁

题解

本诗写于淳熙十三年(1186)，此时陆游已六十二岁，在家乡山阴(今浙江绍兴)赋闲了五年，诗人少年时的意气风发与壮年时的裘马清狂，都随着岁月的流逝一去不返了。虽然他光复中原的壮志未衰，但对偏安一隅的南宋小朝廷的软弱，是日益看得明白了。这一年春天，陆游又被起用为严州知州。赴任之前，他先到临安觐见皇帝，在西湖边上的客栈里听候召见的百无聊赖中，写下了这首广为传诵的名作。

世味年来薄似纱，谁令骑马客京华？
小楼一夜听春雨，深巷明朝卖杏花。
矮纸斜行闲作草，晴窗细乳戏分茶。

素衣莫起风尘叹，犹及清明可到家。

新解

世味年来薄似纱——自淳熙五年孝宗召见陆游以来，他并未得到重用，只是在福建、江西做了两任提举常平茶盐公事；家居五年，更是远离政界，但对于政治舞台上的倾轧变幻，对于世态炎凉，他体会得更深了，所以诗的开头就用了一个独具匠心的巧譬，发出对世态人情的感叹。诗人认为，近年来世情更加浇薄，有如半透明的薄纱。

谁令骑马客京华——世情既然如此浇薄，究竟是为了什么骑马到京城？这一句话，似乎问得有理，但实则无疑而问。为什么到京城，诗人自然深明：不得已无可奈何也！身为稻粱谋，自然与志违。这两句，实深含诸多客居寂寞与无可奈何的情绪在内。

小楼一夜听春雨，深巷明朝卖杏花——诗人只身住在小楼上，彻夜听着春雨的淅沥声，于是沉思，第二日清晨，深幽的小巷中当会传来叫卖杏花的声音，告诉人们春已深了。绵绵的春雨，自诗人的听觉中写出；而淡荡的春光，则在卖花人的声音里透出，写得既形象而又有韵味(传说这两句诗后来传入宫中，深为孝宗所称赏，可见一时传诵之广)。在这明艳的春光中，诗人能做什么呢？于是有了五六两句。

矮纸斜行闲作草，晴窗细乳戏分茶——“矮纸”就是短纸、小纸，“草”就是草书。陆游擅长行草，从现存的陆游手迹看，他的行草疏朗有致，风韵潇洒。陆游客居京华，闲极无聊，所以以草书消遣。因为是小雨初霁，所以说“晴窗”。“细乳”，指沏茶时水面呈白色的小泡沫。“分茶”当指鉴别茶的好坏等级，这里实即品茶之意。无事而作草书，晴窗下品着清茗，表面上看，是极闲适恬静的境界，然而在这背后，正藏着诗人无限的感慨与牢骚。陆游素来有为国家作一番轰轰烈烈事业的宏愿，而严州知府的职位本与他的素志不合，何况觐见一次皇帝，不知要在客舍中等待多久！国家正当多事之秋，诗人却以作书品茶消磨时光，真是无聊而可悲，于是他再也捺不住心头的激情，写下了结尾两句：

素衣莫起风尘叹，犹及清明可到家——这两句对应首两句，由于有诗歌开头的牢骚，故诗人不得不为自我解脱一番。诗人借用陆机《为顾彦先赠妇》“京洛多风尘，素衣化为缁”中的诗句，但反其意而用之。因为陆机写这两句，不仅指羁旅风霜之苦，又寓有京中恶浊、久居为其所化的意思。陆游这里则认为，还是“莫起风尘叹”为好，因为你不等到清明就可以回家了啊！京城的风尘你并不能接触多少啊！回家虽非诗人之愿，但在京中闲居无聊，志不得伸，反不如回乡躬耕为好。偌大一个杭州城，竟然容不得诗人有所作为，其悲愤之情可以想见。

新评

本诗为诗人著名诗篇之一，诗中两句“小楼一夜听春雨，深巷明朝卖杏花”历来为人激赏。评此诗的人都以为这两句细致贴切，描绘了一幅明艳生动的春光图，但没有注意到它在全诗中的作用不仅在于刻画春光，而是与前后诗意浑然一体的。“小楼一夜听春雨”，意在以绵绵春雨喻人之愁绪，“一夜”正暗示了诗人一夜未曾入睡，国事家愁，伴着这雨声而涌上了眉间心头。如果说李商隐的“秋阴不散霜飞晚，留得枯荷听雨声”，是以枯荷听雨暗寓怀友之相思，晁君诚“小雨愔愔人不寐，卧听羸马龁残刍”是以卧听马吃草的声音来显示作者彻夜未眠的情景的话，陆游这里则写得更为含蓄深蕴，其意在表达自己的郁闷与惆怅。

## 雪中忽起从戎之兴戏作四首

题解

本诗大约写于孝宗淳熙十三年(1186)，这年，六十二岁的陆游被任严州(治所在今浙江建德东北)知州。临行前陛辞，孝宗对他特别关照，说：“严陵山水胜处，职事之暇，可以赋咏自适”(《宋史·陆游传》)。然而，时刻心念恢复中原大业的诗人并没有一味地流连于山明水秀之中，诗人身在江南，魂恋塞北，于是在一日大雪弥漫之时，他以想象之笔，一气呵成四首绝句，描写了一幅大军北征获得全胜、中原失地尽收的凯旋图，以补偿自己现实中不能实现的宿愿。诗虽四首，但实际上以两首为一组，写了想象中的两次战斗。

狐裘卧载锦驼车，酒醒冰髭结乱珠。
三尺马鞭装白玉，雪中画字草军书。

铁马渡河风破肉，云梯攻垒雪平壕。
兽奔鸟散何劳逐，直斩单于衅宝刀。

十万貔貅出羽林，横空杀气结层阴。
桑干沙土初飞雪，未到幽州一丈深。

群胡束手仗天亡，弃甲纵横满战场。
雪上急追奔马迹，官军夜半入辽阳。

新解

狐裘卧载锦驼车，酒醒冰髭结乱珠——第一首从雪中行军的艰苦写起。因为是北征，北方天气寒冷，故三军全部一身冬装。“狐裘”：狐皮大衣。“锦驼车”：装饰着锦缎的驼车。在北方的冰天雪地里行军，尽管穿着狐裘，卧于锦驼车中，还冷得受不住，故尚需仗酒的热量来御寒。但酣饮沉醉后醒来，只见须上结着一串串如珠的冰块——两句极写天气之寒，行军之艰难。

三尺马鞭装白玉，雪中画字草军书——这两句再配合北方的雪寒，写行军的雄姿：三尺马鞭以白玉镶嵌，与纷纷扬扬飘落的雪花相互映衬；诗人倚马而立，在大雪纷飞中急草军书，好一幅壮观景象。

铁马渡河风破肉，云梯攻垒雪平壕。兽奔鸟散何劳逐，直斩单于衅宝刀——第二首想象攻城略地取得胜利的战斗情景。“铁马”，犹言精壮的骑兵。风破肉，状北方严冷的寒冬：寒风凛冽，吹在人脸上，似乎把肉都要吹破。“云梯”，攻城时用来爬城的器具。攻垒，指攻取敌军堡垒。“雪平壕”，用雪来填平壕沟。“单于”，原指匈奴的最高首领，这里代指金兵首领。“衅”，指用鲜血来祭刀。大雪之夜，铁马渡河，云梯攻垒，势如破竹，敌军士兵不劳追逐，如鸟兽散，大军直捣敌军核心，直斩单于，以血祭我宝刀。

第三、四首再写想象中的一次战斗。

十万貔貅出羽林，横空杀气结层阴——第三首先写大军出征的威武场面。貔、貅，古代传说中的猛兽名，这里喻指勇猛的军队。“羽林”，犹言羽林军，汉、唐时用以称皇帝的禁卫军，这里实指出征的军队是国中最精锐的。因为军力之多，军力之壮，所以出征时杀气腾腾，横空竟然出现层层的阴雾。

桑干沙土初飞雪，未到幽州一丈深——“桑干”，古县名，在今河北蔚县东北。幽州，治所在今北京，管理河北北部和辽宁南部地区。这两句是说：在桑干县的时候，天空刚刚下雪；人还未走到幽州城下，雪就已下得深达一丈了。“一丈深”，说明雪下得大而迅疾，极力渲染行军的艰难，战场态势的严峻，诗情激烈动荡。

群胡束手仗天亡，弃甲纵横满战场——尽管天公不作美，环境如此艰苦，但大军所到之处，群胡束手，敌人望风逃亡，正义之师所向无敌，丢弃的铠甲军器遍地都是，纵横战场。“群胡”，指金人；“仗天亡”，犹言敌军被消灭，实乃天意——进一步渲染大军出征的正义性。《史记·项羽本纪》载项羽被汉军追杀，曾发“此天亡我”之语，这里用其意。

雪上急追奔马迹，官军夜半入辽阳——敌军首领趁乱逃走，企图东山再起。宋军乘胜追奔逐北，直捣敌军老巢，终于半夜进入辽阳城，彻底消灭了敌军残余，一战功成，天下归于一统。辽阳，治所在今辽宁辽阳，为金之东京所在地。

新评

这四首诗前后贯穿，组成一个整体。第一、三首写行军，第二、四首写战斗。虽然场面都是诗人一时兴会所至，但结合陆游生平，可知其虽是“戏作”，实集中反映了其平生壮志，是诗人一种理想的形象写照。四首诗气势壮阔，笔力遒劲，创造出一种雄奇豪迈的意境，直追盛唐高适、岑参诸人的边塞之作。

## 秋夜将晓出篱门迎凉有感二首

题解

本诗作于绍熙三年(1192)秋。此年，六十八岁的放翁，被放归山阴故里已经四年了。村居生活的平静并不能平静老人的心，他尽管“食且不继”，疾病缠身，但依然心存天下，壮怀激烈。此时正值初秋，暑威仍厉，天气的闷热与心头的煎沸，使他不能安睡。将晓之际，他步出篱门，以舒烦热，心头怅触，于是成此二诗。第一首写其病来“壮志”消磨尽的悲凉之感与心头的怅惘之情；第二首由己及人，遥想处在金人铁蹄下的北方的民众恢复中原希望落空后的极端痛苦之情。

迢迢天汉西南落，喔喔邻鸡一再鸣。
壮志病来销欲尽，出门搔首怆平生。

三万里河东入海，五千仞岳上摩天。
遗民泪尽胡尘里，南望王师又一年！

新解

迢迢天汉西南落，喔喔邻鸡一再鸣——第一首前两句写天亮：遥远的银河已经向西南方坠落了，邻居喔喔叫的公鸡已经鸣叫了几次了。诗人落笔在银河西坠，鸡鸣欲曙，描写所见所闻，颇渲染出一种苍茫静寂的气氛。“一再鸣”三字，暗写诗人醒来之早，对天亮急不可耐的心情，可谓百感俱集毫端。

壮志病来销欲尽，出门搔首怆平生——第三、四句承上，既早已醒来，对天亮急不可耐，于是才有这两句：从正面写其“有感”。写有感，诗人不写其他，但拈出“壮志”两字，用一“欲”字，写其“壮志”消磨殆尽。第四句写其动作神情：“出门搔首”，作者一种无可奈何之动作也，再用一“怆”字，实蕴含了诗人诸多有心杀敌、无力回天的感慨在内。按诗人随宋王朝的国难一起降临人间，出生之初就遇上徽、钦二帝被掳，北宋灭亡。亡国之痛，流离之苦，与他的年龄一齐增长。六十多年的身世之感、家国之痛，全熔铸在“搔首”这一细节中，诗情显得十分饱满，几乎要溢出纸外。

如果说第一首以沉郁胜，第二首则是以雄浑胜。第一首似一支序曲，第二首才是主奏，意境更为辽阔，感情也更为沉痛。

三万里河东入海，五千仞岳上摩天——“三万里河”指黄河，“五千仞岳”指华山，两者都在金人占领区内。诗一开始劈空而来，气象森严。山河本来是不动的，由于用了“入”、“摩”二字，就使人感到这黄河、华山不仅雄伟，而且虎虎有生气。但大好河山，陷入敌手，怎能不使人感到无比愤慨：“东入海”的黄河，仿佛夹着愤怒之气，倾泻而来；“上摩天”的华山，昂然挺立，有如利剑，直刺苍穹。这两句颇用象征手法，意境显得既阔大又深沉。

遗民泪尽胡尘里，南望王师又一年——那些心怀故国的遗民遥望南天，一年又一年地苦盼王师北伐，金人马队扬起的灰尘，隔不断他们苦盼王师的视线，但盼来的仍是年复一年的失望，一个“尽”字，含有无限辛酸在内。眼泪流了六十多年，怎能不尽？一个“又”字，又扩大了时间的上限。遗民苦盼，年复一年，但路远山遥，他们哪里知道，南宋君臣早已把他们忘记得干干净净！

新评

这两首诗，第一首以“壮志”消尽为诗眼，极写诗人心头难已的怅惘之情，诗的基调沉郁内敛。第二首诗人极写北地遗民的苦望，实际上意在表露自己心头的失望。但失望又终究不同于绝望。诗人为遗民呼号，目的还是想引起南宋当国者的警觉，激起他们的恢复之志。诗以“望”字为眼，表现了诗人希望、失望而终不绝望的千回百转的心情。

## 九月一日夜读诗稿有感走笔作歌

题解

这首诗写于绍熙三年(1192)六十八岁奉祠家居山阴时。陆游的诗歌，前期广泛学习，风格在多样中已有自己的特色；中期多表现其豪迈俊逸的气概，是其爱国主义精神的高度发展；后期爱国精神虽不衰减，豪气犹存，但诗笔稍趋平淡。本诗主要对此前诗歌创作的经验进行总结。

我昔学诗未有得，残馀未免从人乞。
力孱气馁心自知，妄取虚名有惭色。
四十从戎驻南郑，酣宴军中夜连日。

打球筑场一千步，阅马列厩三万匹。
华灯纵博声满楼，宝钗艳舞光照席。
琵琶弦急冰雹乱，羯鼓手匀风雨疾。
诗家三昧忽见前，屈贾在眼元历历。
天机云锦用在我，剪裁妙处非刀尺。
世间才杰固不乏，秋毫未合天地隔。
放翁老死何足论，广陵散绝还堪惜。

新解

我昔学诗未有得，残馀未免从人乞。力孱气馁心自知，妄取虚名有惭色——这四句为第一段，写从军南郑以前的诗歌。起句“学诗未有得”，是说缺乏自得之妙，还未能很好地形成自己的独特风格。第二句，申明“未有得”的表现：不免要“乞人残馀”——不得不从别人的创作中讨生活，向别人取材、取技巧。第三、四句说当时在创作上虽然已“妄取”一点“虚名”，但对自己的那种“力孱气馁”的诗还是有“自知”之明，因此不免有惭愧之感。这一段自谦之词，实是为前段诗歌作一顿抑，从而为说明下段诗风的转变蓄势的。这段叙述中带议论，节奏较舒平，但语言紧凑、精练。力孱气馁，是说自己那时的诗，柔媚软弱，毫无一点气骨。

四十从戎驻南郑，酣宴军中夜连日——这两句承上转接，为下文总冒，开始写南郑时期的生活。按陆游入南郑王炎宣抚使幕时是四十八岁，为期不满一年，时间短，却成为他生活中最乐于回忆的一段，这是和他的“从军乐事世间无”（《独酌有怀南郑》）的志趣分不开的。“四十”岁是举整数；军中“酣宴”的“夜连日”带有极度夸张性，也与其志趣密切相关。

打球筑场一千步，阅马列厩三万匹——这一联写室外的讲武、阅兵，是白天的情况。诗先写校场、球场的广阔，再写检阅时兵马的众多，“一千步”、“三万匹”，声势极盛。

华灯纵博声满楼，宝钗艳舞光照席。琵琶弦急冰雹乱，羯鼓手匀风雨疾——这两联写军幕中的夜生活：华美的灯光下，博弈时愉快的喊叫声满楼都是；军中的歌伎跳着艳舞，华贵的钗子与灯光相衬，辉照席上；伴奏的琵琶弦声响亮，有如冰雹自天而落；敲打羯鼓者，手法熟练，声声有如疾风暴雨。“华灯”一联是写军幕中晚上的“博弈”、歌舞；以“华灯”与“光照席”、“声满楼”写场面，以“宝钗艳舞”写人物，极壮丽。“琵琶”一联写乐声和鼓声，承上歌舞而来。弦乐、鼓乐并作，“弦急”表琵琶声的响亮，“手匀”表鼓手的熟练；“冰雹乱”，形容弦声，并显示弹者非一人；“风雨疾”，形容鼓声，也显示击者非一人，使人有繁弦急鼓、声声震耳之感。

这一联比喻恰切，形象生动，也写得很有气势。

这三联以夸张手法描写军中生活，旦暮兼备，演武与娱乐并写，突出其场景的壮丽和对人心的震撼，但立意并不在写军中生活，而是要证明生活对诗歌创作的深远影响。

诗家三昧忽见前，屈贾在眼元历历。天机云锦用在我，剪裁妙处非刀尺——有了这种生活，就可以使人受到触发而把握到诗歌的"三昧"(佛经语，这里为运作要诀、要领之义)，眼前自可"历历"分明地看到屈原、贾谊一类忧国诗赋的精神实质和根源，创作时自然也能像神话传说中的织女"剪裁"用云霞织成的锦绣那样，无须动用"刀尺"而巧妙天成。本段诗人意在通过自己的亲身实践说明现实生活对文学创作的深刻影响，这可与他《示子遹》诗"我初学诗日，但欲工藻绘。中年始少悟，渐若窥宏大"等句参看。

以上十二句为第二段，写从军南郑后诗境的转变，是全诗重点。这段以具体的描写为主，笔调急剧转向壮丽，是古代论诗作品中一段极为出色的描写。

世间才杰固不乏，秋毫未合天地隔。放翁老死何足论，广陵散绝还堪惜——这四句前两句感叹自己的经验未必为他人所理解：世间的才能杰出之士固然不少，但是对生活与创作的关系，如果认识上有"秋毫"偏差，其效果可能"相去"会有"天地隔"之远。后两句说自己虽无补于世，死不足惜，但这点体会不传达给他人，就像魏末嵇康被杀之后，《广陵散》琴曲成为世间绝调那样可惜。这里以深沉的感慨对自己的经验体会加以大力肯定，语言极精练。

新评

这首诗运用夸张手法，出色地再现出当年军中生活场景，并以这种场景来阐明诗歌创作的经验和规律，词藻工丽而气势雄壮，转接突兀而法度严密，对阐明生活与创作的关系极有说服力，是一篇极具艺术感染力的诗论佳作。

## 十一月四日风雨大作二首(其二)

题解

本诗写于南宋光宗绍熙三年(1192)农历十一月四日深夜，时诗人在山阴(今浙江绍兴)老家。骤起的一场风雨，震响了僵卧孤村的六十八岁老诗人的心弦。在此前二年，他以"嘲弄风月"的罪名被弹劾罢官，归隐于山阴三山故居，但诗人老骥伏枥、志在千里，诗的灵感随风雨同至，于是写下了这首至死不忘恢复中原、强烈报国的诗作，读之足可使人"发扬矜奋，起痿兴痹矣"(姚范《援鹑堂笔记》)。

僵卧孤村不自哀，尚思为国戍轮台。
夜阑卧听风吹雨，铁马冰河入梦来。

新解

僵卧孤村不自哀——首句写当时诗人处境。当时诗人境遇不佳，罢官时两袖清风，归居后祠禄亦时有中断，诗人曾有《薪米偶不继戏书》。经济上捉襟见肘之外，诗人尚心力交瘁，时常卧病。但他"穷且益坚，不坠青云之志"（王勃《滕王阁序》），仍发出高亢之音。"卧"而"僵"，指形体的衰朽；"村"而"孤"，写处境的艰难，但是诗人"不自哀"，显示出一种崇高的气节与情操：诗人并未沉湎于一己之否泰、荣辱而顾影自怜，"老病虽惫甚，壮气复有馀"（《夜读兵书》），"不自哀"以"僵卧孤村"来反衬，更显得其志坚定不移。

尚思为国戍轮台——"不自哀"之壮志者何？还日夜思念着为国家保卫边疆效力啊！"轮台"，在今新疆轮台县，原为汉代西域地名，这是借指宋代北方边疆。"尚思"是针对"僵卧孤村"而言，年近古稀，而又卧病，犹不失其当初渴望马革裹尸的"平胡壮士心"（《新春》），其忧国忧民的拳拳之念，是何等感人！

夜阑卧听风吹雨，铁马冰河入梦来——诗人心头始终郁结着一股难抑的慷慨报国之情，所以每当夜深人静，睡卧床上，听到窗外的风雨声，就联想到官军踏着冰河，收复北方失地那种壮阔的景象。"风如拔山怒，雨如决河倾"（《大风雨中作》），诗人触景生情，由风雨大作的气势联想到官军杀敌的神威！心似翻江，夜虽深而难寐；脑有所思，梦之馀而激动，故"铁马冰河"的入梦，把诗人的感情由此推向高潮。诗人化宾为主，写"铁马冰河"直闯入梦境，造成一种先声夺人的气势。"入梦来"又曲折地反映了现实的可悲，"诸公可叹善谋身，误国当时岂一秦"（《追感往事》）。冰河，本指北方严寒之地，这里实衬托抗金义士的坚强勇武及收复失地的斗志。

新评

本诗抒发诗人晚年思想，全诗意境开阔，气魄恢宏，情绪令人鼓舞，基调高昂向上。"入梦来"三字，具有很强的艺术概括力，颇值得玩味。赵翼《瓯北诗话》称陆游诗"言简意深，一语胜人千百"，此诗即是一例。

# 初夏行平水道中

题解

平水在绍兴以东四十馀里，以产茶著称。陆游曾几度在家乡山阴闲居，六十五岁以后，更是长期住在家里。诗以“老去”发端，似即写于晚年闲居期间。初夏的一天，诗人向平水方向走去，面对春已归去、初夏来临之际，诗人不胜感慨，写下了这首诗。

老去人间乐事稀，一年容易又春归。
市桥压担莼丝滑，村店堆盘豆荚肥。
傍水风林莺语语，满园烟草蝶飞飞。
郊行已觉侵微暑，小立桐荫换夹衣。

新解

老去人间乐事稀，一年容易又春归——首联便以抒发感慨的议论提起：人老了，感到生活中乐事不多；时间一年年地过去，眼下春天又完了。这两句诗，联系陆游的境界来看，不应视作叹老嗟卑的陈词。诗人有志难伸，被迫赋闲，光阴空逝，欲挽无由，当此之际，怎能没有“战马死槽枥，公卿守和约”（《醉歌》）的激愤？只是这首诗没有触及这方面的话题，因而出语平和罢了。不过，“容易”和“又”二语，还是约略透出了一丝感慨之情。

中间两联就承接“春归”二字落笔，具体展示初夏时分平水道上的景象。

市桥压担莼丝滑，村店堆盘豆荚肥——颔联写集市风光：市场的桥上，压放着装有入口滑溜的莼丝的担子；村中小酒店里，堆满用各种盘子装着的肥大的豆荚。莼菜是一种水生草本植物，春天时嫩叶开始入菜，夏季时大量繁衍。因为莼菜的叶背和嫩茎胶状透明，切成丝做成羹，其味滑腻可口。陆游生于江南，对于其味深有体会，一个“滑”字，最能表现莼菜特色。桥头是过往行人必经之路，莼丝担停在桥头，可谓善于选择地址。从“压”字可见，担中莼丝数量不少。在这桥畔村头，酒店自然是少不了的。初夏时，豌豆、黄豆相继粒绽，江南村俗，带荚水煮，用以佐酒，村店中常可以见到用粗瓷碟子堆起几盘以招徕顾客。二句颇能表现时令特点与江南水乡的地方特色。

傍水风林莺语语，满园烟草蝶飞飞——颈联转而写初夏自然风光：傍水林中，随风传来声声莺语；市上人家的园内，碧草如烟，蝴蝶翻飞。不说“莺语”、“蝶飞”，而说“莺语语”、“蝶飞飞”，动词叠用，情景热闹，读来更有亲切之感，表现了诗人的愉悦心情。

郊行已觉侵微暑，小立桐荫换夹衣——时当初夏，郊行稍久，即感暑气侵人，于是诗人便取出单衣，在梧桐荫下站立片刻，换下了夹衣。“小立桐荫换夹衣”，是这首诗中最动人之句，诗人描绘了这一生活琐事，而换衣之处是历来以喻清节的梧桐之荫，则更增添了几分雅致。

新评

陆游这首诗，主要描写春夏之交的江南风光，重在郊行所见和郊行感受。诗人抓住江南富有特征的人、事，稍作点染，顿使境界全出。他的这首富有生活情趣的小诗，与他创作的大量的忧国忧民的诗篇相比，独具风韵，具有生动感人的艺术魅力。

## 书室明暖，终日婆娑其间，倦则扶杖至小园，戏作长句二首

题解

这两首诗是绍熙五年(1194)陆游七十岁奉祠家居山阴时作，写他书室内外的闲居生活。此前，陆游已为他的书室起过“老学庵”、“书巢”等名字，反映出他老年好学不倦的精神。这一年，他又在屋子东面修建了一个小园。本诗主要写诗人山阴闲居时每日在“书室”与“小园”等处悠闲自得的生活。

放翁老手竟超然，俗子何由与作缘？
百榼旧曾夸席地，一窗今复幻壶天。
梦回橙在屏风曲，雨霁梅迎拄杖前。
吾爱吾庐得安卧，笑人思颍忆平泉。

美睡宜人胜按摩，江南十月气犹和。
重帘不卷留香久，古砚微凹聚墨多。
月上忽看梅影出，风高时送雁声过。
一杯太淡君休笑，牛背吾方扣角歌。

新解

放翁老手竟超然，俗子何由与作缘——第一首起联自表老年闲居的“超然”

脱俗，犹言：放翁先生真可称得上是一个超然物外的老年身手，那些世俗之人又怎能够与他结缘呢？老手：老年身手。超然，指超然物外。正因为能超然物外，所以诗人颇为自豪，认为世俗之人与己无缘。何由，犹言凭什么？与作缘，与自己结缘。诗人为什么如此自信？其“超然”的“老年身手”究竟有何表现？下面的几句，诗人就为读者娓娓道来。

百榼旧曾夸席地，一窗今复幻壶天——“百榼”，言自己酒量很大，用“旧曾”两字，表明所写乃是过去之事。夸席地，随随便便席地而坐，自夸就可以做到一饮百榼。按诗人忆南郑诗有“雪中痛饮百榼空”之句，即可说明其青年时期的豪饮。那么，青年时期的豪饮今日又当如何？对句就写当今的情况：如今面对一窗，仍然幻想在壶中过那神仙的日子。一个“复”字，言外之意，无非是说，往日的豪情，往日的奇想，今天依然。“壶天”，指对神仙境界的幻想。传说古有神仙施壶公，“常悬一壶，如五升器大，变化为天地，中有日月，如世间，夜宿其内，自号壶天”。这里用壶，实表对酒的热爱，亦用来自喻：自己生存天地虽不大，书室虽小陋，亦足徜徉自适。

梦回橙在屏风曲——由写对酒的喜爱，自然会写到酒醒梦回，颈联首句就写梦醒之后所见：梦醒之后，首先映入诗人眼帘的，是屏风的曲折处放着的一些橙子。为什么梦醒之时，诗人目中所见唯有橙子？有人认为，这似乎与诗人离异的前妻唐琬有关，因为其《悲秋》诗曾写道：“梦回有恨无人会，枕畔橙香似昔年”，《十一月四日夜半枕上口占》诗也曾有：“檐间雨滴愁偏觉，枕畔橙香梦亦闻”的描写。“梦回”句，实际是写诗人对往日生活的回味。这只有在山阴闲居时，才有了这份闲时的分外之思。得此消息，才能体味这句诗的命意所在。

雨霁梅迎拄杖前——闲时的分外之思有了，那么，闲时的情调又如何呢？这一句就写诗人闲居时的雅兴：如果是雨停下来之时，或风和日丽之际，诗人会拄着手杖，前往迎接那娇艳的早梅的盛开。一个“迎”字，写出了诗人对梅花初放的喜爱，其面对早梅开放的神情意态，从一个“迎”字得到了充分体现，其所写意境，与其《探梅》中“欲寻梅花作一笑，数枝忽到拄杖边”十分相近。

吾爱吾庐得安卧，笑人思颍忆平泉——正因为有以上分外之思，以上闲时情调，故结联自然写到自己所居之屋：居屋虽小，但能安卧，亦自可爱，可笑古人如欧阳修、李德裕之流又为什么要求田问舍，经营阔气的园林别墅呢？按“吾爱吾庐”，用陶渊明《读山海经》“吾亦爱吾庐”句，表达的境界亦与陶相近。思颍，北宋欧阳修知颍州时，喜欢颍州风物，曾在其地买田筑室。平泉，用唐李德裕之典：李曾在洛阳有平泉别墅，饶园林之胜。一个“笑”字，表达了自己对生活的满足和与众不同的志趣。

美睡宜人胜按摩，江南十月气犹和——第二首起联写江南十月天气温和。“美睡宜人”，即睡觉很美，因为天气不冷不热很宜人，胜过专人按摩。此句切题中的“暖”字。

重帘不卷留香久，古砚微凹聚墨多——颔联写自己室中情韵：帘不卷而“留香久”，砚微凹而“聚墨多”，闲情雅致，别一种生活方式的呈现。如果说前句“重帘不卷”是出于主观故意，而后句则写出了诗人对客观物品的喜爱之情。

以上两联都写白天。

月上忽看梅影出，风高时送雁声过——颈联由白天转而写晚上：月亮升上天了，梅花的影子也出现了，映照在地上，一片斑驳陆离景象；风渐渐地高起来了，时不时地夹杂着南飞的大雁之声。这一联，出句写“月”映“梅影”，幽细；对句写“风高”传送“雁声”，凄清。

一杯太淡君休笑，牛背吾方扣角歌——面对此情此景，那就喝一杯淡酒吧。酒味太淡，君可不要笑话，我可要像宁戚那样骑在牛背上扣牛角而歌呀！按“牛背”句，用春秋时宁戚之典。宁戚未出仕前为人挽车，在车前“扣牛角而歌”(见《吕氏春秋·举难》、《晏子春秋》等)，后被齐桓公任用。这两句自表颓放，兼叹壮志未伸，隐含有待君王任用之意。

新评

这两首诗把一些生活细节和片段感想组织起来，室内室外，白天晚上，怀旧写今，描景抒情，安排错落。思议古人，解嘲自适，壮气难回，旧恨萦心，随手拈来。感情中有喜悦的，有伤感的，有慷慨的，有凄恻的；描写有细致的，有疏淡的，有豪放的，有朴素的。不拘泥于一定的线索和集中的题材，而大要归于闲适清淡的风格和安贫乐道的意境。

## 枕上偶成

题解

本诗作于庆元元年(1195)冬。宋孝宗淳熙十六年(1189)冬，朝廷以“嘲咏风月”的罪名，罢了陆游的官，面对这种无稽谗言和无理处置，陆游愤然离开临安，回到山阴故居。他虽然为官多年，却没有为自己积攒家财，相反的倒是“仕宦遍四方，每出归愈贫”(《杂兴十首》)。不过对于贫困，他倒是可以用前人安贫乐道的遗训来宽慰。此外，徜徉山水，啸傲林泉，讽诵诗书，长养子孙，都是可愉悦之事，这便是他自己所说的：“溪上之丘，吾可以休。溪中之舟，吾可以游”(《溪上杂言》)。“脱粟未为饥，短褐未为寒。众毁心自可，身困气愈完”(《寓怀》)。当然陆游的心境也并非真的终日宁静，他说：“一身不自恤，忧国涕纵横”(《春夜读书感怀》)。是的，私事可以不顾惜，但是国事怎能忘怀？《枕上偶成》一诗，正是这种生活和心境的写照。

放臣不复望修门，身寄江头黄叶村。
酒渴喜闻疏雨滴，梦回愁对一灯昏。
河潼形胜宁终弃，周汉规模要细论。
自恨不如云际雁，南来犹得过中原。

新解

放臣不复望修门，身寄江头黄叶村——首句突兀而起，读来自有一股忿然不平之气扑面而来。“放臣”，指放逐之臣，为作者自称；“修门”，春秋时楚国郢都的城门，这里借指南宋都城临安；用“放臣”，用“修门”，言下之意，诗人是以屈原自况。“不复望修门”，即不再期望回到国都。诗人当年离开临安时似乎就已经痛下了不再期望回到国都的决心，如《赠洞微山人》曾云：“束书出东门，挥手谢国人。笑指身上衣，不复染京尘。”诗人既然“不复望修门”，那么此身何寄呢？所以接着便顶上一句：那江畔遍地黄叶的村庄便是我的托身之所。“黄叶村”，既点出寄身之处，也于景色之中暗示了季节，并为尾联伏笔。

酒渴喜闻疏雨滴，梦回愁对一灯昏——酒渴，即长时间没有酒喝如渴之思水。疏雨声声，听来犹如把壶沥酒，故曰“喜闻”，这比老杜“酒渴爱江清”的诗句，写得更有情致。不过，尽管漫漫白昼，无酒消愁，在睡梦之中还是尽可驰骋奇想的。可是，一梦醒来，依旧是昏灯一盏，愁绪满怀。诗人在这里写到愁，这愁情，简直挥之不去。那么，这愁情，究竟为何？

河潼形胜宁终弃，周汉规模要细论——河，黄河；潼，潼关；形胜，指地理形势的险要。这两句的意思是：像黄河、潼关那样形胜之地，难道就宁可这么永远地放弃？要知道，周、汉两代可都是以河、潼为根基的，朝廷对周、汉立国的规模不是应该细加思索吗？前句用反诘提问，后句引古喻今，论证了“会看金鼓从天下，却用关中作本根”（《山南行》）的思想。这十四个字，如高屋建瓴，委婉而又恳切地击中时弊，正显示出诗人精于历史、熟谙国事以及驾驭语言的功力。

自恨不如云际雁，南来犹得过中原——诗到以上似乎话已说完，不过陆游毕竟才力不凡，他又借云间飞来之物别开一境，写下了这两句：自己非常遗憾不能如云间的大雁，因为云间的大雁向南飞来时它们还能路过中原看一眼啊！而自己呢？恐怕中原故土连眼见的机会也没有了。这两句接得不即不离：不即，因为宕开一笔，不说朝政，转言自己，不再议论，转而即景抒情。然而万变又不离其宗，秋冬之际，北雁南飞，这与首联“黄叶村”遥相呼应，意境和谐。而“自恨”云云，也正是出于对恢复中原的关切之情，似断实续，血脉相连。

**新评**

本诗首联直抒胸臆，表达自己被黜的郁愤之情。颔联写村居生活，情景、神态细致入微，而又妙在实而不滞；第四句的“愁”字既是实写心境，也为思绪的发展打开通道。颈联便是“愁”字的延伸，妙在不再说“愁”，而是拓开一层，提出自己对时局的主张，立意颇为高远。尾联拿己与“南来雁”相比，完满地收束全诗，把诗人那报国无门的悲怆之情抒写得悠悠难尽，扣人心弦。

## 六月二十四日夜分，梦范致能、李知几、尤延之同集江亭，诸公请予赋诗，记江湖之乐，诗成而觉，忘数字而已

**题解**

这首诗是宁宗庆元二年(1196)陆游在故乡越州山阴(今浙江绍兴)时据梦中所作而补写。其时，他已七十二岁，已在家乡闲居多年。此诗所描写的就是这段时间的生活情状。题中的范致能为范成大(字致能)，李知几为李石(字知几)，尤延之为尤袤(字延之)；这三个人都和陆游交情甚厚。

露箬霜筠织短篷，飘然来往淡烟中。
偶经菱市寻溪友，却拣蘋汀下钓筒。
白菡萏香初过雨，红蜻蜓弱不禁风。
吴中近事君知否？团扇家家画放翁。

**新解**

露箬霜筠织短篷，飘然来往淡烟中——“箬”，即箬竹，高不及一米，竿细枝多，叶片宽大，多产于江、浙、闽、粤，常制作防雨用具。“筠”，竹子的青皮，用来编织器物，经雨不烂。箬上加露，筠上加霜，无非是状箬与筠的清新美好。“短篷”，指小船。这联的意思是说，自己驾着箬与筠织成的短篷小舟，在淡烟缭绕的湖光山色中飘然而来，又飘然而去——诗所体现的是一种淡雅飘逸的境界，显出诗人的悠闲心境和高雅情趣。这两句，颇令人想起唐人张志和《渔歌子》中的“青箬笠，绿蓑衣，斜风细雨不须归”，以及苏东坡《定风波》词中的“竹杖芒鞋轻胜马”，“何妨吟啸且徐行”诸句，而陆句似乎更具出蓝之胜。

偶经菱市寻溪友，却拣蘋汀下钓筒——颔联承接上文，作细致的描写。诗人所寻的是“溪友”，可见也是隐逸之士。不过，他并不是特地寻访，而是“偶经菱市”，忽而想起，才起了寻访之念。可是溪友还未访得，在水边又见到一块长满蘋草的平地，不由得钓兴大发，于是握竿下饵，索性坐下钓起鱼来。“偶经”、“却拣”二语，前后呼应，转动灵活，使全联显得十分空灵，而且又补足了首联“飘然来往”之意。

白菡萏香初过雨，红蜻蜓弱不禁风——第三联纯粹写景，描写更为细腻。菡萏，即荷花。白色的荷花，经雨后，分外洁白，香气也特别浓郁。荷花上的一只红蜻蜓，在雨后微风的吹拂下，微微颤动，一副弱不禁风的样子。白色的荷花，碧色的莲叶，加上一只红色的蜻蜓，色彩真是美极了！诗人不仅写了静态，而且写了动态：红蜻蜓毕竟纤弱，在雨后的微风中，不能自主！诗人体物之工巧，可说臻于极致。一般律句是四—三句式，这一联却是三—四句式。然而，由于字下得稳，对仗工整，声调也流畅，所以读来并无生拗之感。

吴中近事君知否？团扇家家画放翁——第七句一笔挽回，诗人郑重其事地问范、李诸公说：“吴中近事你们知道吗？”乍见此句，读者以为作者有什么重大事件要讲。诗人的回答却是：吴中家家团扇之上，画着一个放翁。放翁，陆游别号。放翁者，放达老翁之谓也。

新评

小舟一叶，往来于淡烟之中。偶经菱市，欲访溪友，忽见蘋汀，却下钓竿。一阵雨过，菡萏飘香，蜻蜓戏水，红白碧相间，何等绚丽。诗人悠然四顾，悦目赏心，试问，这样一位老翁，非“放”而何？家家团扇上所画之放翁，岂非就是前六句所描摹的放翁吗？陆游诗以辞气踔厉擅场，但此诗却以清新、飘逸、空灵见胜，表现了他诗歌风格的另一面。

## 枕上作

题解

陆游自己曾说过：“诗因少睡成”（《夜坐庭中》）。翻一翻《剑南诗稿》，就会发现，陆游因“少睡”而“成”的诗确实不少，单以《枕上》和《枕上作》为题的就有二十九首，如果再加上如《雨夕枕上作》、《枕上口占》、《枕上感怀》之类，便有近五十首。诗人时怀恢复之念，伤金瓯之有缺，恨壮志之难成，而今垂垂老矣，从戎无日，但此情此志，犹刻刻不忘，每于夜深人静之际，遂感慨唏嘘，形诸歌咏，这就是此类“枕上作”的来由。

一室幽幽梦不成，高城传漏过三更。
孤灯无焰穴鼠出，枯叶有声邻犬行。
壮日自期如孟博，残年但欲慕初平。
不然短楫弃家去，万顷松江看月明。

新解

一室幽幽梦不成，高城传漏过三更——首句直写自己的失眠，以下一切所闻所见所想均由这第一句而来。一室幽幽，是说整个室内是幽静的黑暗的，在这种幽静的环境中，理应是睡得着的，但事实不是这样。因为睡不着，诗人的听觉极其灵敏，高高的城楼上，一次一次报更的声音清晰地传入他的耳中。词人此刻屈指算来，更漏已经报过三次了。梦不成，即睡不成。传漏，传达报更的声音。

孤灯无焰穴鼠出，枯叶有声邻犬行——如果说"高城"句是对远处声息的清晰记忆的话，这两句则是敏感的诗人对近处所见所闻的感受：屋内孤灯一盏光焰昏暗，穴中的老鼠于是偷偷而出，溜来溜去；屋外可清晰地听到邻居的狗行走时踩在干枯的树叶上发出的那种簌簌的声响。这两句刻画静夜不寐者的神情，细致如画。

壮日自期如孟博，残年但欲慕初平——"枕上三更雨，天涯万里游"(《枕上》)，被淹没在黑暗、冷寂气氛中的诗人，孤独难眠之际，不由万千思绪齐涌心头，联想自己这一生，两个古人在他面前出现：少壮之时，自己曾期望做一个如东汉范滂那样的人物，心怀澄清天下之志；如今风烛残年，自己心中所慕，却只有神仙黄初平了。孟博，东汉清议名士范滂之字，《后汉书·党锢传》称他"少厉清节……盖有澄清天下之志"。初平，指《神仙传》中的黄初平。据载："黄初平'年十五时'，家使牧羊，有道士将至金华山石室中，四十馀年……至五百岁而有童子之色"。按陆游生于动乱，长于忧患，国家的分裂，父辈爱国思想的感染，使他很早就立志以澄清天下为己任："少小遇丧乱，妄意忧元元"(《感兴》)；"少年不自量，妄意慕管、葛"(《自警》)，但几十年的岁月虚掷，行遍天涯千万里，报国欲死无战场，最终诗人怀着失望的心情，拖着衰老的身躯，寂寞地回到故园，而今已是风烛残年，"既不能挺长剑以抉九天之云，又不能持斗魁以回万物之春"(《寒夜歌》)，贫病交加，僵卧孤村，抚今追昔，真想能如黄初平那样走进"金华山石室"，远离尘世。

不然短楫弃家去，万顷松江看月明——但是真有如黄初平那样的人吗？神仙之事悠邈，自己能做到吗？面对残年败景，诗人笔锋一转，还是另觅安身立命之所吧：弃家别园，泛舟江湖，到广阔无边的松江上与清风明月为伴算了！松江，指太湖的支流吴淞江，但此处实为江湖生活的泛指。

新评

本诗写诗人一夜间“梦不成”的情绪与感受。前半写其夜间所闻所见所感，抓住夜间特有景象，描写深细而富有典型。后半由回首往事生发开去，以豪放洒脱之词，抒发出自己一种深沉的悲惋之情，反复吟咏，只觉得无限辛酸，郁愤难抑，其诗真可谓“忠愤蟠郁，自然形见，无意于工而自工”（《唐宋诗醇》评语）。

## 忆　昔

题解

此诗写于宁宗庆元三年(1197)，时诗人以中奉大夫衔提举冲佑观。十五年前的乾道八年(1172)，陆游受四川宣抚使王炎的邀请，赴南郑襄赞军务，这是陆游一生中唯一身临前线的机会。他自己也以为驱逐金兵、立功酬志的时候到了，诗人换上戎装，昼夜察看地形，打探敌军虚实，会同王炎积极策划收复长安。然正当诗人认为长安唾手可得的时候，王炎被调离任，诗人也被改任成都安抚使参议官。随着年龄的增长，时局的变化，岁月的流逝，诗人越来越感到恢复中原的希望渺茫，也愈加怀念自己在南郑那段痛快淋漓的军事生涯，这首《忆昔》就是其中的典型代表。

忆昔从戎出渭滨，壶浆马首泣遗民。
夜栖高冢占星象，昼上巢车望虏尘。
共道功名方迫逐，岂知老病只逡巡。
灯前抚卷空流涕，何限人间失意人。

新解

忆昔从戎出渭滨，壶浆马首泣遗民——这两句写初到南郑时的所为所见。从戎出渭滨，是说自己曾随军跨越秦岭，出现于渭水之滨。“壶浆马首”句，是说自己亲眼见到关中百姓慰问宋军，在马前哭泣拜倒于地的情景。按南郑处于秦岭之南，出大散关，即可到达渭河。从这两句可以看出，宋军当时曾对驻守关中的金军有过战斗行动，并一度恢复部分被占土地，取得了胜利。“壶浆”，这里指人们欢迎正义之师的举动，源出《孟子·梁惠王下》：“箪食壶浆，以迎王师。”“马首”，出《左传·襄公十四年》：“鸡鸣而驾，塞井夷灶，唯余马首是瞻。”

夜栖高冢占星象，昼上巢车望虏尘——第三、四句再写前线生活：夜间曾经栖息高山，为敌我双方的胜负而占断星象；白日亦曾屡上巢车，观察敌人来去的动静。高冢即高山，古人迷信，以为天上的星象可主人间的成败祸福，“高冢占星象”即指此。巢车，古时的一种战车，车上有用辘轳升降的瞭望台，主要用以观察敌方动静，人居其中，如在鸟巢，故名。

共道功名方迫逐，岂知老病只逡巡——两句由回忆转向写实，抒发自己的感慨：少壮之时，大家都认为功名富贵屈指可得，谁知如今老病，只能无望地到处徘徊。迫逐，犹言很快可等。逡巡，踌躇不前、欲行又止，这里喻功名的一无进展。

灯前抚卷空流涕，何限人间失意人——这两句承上，抒写自己的神情意态：如今的老人，灯前抚摸书卷，不禁痛哭流泪，但这种涕泪，又有何用？古往今来，又有多少英雄烈士壮怀不能伸，老死牖下，为之而痛哭流涕的，又何止是如今尚活在人间的不得志者呢？

新评

这首诗章法上，每两句构成一个意群，再由四个意群组成全篇，结构天成，思路缜密。语言上，作者深于锤炼，“壶浆马首泣遗民”，写尽了北方遗民切盼恢复的心情。“夜栖”两句用富有代表性的意象写自己在南郑的经历，形象典型，不辞劳苦的战斗者面目跃然纸上。“共道”两句，前后对比强烈，直抒悲愤之情。全诗结以作者“灯前掩卷”痛哭流涕的动作，揭示了一种才志之士无法施展抱负的彷徨心理。而“何限人间失意人”的深重感叹，又写出诗人有志不得伸的极端郁愤之情。

## 幽居初夏

题解

这首诗作于诗人晚年闲居山阴三山时。全诗紧紧围绕“幽居初夏”四字展开，四字中又着重写一个“幽”字：景是幽景，情亦幽情，然幽情中自有暗恨生出。八句诗前六句主要写景，但景中有情；后两句主要结情，但情由景生。

湖山胜处放翁家，槐柳荫中野径斜。
水满有时观下鹭，草深无处不鸣蛙。
箨龙已过头番笋，木笔犹开第一花。
叹息老来交旧尽，睡来谁共午瓯茶？

新解

湖山胜处放翁家，槐柳荫中野径斜——首句“湖山”二字总括全篇，先从大处着笔，总写自己居处之美，次句再以细笔，勾勒环境：湖水山川的最美处，便是我放翁家所在；槐柳树的浓深茂密处，一条山野之径，曲曲弯弯，通向外部的世界。首联便在水光山色中透着一个“幽”字。试想，乡间小路横斜，四周绿荫环绕，有屋于此，非幽而何？槐柳成荫，又确乎是“绕屋树扶疏”的初夏景象。这一句暗笔点题。

水满有时观下鹭，草深无处不鸣蛙——颔联紧承首联展开铺写。水满、草深，下鹭、蛙鸣，自是典型的初夏景色，然上句着一“观”字，明写所见，下句却用“鸣蛙”暗写所闻——明、暗、见、闻，参差变化。且上句所言，湖水初平，入眼一片澄碧，视野开阔，是从横的方面写；白鹭不时自蓝天缓缓下翔，落到湖边觅食，人的视线随鹭飞而从上至下，视野深远，是从纵的方面写。而白鹭悠然，安详不惊，又衬出环境的清幽，使这幅纵横开阔的画面充满了宁静的气氛，下 “观”字，更显得诗人静观自得，心境闲适。景之清幽，物之安详，人之闲适，三者交融，构成了恬静深远的意境。从下句看，绿草丛中，蛙鸣处处，一片热闹喧腾，表面上似与上句清幽景色相对立，其实是以有声衬无声，还是渲染幽静的侧笔。而且，这蛙鸣声中，透出一派生机，又暗暗过渡到颈联。

箨龙已过头番笋，木笔犹开第一花——“箨龙”就是笋，“木笔”又叫辛夷花，两者都是初夏常见之物，两句着意表现的是自然界的蓬勃生意——因为“箨龙”既“已过头番笋”，则林中定然留下许多还没有完全张开枝叶的嫩竹；木笔才开放“第一花”，枝上定然留有不少待放的花苞。诗人展示给我们的是静止的竹和花，唤起我们想象的却是时时都在生长变化之中的动态的景和物。

叹息老来交旧尽，睡来谁共午瓯茶——诗的前六句极写幽静的景色之美，显出诗人怡然自得之乐，读诗至此，真以为此翁完全寄情物外，安于终老是乡了。但结联陡然一转，长叹声中，大书一个“老”字，顿兴“万物得时，吾生行休”之叹，古井中漾起微澜，结出诗情荡漾。原来，尽管万物欣然，此翁却心情衰减，老而易倦，倦而欲睡，睡醒则思茶。而一杯在手，忽然想到往日旧交竟零落殆尽，无人共品茗谈心，享湖山之乐。于是，一种寂寞之感，袭上心头。四顾惘然，向谁诉说？志士空老，报国无成，言念及此，能无惆怅？所以说这首诗在幽情中自有暗恨。

## 新评

陆游这组诗一共四首七律，这里选的是第一首。四首诗都着意写幽居初夏景色，充满了恬静的气氛，但心情都显得不平静。第二首有句云：“闲思旧事惟求醉，老感流年只自悲”，可见旧事不堪回首，只求于一醉中暂时忘却。第三首颈联说：“只言末俗人情恶，未废先生日晏眠”，说明先生之所以“日晏眠”，乃由于“末俗人情”之险恶不堪问。第四首结联说：“移得太行终亦死，平生常笑北山愚”，则是嗟叹自己空有移山之志，而乏回天之力；笑愚公，其实是自慨平生。陆游晚年村居诗作，周必大评为“疏淡”（见《益国周文忠公全集·与陆务观书》），刘熙载称为“浅中有深，平中有奇”。这类诗的渊源所自，历来论者无不指为“学陶”、“学白”。从他大量的写农村风光的诗来看，特别是从这首《幽居初夏》看，固然有陶渊明的恬静，白居易的明浅，但此外还另有陶、白所不曾具有的一境：他的心总是热的，诗情总是不平静的。即使所写景物十分幽静，总不免一语荡起微澜，在"一路坦易中，忽然触着"。梁清远《雕丘杂录》说："陆放翁诗，山居景况，一一写尽，可为山林史。但时有抑郁不平之气。"这是陆游一生忧国忧民，热爱生活，积极用世，坚韧执着的个性的闪现，也正是这首《幽居初夏》的特色。

## 书愤二首

**题解**

陆游的"书愤"诗有多首，这两首是他七十三岁时在山阴所作。他说："盖人之情，悲愤积于中而无言，始发为诗。不然，无诗矣。"(《渭南文集》卷十五《澹斋居士诗序》)正是在这种思想的支配下，陆游经常在作品中抒发浓郁深沉的积愤。这两首诗所抒发的感情，与"塞上长城空自许"、"但悲不见九州同"的悲愤具同等的基调。

白发萧萧卧泽中，只凭天地鉴孤忠。
厄穷苏武餐毡久，忧愤张巡嚼齿空。
细雨春芜上林苑，颓垣夜月洛阳宫。
壮心未与年俱老，死去犹能作鬼雄。

镜里流年两鬓残，寸心自许尚如丹。
衰迟罢试戎衣窄，悲愤犹争宝剑寒。
远戍十年临的博，壮图万里战皋兰。
关河自古无穷事，谁料如今袖手看。

**新解**

白发萧萧卧泽中，只凭天地鉴孤忠——白发飘飘之年，竟然孤卧在这满布沼泽的家乡，一颗念国报君的孤独忠心，又有谁能知道？看来只有天地才能鉴照自己这种忠诚之心了。其时，诗人年迈力衰，远离朝廷，故心中颇有很多想法：光阴既不待我，衷肠亦无处可诉，只好凭天地来鉴察自己的一片孤忠。"泽中"，指诗人居住之地镜湖。

厄穷苏武餐毡久，忧愤张巡嚼齿空——诗人由以上，抚今追昔，想起了几个

"孤忠"的古人：汉苏武厄于匈奴，餐毡吞雪而忠心不泯；安史之乱中死守睢阳的张巡，被俘后骂敌不止，终嚼齿吞舌，忧愤不屈而死——言外之意，暗以自己的孤忠与古人作比。

细雨春芜上林苑，颓垣夜月洛阳宫——不管是古人，还是自己，为什么能做到如此？因为永存一颗拳拳爱君爱国的心啊！故无论是细雨春芜的上林苑，还是颓垣夜月的洛阳宫，可都是自己心中永存的圣地啊！上林苑，汉时长安宫苑；洛阳宫，东汉都城洛阳的宫殿，两者均代指皇宫所在。春芜，春草。颓垣，残破的城墙。

壮心未与年俱老，死去犹能作鬼雄——人虽已年老，可壮心不会与年俱老去啊！即使有朝一日死去，也能做一个鬼中的雄杰，为国杀敌报仇雪恨啊！这一联一吐胸臆，直点主题，语气激昂，情绪悲壮，表现了"亘古男儿一放翁"（梁启超《读陆放翁集》诗语）的英雄本色。"鬼雄"语本屈原《九歌·国殇》："魂魄毅兮为鬼雄。"李清照有"死亦为鬼雄"之句，陆游这里取其意。

镜里流年两鬓残，寸心自许尚如丹——第二首首联紧承上一首最后两句：对镜照容，已是两鬓苍苍，但是年华虽逝，而自己的壮心依然赤热，不减当年。

衰迟罢试戎衣窄，悲愤犹争宝剑寒——第二联承上：自己迟暮衰弱，不胜戎衣，但是，悲愤存胸，宝剑在握，寒光闪烁，还是想持剑与敌人拼一拼的。

远戍十年临的博，壮图万里战皋兰——由此想法，诗人联想到年轻时的豪迈激情：早年远戍南郑，曾怀有到万里之外的皋兰为国冲锋陷阵的雄心壮志。的博，又作"滴博"、"滴博岭"，在今四川东南，这里诗人实用来泛指川、陕地区。皋兰，县名，在今甘肃兰州北。

关河自古无穷事，谁料如今袖手看——当年的一腔热血，满怀激情，为的是收回失地，然而时光流逝，那自古以来的关河征战澄清宇内的无穷之事，看来是与自己无关了。没有想到啊，当年曾是满怀壮志凌云的英雄，岂料今日竟成了一个对敌斗争中袖手旁观之人。

**新评**

陆游的这两首诗，笔力雄健，气壮山河，充分显示了他诗歌风格的主要基调，其中表现出来的对国家、民族的终生难释的深厚情意，成为陆游整个创作中的精华。纪昀在《瀛奎律髓刊误》中曾评陆游这一类诗，"是放翁不可磨处。集中有此，如屋有柱，如人有骨"，可谓准确地把握了陆游诗真正的精神内核。

## 陈阜卿先生为两浙转运司考试官，时秦丞相孙以右文殿修撰来就试，直欲首送。阜卿得予文卷，擢置第一。秦氏大怒，予明年既显黜，先生亦几陷危机。偶秦公薨，遂已。予晚岁料理故书，得先生手帖，追念平昔，作长句以识其事，不知衰涕之集也

**题解**

陈阜卿，指陈之茂，字阜卿，无锡人，绍兴二年(1132)张九成榜下同进士出身，历任朝官及地方各官，卒于建康府任内。秦丞相孙，指秦桧孙秦埙。此诗作于宋宁宗庆元五年(1199)，时放翁复遭谴逐，奉祠居家。按放翁报国之志，至老未衰，但生不逢时，他自早岁无端遭秦桧贬黜，至暮年因受谤罢归乡里，命与仇谋，可谓穷矣。诗写诗人因见陈公手帖，往事历历，涌上心头，因而感激知遇之心、忧谗嫉邪之意，并集胸中，于是情不能已，写下了这首诗。

全诗一气贯注，将知遇之感、身世之悲，自起句直贯篇末。

冀北当年浩莫分，斯人一顾每空群。
国家科第与风汉，天下英雄惟使君。
后进何人知大老，横流无地寄斯文。
自怜衰钝辜真赏，犹窃虚名海内闻。

**新解**

冀北当年浩莫分，斯人一顾每空群——韩愈《送温处士赴河阳军序》："伯乐一过冀北之野，而马群遂空。夫冀北马多天下，伯乐虽善知马，安能空其群邪？解之者曰：吾所谓'空'，非无马也，无良马也。"首联追念伯乐能从群马之中，识别良骥，以喻陈氏别具慧眼，能从众多考生中拔擢自己为第一。

国家科第与风汉，天下英雄惟使君——据《玉泉子》，唐之刘蕡为相国杨嗣复门生，中官嫉恨刘，中尉仇士良谓杨公曰："奈何以国家科第放此风汉？"放翁好议论时政，并以此得罪，与刘蕡相似，其就试遭秦桧之忌，亦与刘相似，故颔联出句引以自喻。又《三国志·蜀书·先主传》："曹公从容谓先主曰：'今天下英雄，唯使君与操耳。本初之徒，不足数也。'"放翁应试，陈氏览其文，深加奖许，擢置第一，故对句又引曹操独推刘备之语为喻。

后进何人知大老，横流无地寄斯文——大老，对德高望重者的尊称。《孟子·离娄上》："二老（指伯夷、吕尚）者，天下之大老也。"放翁对陈氏知遇之恩，铭心难忘，故以大老敬称。横流，喻局势动荡，此指秦桧当权之时。《论语·子罕》："天之将丧斯文也，后死者不得与于斯文也。"颈联出句慨叹陈公已死，其令德风流，竟不为后生小辈所知。

自怜衰钝辜真赏，犹窃虚名海内闻——真赏，指符合实际的赞赏，语出《梁书·王筠传》："知音者稀，真赏殆绝。"末联自道衰老迟钝，功业未就，有负陈公之赏识，看似谦词，实际充满了自负和不平。

新评

这首诗在表现手法上有两个特点：一是用典。但用典切而不僻，故能避免一般宋人用典的通病，读之使人不堕事障，浑然如同己出。二是诗的直写胸臆。诗人情吐郁结，不作过多曲折，而是径直抒发，读之颇有一吐为快之感。

## 沈园二首

题解

陆游尝自称"老夫壮气横九州"（《冬暖》），他渴望"上马击狂胡，下马草军书"（《观大散关图有感》）的豪气冲天的生活，并写有大量天风海雨般的作品。但这只是其人其诗的一个方面。此外，他又是一个经历过个人家庭悲欢离合的人。他抒发此类感情的作品，则写得哀婉动人，缠绵悱恻。他一生最大的不幸，就是与发妻唐琬的爱情悲剧。据《齐东野语》等书记载，陆游于高宗绍兴十四年（1144）二十岁时与母舅之女唐琬结婚，婚后"伉俪相得"，但陆母不喜儿媳，终至迫使二人婚后三年离异。绍兴二十五年春，陆游三十一岁，偶然与唐琬及后嫁之夫赵士程相遇禹迹寺南之沈氏园，"唐以语赵，遣致酒肴"。陆怅然久之，为赋《钗头凤》一词题壁间。唐氏见后亦奉和一首，从此郁郁寡欢，不久抱恨而死。陆游自此更加重了心灵的创伤，悲悼之情始终郁积于怀。此后五十年间，他陆续写了多首悼唐氏之诗，《沈园》即是其中最脍炙人口的两首。

此诗写作之年，据《齐东野语》："翁居鉴湖之三山，晚岁每入城，必登寺眺望，不能胜情……盖庆元己未也。"庆元己未为1199年，是年陆游七十五岁，此时距两人沈园邂逅已四十五年。

城上斜阳画角哀，沈园非复旧池台。
伤心桥下春波绿，曾是惊鸿照影来。

梦断香销四十年，沈园柳老不吹绵。
此身行作稽山土，犹吊遗踪一泫然！

新解

城上斜阳画角哀——首句写眼中之见，耳中之闻，并暗示诗人入沈园之时间，基调凄凉而悲愤。斜阳惨淡，给沈园也涂抹上一层悲凉的感情色彩。于此视觉形象之外，又加以“画角哀”的听觉感受，更增一种悲哀之感，一个“哀”字，写出了诗人对所见所闻之景的特殊感受，是诗人心情映照于物的真实写照。“画角”，古时军队中一种用作号令、昏晓报时的器具，其声高亢凄厉。

沈园非复旧池台——次句写诗人再入沈园时的感受，诗人认为，这个时期的沈园已不再如过去的沈园那样了，园中的池台已经与往日的完全不同了。为什么？按诗人于光宗绍熙三年(1192)六十八岁时曾写有《禹迹寺南有沈氏小园》诗一首，其中有序云：“禹迹寺南有沈氏小园，四十年前尝题小词壁间，偶复一到，园已三易主，读之怅然。”诗中并有“坏壁醉题尘漠漠”之句，可见其时沈园已有颇大变化。现在又过七年，不仅“三易主”，且池台景物也不复可认，可谓面目全非。又诗人对沈园怀有一种特殊的感情，因为这是他与唐氏离异后唯一相见之处，也是一生永诀之所，这里曾留下了他刹那间的喜与永久的悲，他多么渴望旧事重现，尽管那是悲剧，但毕竟可一睹唐氏芳姿。既然时间不能倒流，他就不得已而求其次，希望沈园的一池一台一草一木，仍保持当年与唐氏相遇时的情景，以便旧梦重温，借以自慰。但现实太残酷了，今日不仅心上人早已作古，连景物也非复旧观。

伤心桥下春波绿，曾是惊鸿照影来——更令人伤心的是，虽然桥下春水依然绿波荡漾，但这个绿波荡漾的春水，可是当年映照过唐氏那个美好形象的水啊！联想及此，诗人悲哀的心境，更带上一层莫名的凄苦滋味。按“惊鸿照影”，化用曹植《洛神赋》中对洛水女神“翩若惊鸿”形象的描写。这句诗似乎意含笔外之致，即虽一切已无可挽回，那“照影惊鸿”的形象也一去不复返了，然而只要此心不死，此“影”将永驻心中。

梦断香销四十年——“梦断香销”，指唐氏之死。古人往往以“香销玉殒”喻女子之亡，按陆游曾在八十四岁临终前一年做有一首悼念唐氏的《春游》诗，诗中有“也信美人终作土，不堪幽梦太匆匆”句。按陆写《沈园二首》时，唐氏实际已死四十四年，此“四十年”只是取其整数而已。

沈园柳老不吹绵——次句就沈园即日之景而写，意思颇显豁，似不必做过多的解释：柳树已老，再也不能吹起满天的飞絮了。但这里实含有自喻的成分在内。按诗人前此几年如六十八岁时来沈园写的《禹迹寺南有沈氏小园》，已称自己是

“河阳愁鬓怯新霜”，此时诗人已年逾古稀，正如园中老树，已无所作为，对个人生活更无所求了。

此身行作稽山土，犹吊遗踪一泫然——这两句首句紧承上句，是对以“柳老”自喻的内涵的进一步说明：所思所爱之人已作古，已化为土，真可谓“也信美人终作土，不堪幽梦太匆匆”；而自身也将作古，化为会稽山下之黄土，但诗人一桩心事始终未了，这就是对唐氏的永远忏悔之情，永远眷恋之念。一个“犹”字，写出了作者极其复杂的心态：尽管自己将不久于人世，但对唐氏眷念之情永不泯灭；尽管个人生活上已无所追求，但对唐氏之爱历久弥新，所以面对沈园的遗踪，凭吊之馀，自然要泫然涕下，情不能禁了。“泫然”二字，饱含复杂的感情：爱、恨、悔、怨，诸种感情交织，足供读者体味多时。

新评

这二首诗显然不同于陆游诸多慷慨激昂表现抗战报国的诗篇，而是以感情抒发的缠绵悱恻取胜。诗人将自己一生中的遗憾通过对沈园景物的凭吊、对所爱之人往事的忆念得到了很好的表达。透过其自然朴素、生动鲜明的诗歌语言，我们似可真切地感受到进入老境的诗人那种对所爱之人永难摆脱的愧疚之情。全诗感情深沉哀婉，含蓄蕴藉，在陆游众多的诗作中显得别具一格。

## 西　村

题解

这首诗是诗人游历一个名叫“西村”的小村庄时写的。从诗中描写看，诗人此前曾来过此村，这次隔了多时旧地重游，自不免有一种既熟悉又陌生的感觉。他观赏着沿途风光，时而引起对往事的回忆。按陆游另有《东村》诗，作于宋宁宗庆元六年(1200)，故《西村》诗当也是他闲居山阴期间所作。

乱山深处小桃源，往岁求浆忆叩门。
高柳簇桥初转马，数家临水自成村。
茂林风送幽禽语，坏壁苔侵醉墨痕。
一首清诗记今夕，细云新月耿黄昏。

新解

乱山深处小桃源，往岁求浆忆叩门——首联由西村思往事。西村群山环绕，仿佛是世外桃源。他还清楚记得当年游赏时敲门求水解渴的情景。“浆”，泛指饮料。

高柳簇桥初转马，数家临水自成村——颔联写进村时的情景：走过柳树簇拥的小桥，就要勒转马头拐个弯，突然发现前面一个小小的村落，几户人家临水而居，村子有如天然形成。这两句富于动感，景物组合巧妙。“高柳簇桥”，似乎尚处于“山重水复疑无路”（陆游《游山西村》）的境地，而在“初转马”以后，眼前便是“数家临水自成村”，就进入了“柳暗花明又一村”的境界，这与陶渊明《桃花源记》中“初极狭，才通人，复行数十步，豁然开朗”的写法颇为接近。这不仅回应了首句“小桃源”三字，而且从山回路转中向人们展示了这一近乎神秘的桃源境界。

茂林风送幽禽语，坏壁苔侵醉墨痕——颈联写入西村后所见所闻：周围树木茂密，不见啼鸟，但闻鸣声。当年来游之处，已是坏壁颓垣，自己醉书于上的诗句，也已斑斑驳驳，布满青苔。

诗人觉得，眼前这情景很动人，值得怀恋，应当再写一首诗留作纪念，于是转入尾联。

一首清诗记今夕，细云新月耿黄昏——当一首清雅的诗篇记下今夜的游历时，诗人抬头高望天空，只见空中几缕纤云烘托着一弯新月，即将升起，那弯新月，在黄昏的天际，显得格外耀眼。

新评

作为一首纪游诗，此诗的特点在于能够不为物累，脱去形似，用渗透感情的笔墨去捕捉形象，将自己深切体验过的、敏锐感受到的物象写入诗中，故诗中几乎每一笔都带有诗人自己的感情。前人评诗曾把“兴中有象”作为诗歌创作的高境界，这一首诗就颇具有这种风调。

## 枕上作

题解

这首诗写于宋宁宗庆元六年(1200)，这年陆游七十六岁。自淳熙十六年(1189)他被罢官回山阴家居，已十多年过去了。此时的诗人，面对朋辈大量凋落，时刻感到死神在向他召唤，但诗人那颗时刻不忘恢复中原故土的赤子之心，仍在顽强地跳动。他虽再也没有身临前线的机会了，但对故国的“神游”却永存心头，这首诗写的就是诗人一种特殊场合下神游故国的独特亢奋心情。

萧萧白发卧扁舟，死尽中朝旧辈流。
万里关河孤枕梦，五更风雨四山秋。
郑虔自笑穷耽酒，李广何妨老不侯。

犹有少年风味在，吴笺著句写清愁。

新解

萧萧白发卧扁舟，死尽中朝旧辈流——陆游的山阴故居，乃水乡泽国，家中备有小船，他可以时时身"卧扁舟"，酣然入梦。老诗人的身体躺在家乡的小船里，可心中仍在思虑着国家大事。当年和他意气相投，以恢复万里关河相期许的朋友，有不少人已经与世长辞了。诗人写这首诗的六年前，范成大卒；五年前，陈亮卒；四年前，赵汝愚自杀；本年初，朱燕卒——这便是"死尽中朝旧辈流"所指。"中朝"，即朝中、朝廷。朋辈凋零殆尽，诗人自己呢？也已是风烛残年，只落得白发飘飘，身卧扁舟。

万里关河孤枕梦——诗人虽然"老病有孤舟"，但那颗时刻不忘恢复中原故土的赤子之心，仍在顽强地跳动。对统一大业的热切盼望，使他朝思夜想，形诸梦寐——故诗人从军南郑时"铁衣上马蹴坚冰"、"飞霜掠面寒压指"的生活，沦陷区北方的万里关河，恍惚又复现在梦境中。但这终究是一场凄凉之梦，诗人一向怀抱的夙愿因朋辈的殒折和年华的流逝而日益渺茫，一个"孤"字，写尽了诗人因朋辈凋零殆尽而致的苦闷之情。

五更风雨四山秋——一场孤梦，使他进入往日的万里关河，但梦醒之后又当如何？梦醒之后，诗人耳中听的是五更的秋风秋雨声；身体感受的，是四面山围中浓重的秋意。

郑虔自笑穷耽酒，李广何妨老不侯——诗人回思梦中的情景，联系自己现在的处境，两个古人形象浮现在他眼前：唐玄宗时的郑虔文才很高，他的诗、书、画曾被玄宗赞为"三绝"，但终因生活贫困过度嗜酒而死；汉将李广长于骑射，一生与匈奴七十馀战，屡建奇功，但命运坎坷，终未封侯，最后自杀。按陆游自信文可以比郑虔，武可以比李广，而自己晚年的遭遇也与郑、李相仿佛。就在写此诗的前一年，他被准予致仕，实差和祠官一并勾销，不再食俸。"生理虽贫甚"（《致仕后述怀》），但"绿樽浮蚁狂犹在"（《题庵壁》），酒还是不能少的，只好自己酿造(见《村舍杂书》)。这两句中的"自笑"和"何妨"，透露出诗人的心曲。"自笑"，非自我解嘲，而是欣慰之情的表现。当他出于政治斗争的考虑，决定辞官时，曾写过一首《病雁》诗，其中说：病雁"不辞道路远，置身湖海宽"；而自己"虽云幸得饱，早夜不敢安"，于是"乃知学者心，羞愧甚饥寒"。忍饥寒而免羞愧，故有欣慰之"自笑"。"何妨"者，是因诗人所关心的，决非自己的名位权势。大而言之，是国家的统一；小而言之，是品德的高洁。既不能进而兼济天下救苍生，便退而独善其身持操守，纵未封侯拜相，又有何妨？

犹有少年风味在，吴笺著句写清愁——况且，在内心的坦然、村酿的陶醉之外，还有少年时的风味积习，可以自由地用纸挥洒抒写自己的激情，这些，无疑能为自己的馀生增添无限的情趣。梦里的万里关河，醒来变为一叶孤舟，梦中的驰骋沙场，醒来变为老病卧床，集中到一点，就是"白头不试平戎策，虚向江湖过此生"的终生遗憾，"这次第，怎一个愁字了得！"（李清照《声声慢》）"清愁"之情与"清秋"之景交融，真可谓情景相生。吴笺，吴地所产的纸做成的笺。清愁，犹言凄清孤独之愁。

新评

本诗脉络分明：首联中之"卧扁舟"，对上而言，紧承诗题《枕上作》之"枕上"，对下而言，内启"孤枕梦"的出现，外启"四山秋"的环境描写。风雨惊觉后，梦境变为实境，但思绪未断，由想象中的"我"，回到了现实中的"我"，于是乃有"自笑"、"何妨"之论。尾联"吴笺着句"云云，再回应题目《枕上作》，重点则在"作"，堪称针线细密，无懈可击。

## 梅花绝句

题解

此诗作于宁宗嘉泰二年(1202)，时放翁七十八岁，闲居山阴。上联写梅花不畏寒冽，笑迎晨风，纷繁似雪，遍开山中。下联诗人用奇特的设想，极表其爱梅之心。

闻道梅花坼晓风，雪堆遍满四山中。
何方可化身千亿？一树梅前一放翁。

新解

闻道梅花坼晓风，雪堆遍满四山中——上联写梅花不畏寒冽，在笑迎晨风中开放，其纷繁多彩，有如春雪，遍开四周山中。坼：裂开意，这里状梅花绽开。写梅之不畏寒风，凌霜开放，常可看到，几乎成咏梅诗中的套语，如杜甫《江梅》诗："雪树元同色，江风亦自波"，许浑《闻薛先辈陪大夫看早梅因寄》诗："素艳雪凝树，清香风满枝"，故此诗引人注目的是下联：

何方可化身千亿？一树梅前一放翁——诗人用了一个奇特的设想，极表其爱梅之心：有什么方法能把自己化为千万个人，让每一树梅花之前都有一个叫放翁的人来欣赏呢？按前人爱梅，有沁香入骨、爱之欲餐等语，但与放翁此诗对梅之状写、爱梅之心相比，高下深浅自见。尽管这种设想出自柳宗元的《与浩初上人同看山寄京华亲故》对山的描写，"海畔尖山似剑铓，秋来处处割愁肠。若为化得身千亿，散上峰头望故乡”，但两首诗所表现的形象和意境，则全然不同。柳宗元谪居岭南，万里投荒，羁情凄凄，愁思郁郁，其状酸心，其语刻骨；而放翁则逸兴遄飞，其对梅的狂态、赏梅的痴情，通过这一设想，得到了淋漓尽致的表现，格调极高。

新评

自唐以来，世人盛赏牡丹，爱梅还是爱牡丹，几乎成了人品志趣雅俗高下的一个标准。

隐居孤山的林逋，即以爱梅、咏梅著称。梅以韵胜，以格高，林逋所重，在其韵；放翁所重，在其格。放翁早年师事曾几，曾几尝问：“梅与牡丹孰胜？”放翁以诗作答：“曾与诗翁定花品，一丘一壑过姚黄”（《梅花绝句》）。梅花的清风亮节，于放翁实为同气，故借梅抒写怀抱。这是放翁性喜咏梅，而且多咏梅的高格，不同于林逋专写其清神逸韵的原因。

此诗在放翁众多的咏梅诗中，更是别具一格。题是梅花，其意在人：不但写人赏梅之状，还隐喻其立身之德。上联写梅，只是下联写人的陪衬。诗人为了能与梅花相亲，不辞冒着清晨的寒风欣赏，则其独抱孤衷之意，自在言外。化身千亿，长在梅前。能与雪洁冰清的梅花心相印、意相通、语相接，则其人之高标绝俗，又跃然纸上。反过来，在百花园中，又有哪种名花，能与时穷见节之士心迹相通？能无愧骨沁幽香、气傲寒雪之美？也许此誉非梅莫属了。咏梅为了咏人，咏人又离不开咏梅，梅乎人乎，两实难分，读这首诗，应于此着眼。

## 送辛幼安殿撰造朝

题解

本诗为著名词人兼政治家、军事家辛弃疾而作。辛弃疾(1140—1207),字幼安，号稼轩，历城(今山东济南)人。绍兴三十一年(1161)起兵抗金，后率义军归南宋，历任地方要职。他力主以武力恢复中原故土，但在苟安图存的政治环境中，其才不为南宋朝廷所用，最终赍志以没。殿撰：辛弃疾曾任右文殿、集英殿修撰，故称。造朝：到朝廷去。嘉泰四年(1204)春，辛弃疾时知绍兴府兼浙东安抚使，应召赴临安，陆游时在山阴，写了这首诗为他送行。

稼轩落笔凌鲍谢，退避名声称学稼。
十年高卧不出门，参透南宗牧牛话。
功名固是券内事，且葺园庐了婚嫁。
千篇昌谷诗满囊，万卷邺侯书插架。

忽然起冠东诸侯，黄旗皂纛从天下。
圣朝仄席意未快，尺一东来烦促驾。
大材小用古所叹，管仲萧何实流亚。
天山挂旆或少须，先挽银河洗嵩华。
中原麟凤争自奋，残虏犬羊何足吓！
但令小试出绪馀，青史英豪可雄跨。
古来立事戒轻发，往往谗夫出乘罅。
深仇积愤在逆胡，不用追思灞亭夜。

新解

稼轩落笔凌鲍谢——首句写辛弃疾的文学才赋，言其远超过南朝时的鲍照与谢灵运，用杜甫《遣兴》诗"赋诗何必多，往往凌鲍谢"句。凌：超过，高出。鲍、谢：指南朝宋时著名诗人鲍照与谢灵运。

退避名声称学稼——学稼：指"稼轩"命号的由来。辛弃疾曾退处乡间十年，常言"人生在勤，当以力田为先"，因以"稼"名轩，取《论语·子路》"樊迟请学稼"之意。次句言辛以学稼为名，为的是避免引起过大的注意，以作退隐计。

十年高卧不出门，参透南宗牧牛话——"十年"句：钱仲联先生认为指辛弃疾自光宗绍熙五年(1194)被台臣王蔺举劾"用钱如泥沙，杀人如草芥，旦夕望端坐闽王殿"。罢归知福州兼福建安抚，到嘉泰三年(1203)起知绍兴府期间。这期间正好十年(上海古籍出版社1985年《剑南诗稿校注》第3316页)。"参透"句：谓辛弃疾对佛教南宗的修养功夫非常到家。参，证验。参透，了解透彻。南宗，佛教禅宗中以惠能为宗的一派。《旧唐书·神秀传》："慧能住韶州广果寺……天下乃散传其道，谓神秀为北宗，慧能为南宗。"牧牛话，佛家对修行行为的比喻。《景德传灯录》卷六载："抚州石巩慧藏禅师……一日在厨作务次，(马)祖问曰：'作什么？'曰：'牧牛'。(马)祖曰：'作么生牧？'曰：'一回入草去，便把鼻孔拽来。'祖曰：'子真牧牛！'"

功名固是券内事，且葺田庐了婚嫁——这两句承上，赞辛弃疾视功名如拾芥，故不以十年隐居为意，且顾家庭田庐儿女婚事。券内事：喻功名犹如与人定了契约一样手到擒来，极有把握。券，指契约。葺：原指用茅草覆盖房屋，这里泛指对家庭的建设之类。婚嫁：为儿女操办婚事。

千篇昌谷诗满囊，万卷邺侯书插架——这两句赞辛弃疾隐退时坐拥书城，写诗读书的生涯。首句借李贺故事称赞辛弃疾创作丰富，次句以唐德宗时宰相李泌比辛，喻其藏书的丰富。昌谷：指唐代诗人李贺。李贺曾在昌谷(今河南宜阳西)居住，故又自称李昌谷。诗满囊：史载李贺常骑驴出游，一小僮背古锦囊随行，得诗句即写下放入锦囊中。邺侯：指李泌，封邺侯，以藏书多著称。韩愈《送诸葛觉往随州读书》云："邺侯家多书，插架三万轴。"

忽然起冠东诸侯，黄旗皂纛从天下——首句言辛弃疾的重新被起用，次句言辛此后可建旗树帐纵横天下——诗人实有望于辛的出山能有助于抗金复国的大业。按辛于嘉泰三年(1203)被任命为知绍兴府兼浙东安抚使之职。起，起用；冠东诸侯，犹言居于东方诸侯之首。黄旗皂纛(dào)，指安抚使的仪仗。皂纛，黑色的大旗。

圣朝仄席意未快，尺一东来烦促驾——这两句言朝廷因辛未在身边，不能听到他对政见的高见，意有所未快，故才亲下诏书，烦请他促驾入京。仄席：即侧席，指皇帝倾听贤臣的言论，表示尊重贤者。《后汉书·章帝纪》："诏曰：朕思迟直士，侧席异闻。"李贤注："侧席，谓不正坐，所以待贤良也。"尺一：指诏书。古代以一尺一寸长的版写诏书，故称。

大材小用古所叹，管仲萧何实流亚——两句言辛本如管仲、萧何之类经国建邦大才之人，但长期未能重用，这次任命，也不过是一小试锋芒而已。诗人深为辛之遭际抱不平。管仲：春秋时齐国名相，曾辅佐齐桓公称霸诸侯；萧何：汉初名相，协助刘邦建立西汉。流亚：犹言同一类人物。

天山挂旆或少须，先挽银河洗嵩华——谓朝廷如任命辛氏，此后汉唐盛世将不会远，但现在最迫切的任务是先恢复中原故土，辛氏此后，大可凭借其文韬武略，以力挽狂澜之势，引来天上银河之水，洗尽中原金人腥膻之气，然后再造一个强盛之世。天山，《元和郡县图志》："伊州：天山，一名白山，一名时罗漫山，在州北百二十里。"天山一般指新疆天山，但宋代天山多指祁连山，此处泛指金的全境，《金史·地理上》："金之壤地封疆……出天山外。"旆，旌旗。天山挂旆，犹言把胜利的旗帜插到天山上。少须，稍待时日。嵩华，指嵩山与华山，这里代指中原。"先挽"句：意谓在统一全国之前，先挽银河之水来洗刷被金人玷污的中原地区。

中原麟凤争自奋，残虏犬羊何足吓！但令小试出绪馀，青史英豪可雄跨——前两句言我之人才济济，奋勇当先，金人残馀之虏有如待宰的犬羊，哪里能经得起威吓！后两句言只要辛氏小试其才，完全可成为一个青史上留名并享誉当代的英雄豪杰之士。麟凤：喻指稀有杰出的人才。犬羊：喻指金人。何足吓：不堪一击之意。绪馀：剩馀的部分，犹言馀力。雄跨，指兼在史书上留名和享誉于当代。

古来立事戒轻发，往往谗夫出乘罅——这两句告诫辛弃疾，伐金事关重大，要做好充分准备，切不可草率出击，以免给中伤者造成口实。谗夫：专说坏话以中伤人的小人。乘罅(xià)：指利用机会钻空子进行破坏。罅，裂缝。

深仇积愤在逆胡，不用追思灞亭夜——这两句承上，因为有以上，所以诗人又告诫嫉恶如仇的辛弃疾，分清敌我主次，真正的"深仇"是金人，切不可挟私报复，过多计较过去的个人恩怨，把仇怨放在同朝自己人身上。灞亭夜，用汉李广之典。

史载李广夜过灞陵亭，遭霸陵尉呵斥。李广后被任为右北平太守，请灞陵尉同往，到军中斩杀其人。灞亭，即霸陵亭。按辛弃疾曾屡次被劾罢官，陆游在这里借李广的故事，劝辛弃疾以抗金事业为重，不要如李广那样怀有过多的挟私报复心理。

新评

本诗作为诗人与辛弃疾交往的诗篇，表现了诗人对辛弃疾深厚的友谊和浓烈的希望。诗人有望于辛弃疾能在抗金复国的大业中发挥自己的文韬武略。但遗憾的是，南宋小朝廷是一个不需要英雄的王朝，陆游既不被信任，辛弃疾也同样被闲置多年，“千古李将军，夺得胡儿马。李蔡为人在下中，却是封侯者。芸草去陈根，笕竹添新瓦。万一朝家举力田，舍我其谁也”。正因为此，辛弃疾的诸多词作，表现了与陆游诗十分相近甚至完全相同的思想基调。

## 秋夜思南郑军中

题解

此诗作于开禧元年(1205)诗人晚年家居时。诗人秋夜浮想联翩，往事历历在目，念及往日南郑军中生活，对照今日之体衰闲置处境，不禁发出深重的感慨。诗题之“思”，为联系“秋夜”与“南郑”的纽带，也是贯穿全诗的灵魂，欲探得作者立意，抓住这个“思”字即可。

五丈原头刁斗声，秋风又到亚夫营。
昔如埋剑常思出，今作闲云不计程。
盛事何由观北伐，后人谁可继西平？
眼昏不奈陈编得，挑尽残灯不肯明。

新解

五丈原头刁斗声，秋风又到亚夫营——五丈原在今陕西岐山县南，诸葛亮与司马懿交战，曾屯兵于此。亚夫营即细柳营，在长安西不远处，汉将周亚夫曾驻兵细柳，军令整肃，汉文帝称之为“真将军”。作者曾到过大散关，并未到过五丈原和细柳，但这两句实是以虚地忆念自己往日在南郑的一段实地经历，犹言：过去曾屡闻五丈原的刁斗声，也曾久历秋风劲吹亚夫营的峥嵘岁月。首联两句虽未揭实地，但通过诗人之“思”，把往事与现实连接起来。

昔如埋剑常思出，今作闲云不计程——往事历历，毕竟成了过去，故作者的思绪又回到现实，于是在往事与现实中展开联想：昔时在南郑军中，虽然立功机会渺茫，但那时不失为“埋剑”，常常考虑有一个破土而出的机会；今天则致仕家居，无所事事，有如闲云一片，到处飘荡，再不考虑到了何地，走了几多路程。“埋剑”，用西晋雷焕事，喻有才不得任用。晋时斗、牛二宿间常有紫气出现，雷焕任丰城（今属江西）令时，在丰城狱下挖得二剑，一曰龙泉，一曰太阿。“闲云”，用唐末贯休献诗吴越王钱镠硋典故。贯休献诗钱镠，钱镠要求将诗中“一剑霜寒十四州”改为“一剑霜寒四十州”，贯休说：州也难添，诗也难改，我是“闲云孤鹤”，哪儿的天空不能飞？于是离开了钱镠。陆游在这里自称闲云，当然含有对朝廷的失望之意。“不计程”，写其自由自在，任情飘浮。

盛事何由观北伐，后人谁可继西平——昔如埋剑，今作闲云，此生已矣，是可悲的，但只要报国有人，这又有何妨？可叹的是，北伐中原的盛举不知如何才能实现，后人中也不知何人能够如唐将李晟那样铸就统一天下的伟业。盛事，犹言盛举。“西平”，指唐将军李晟，曾平服朱泚叛乱，收复长安，被封为西平郡王。

眼昏不奈陈编得，挑尽残灯不肯明——不过，即使能够收回失地，自己无力参与，也终是憾事；现在老眼昏花，连旧书也不能够看清了，即使屡挑残灯，眼睛也未见任何明亮。“眼昏”唯伴“残编”，这对于“匹马戍梁州”的诗人又何以能忍耐！再加上“不奈”两字，其心中的痛苦可想而知。

**新评**

这首诗以五丈原、亚夫营起头，是回忆往事，也是思念古人，颇具震撼人心的力量，“起势峥嵘飞动，馀亦往复顿挫”（方东树《昭昧詹言》）。在谋篇布局上则多施波澜，如首联由“五丈原”、“亚夫营”，引出诗人对前后生活的对照忆念。“埋剑”之典，颇露自己对往日有才不得施展的无可奈何之情；闲云之念，则在貌似悠闲的描写中寄托了自己不尽的悲哀和自伤。诗中又多处用典，典故的选择，又充分注意到了与诗中内容及地理位置上的关联，表现了作者思路细密、关照严谨的特色。

## 海棠歌

**题解**

这一首诗为诗人于嘉定元年(1208)八十四岁时作，距诗人逝世只有一年多。按海棠，据《广群芳谱》，“盛于蜀，而秦中次之”。唐人贾耽曾称海棠为“花中神仙”；唐代薛能《海棠》曾赞蜀地海棠为“四海应无蜀海棠，一时开处一城香”；唐人郑谷《蜀中赏海棠》诗也有“浓澹淡芳春满蜀乡”之句，皆传诵人口。宋代咏海棠诗最著名的是苏轼咏黄州定惠院海棠的一篇七古和“只恐夜深花睡去”那首七绝。陆游在蜀多年，写的海棠诗最多，也最出色，本诗就是其中的代表作之一。诗人追思蜀地观赏海棠之事，虽年事已高，但热情不减当年。

我初入蜀鬓未苍，南充樊亭看海棠。
当时已谓目未睹，岂知更有碧鸡坊。
碧鸡海棠天下绝，枝枝似染猩猩血。
蜀姬艳妆肯让人？花前顿觉无颜色。
扁舟东下八千里，桃李真成仆奴尔。
若使海棠根可移，扬州芍药应羞死。
风雨春残杜鹃哭，夜夜寒衾梦还蜀。
何从乞得不死方，更看千年未为足。

新解

我初入蜀鬓未霜，南充樊亭看海棠——诗人先写初到四川时在南充看海棠。按陆游曾于乾道八年(1172)离夔州通判任赴南郑四川宣抚使幕，他途经南充时，在该地的“樊亭”观赏海棠，《剑南诗稿》卷三留有描写海棠的绝句两首。鬓未霜，犹言鬓发未曾花白，年轻之貌。

当时已谓目未睹，岂知更有碧鸡坊——第三句写在南充看海棠的惊异神态：看了南充海棠，就已经认为是天下最美的了，但第四句急转直下，引出下文，言南充海棠与成都碧鸡坊海棠相比，实在微不足道。

碧鸡海棠天下绝，枝枝似染猩猩血——以上两句，重写碧鸡坊的海棠。按碧鸡坊，在成都西南，据南朝·梁《益州记》：“成都之坊百有二十，第四曰碧鸡坊。”陆游另有《花时遍游诸家园》诗，其中有“走马碧鸡坊里去，市人唤作海棠颠”句。天下绝，犹言天下无二。猩猩血，猩猩之血，是从色彩上状写海棠娇艳欲滴的红艳。这两句是对海棠的正面描写，以“枝枝似染猩猩血”之近乎夸张的笔法概括碧鸡海棠“天下绝”的惊人之美。

蜀姬艳妆肯让人？花前顿觉无颜色——这二句承上，进一步展开对蜀地海棠美的喻写。诗人采用的是一种进一层的写法：先赞蜀地之美女，蜀地之美女是天下最美的了，因为她们梳妆打扮起来，是绝不肯把自己美的称号让于任何人的，但她们一旦站在海棠花前，顿时会觉得容貌黯然，失去光彩。“肯让人”三字，用的是一种反诘语气，言外之意是说蜀地美女在容貌的美丽上是天下第一，无人可比的，但即使是这种美得不可言说的蜀姬，与蜀地海棠相比竟然也会“顿觉无颜色”。运用对比手法，描写海棠，于抑扬转折中突显了其无与伦比的美的神韵。

扁舟东下八千里，桃李真成仆奴尔——由海棠而突结以“扁舟东下”描写，其意为何？为再赞海棠营造气氛也。言外之意，无非是说，走过这么多的路途，行过这么多的地方，还没有见过天下有胜过蜀中海棠的花。那些桃花、李花是够娇艳的吧，但它们与海棠花相比，有如主子与奴才，高贵低贱，一看就知，完全不属一个档次。

若使海棠根可移，扬州芍药应羞死——把海棠与桃花、李花相比后，作者意犹未足，又将海棠与名扬天下的扬州芍药相比，诗人认为，尽管扬州芍药天下驰名，但见了海棠也"应羞死"。诗人再用一种烘托夸张的手法盛赞海棠。

风雨春残杜鹃哭，夜夜寒衾梦还蜀——为什么盛赞蜀中海棠？蜀中海棠真是美得天下名花都黯然失色吗？不是的，只是因为它是生在蜀中而已——蜀地多杜鹃鸟，传说为蜀帝杜宇魂魄所化，其声悲切。江南也有杜鹃，诗人每当"风雨春残"之际，"夜夜"在"寒衾"中闻鹃声而思蜀，以至梦游旧地。自然，蜀中海棠，不过是诗人勾起蜀中生活的一个最直接的忆念物而已。诗人思念蜀中海棠，实际上是对自己中年充满豪情壮志军幕生活的一种怀念。

何从乞得不死方，更看千年未为足——这两句承上，再写对蜀地和蜀中海棠的思念。诗人梦中所见的，是蜀中的海棠盛景；诗人梦醒之后，还盼望能够长期看到，但愿长生不老，再看"千年"！但从哪里能求得这不死之药呢？

新评

诗人思念蜀中海棠，实际上是对自己中年军幕中充满豪情壮志生活的一种怀念。时光消逝，盛况难再，生平的种种理想都不可能实现，但往事历历如在目前，使人难以忘怀。本诗表面上咏物，实际处处写己。最后四句以豪放之笔隐写自己难已的沉痛之情，总束全诗，点清题旨，颇有"老骥伏枥，志在千里；烈士暮年，壮心不已"的血泪感慨。

## 赏小园牡丹有感

题解

这首诗写于嘉定二年(1209)的晚春，时陆游八十五岁，距他逝世还不到一年。诗从赏小园牡丹联想到洛阳、长安牡丹的盛况，意在抒发中原故土不能收复的悲叹之情。

雒阳牡丹面径尺，鄜畤牡丹高丈馀。
世间尤物有如此，恨我总角东吴居。
俗人用意苦局促，目所未见辄谓无。

周汉故都亦岂远，安得尺棰驱群胡！

新解

雒阳牡丹面径尺，鄜畤牡丹高丈馀——鄜畤，秦文公祭祀白帝处，在今陕西富平县，汉属左冯翊，为长安“三辅”所辖，诗中借指长安一带之地。唐宋时期，长安、洛阳牡丹极盛。《唐国史补》：“京城贵游尚牡丹三十馀年矣。每春暮，车马若狂，以不耽玩为耻。执金吾铺官围外寺观，种以求利，一本有直数万者。”唐时长安有高到“丈馀”的牡丹，洛阳的千叶牡丹，花面“大可径尺”，超过“姚黄”、“魏紫”等名种，均见于花谱。诗中起二句虽是实写，但能抓住要地，突出特点，使人感到长安、洛阳的可羡。前人写牡丹，语多绚丽；这里写牡丹，实际上用的是一种粗线条勾勒手法，只两句已把牡丹写足。陆游诗的老笔劲气，于起处已扑面而来。

世间尤物有如此，恨我总角东吴居——这两句，前句承上两句作总评；“恨我”句则以少年居住江东吴越之地，不能见到两地名花为恨作转接，以补足赞叹、向往之情，并落脚到诗人自身，把写花与写诗人的生活和感想联系起来，使诗篇不成为脱离自身的单纯咏物之作。这两句以转带结，也写得非常遒健，使劲气保持不懈。“总角”，古代指称少年人。

俗人用意苦局促，目所未见辄谓无——前四句是叙事，以下四句开始抒情。这两句首先说有些人因为见识“局促”狭隘，往往对自己眼睛没有见到的就否认其存在的可能，有如《庄子·秋水》所说的：“井蛙不可以语于海”、“夏虫不可以语于冰”。这两句，从赏花的感想引起，从平时生活中得出一条经验，富有哲理意味。用一“苦”字，一“辄”字，显出无限的感慨。来自生活实际，从作品形象生发，又渗透着作者的深厚感情，这样的议论笔墨，既能益人之知，又能动人之情。

周汉故都亦岂远，安得尺棰驱群胡——结束两句，以“周汉故都”点明长安、洛阳两地的历史地位，以不能扬鞭执棰驱除敌人为憾，表明两地还在被占之中。“亦岂远”，愤恨当权派软弱无能、不能收复并不很远的失地。这两句点明“有感”的中心思想，是又一层的议论，这层议论，表现出诗人一贯的理想愿望，带着他更深的感慨，为全诗留下最沉痛、最激昂的尾声，又呼应赏花及开头两句。安得：怎能。棰：指木杖，这里又代指弓箭等武器。按这句原出黄庭坚《送范德孺知庆州》：“可用折棰笞羌胡。”

新评

陆游这首诗从诗题看是写小园牡丹的，但作者并不为题目所拘去写“小园牡丹”，而是从“赏”花“有感”生发开去，写到国事。前四句叙事，以中原牡丹对比自己所赏牡丹，表达了对故土的怀念，并自然引出后四句议论。在议论过程中，又紧扣前之叙事，抒发自己深沉的感慨。虽气势奔放直下，却都有回斡之力，所以雄迈而不嫌直致，倾泻而终趋沉厚。

## 示　儿

题解

陆游卒于宁宗嘉定二年(1209)十二月。这首《示儿》是他临终前写的，既是他的绝笔，也是他的遗嘱。

死去元知万事空，但悲不见九州同。
王师北定中原日，家祭无忘告乃翁。

新解

死去元知万事空，但悲不见九州同——人死自然是万事皆空，诗人对这一点是深知的，但诗人引以为终生遗憾的是，没有见到收复中原，天下一统的日子。南宋初年屡挫金兵的宗泽，在临终时，也念念不忘恢复大业，曾连呼“渡河”者三，有人拿陆诗与宗泽相比，称赞陆游该诗：“较之宗泽三呼渡河之心，何以异哉！”诗人在他的有生之年，时时刻刻都以收复中原为念，到他写这首诗时，知道自己再也看不到实现这一愿望之日了，这不能不使他心怀沉痛之情，发出悲怆之音。

王师北定中原日，家祭无忘告乃翁——但在同时，他又满怀信心，坚信最后一定有“北定中原”之日，因此，在弥留之际，他叮嘱自己的儿孙：如果有朝一日王师收复中原，祭奠我时，一定要告诉你们的先人我啊！陆游生于北宋覆亡前夕，身历神州陆沉之恨，深以南宋偏安一隅、屈膝乞和为耻，念念不忘收复中原。虽然他多次被罢职闲居，平生志业，百无一酬，可他恢复中原的信念始终没有动摇。这两句表现了他对祖国执着、深沉、强烈的爱。两句寓壮怀于悲痛之中，表达的是诗人一生的心愿，倾注的是他满腔的悲慨。

新评

陆游享年八十五岁，现存诗九千馀首。其享年之高、作品之多，在古代诗人中是少有的，而以这样一首篇幅短小、份量却十分沉重的压卷之作来结束他的漫长的创作生涯，这在古代诗人中是不多见的。

作为一篇遗嘱，它无愧于诗人爱国的一生。试想，一个人在病榻弥留之际，回首平生，百端交集，环顾家人，儿女情深，要抒发的感慨、要留下的语言，可谓千头万绪，无从说起。就连一代英杰的曹操，在辞世前也不免以分香卖履为嘱。而诗人却以“北定中原”来表达自己生命中的最后意愿，以“无忘告乃翁”作为对亲人的最后嘱咐，在这一点上，古往今来又有几人能与他相比？

从语言角度看，这首诗不假雕饰，直抒胸臆。诗人以极其朴素、平淡的语言，表达了一种极其深厚、强烈的情感，达到真切动人的艺术效果，故人称该诗：“率意直书，悲壮沉痛，孤忠至性，可泣鬼神。”（贺贻孙《诗筏》）

作为一首绝笔，它无愧于诗人创作的一生。

## ◎词

### 鹧鸪天

题解

本词具体之写作时间难以考知，从词意推，当写于作者罢官赋闲时。词中抒发的是英雄未能把自己的能力贡献于奋勇杀敌的战场的悲哀。按刘克庄《后村诗话续集》曾把陆游的词分为三类，认为："其激昂感慨者，稼轩不能过；飘逸高妙者，与陈简斋、朱希真相颉颃；流丽绵密者，欲出晏叔原、贺方回之上，而世歌之者绝少。"这首《鹧鸪天》可以算是陆游飘逸高妙一类作品中的代表作之一。

家住苍烟落照间，丝毫尘事不相关。斟残玉瀣行穿竹，卷罢黄庭卧看山。　贪啸傲，任衰残，不妨随处一开颜。元知造物心肠别，老却英雄似等闲！

新解

家住苍烟落照间，丝毫尘事不相关——写自己居住环境的优美而又纯净。"苍烟"犹青烟，"烟"以"苍"字形容，字里行间包含着作者的感情色彩。"落照"这个词里虽然没有表示颜色的字，但可引起读者的多种联想，色彩也暗含其中。"苍烟落照"四字，可让人联想起陶渊明《归园田居》其一"暧暧远人村，依依墟里烟"的意境。词人以"苍烟落照"四字点缀自己居处的环境，意在与龌龊的仕途作鲜明的对比，所以第二句中就直接点明住在这里与尘事毫不相关，可以一尘不染地安心地过着隐居的生活。这也正是陶渊明《归园田居》里"户庭无尘杂，虚室有馀闲"的意境。

斟残玉瀣行穿竹，卷罢黄庭卧看山——"玉瀣"是一种美酒的名称，据明人冯时化《酒史》卷上："隋炀帝造玉瀣酒，十年不败。""黄庭"是道经的名称，《云笈七签》有《黄庭内景经》、《黄庭外景经》、《黄庭遁甲缘身经》，均为道家谈论养生之书。这两句的大意是说：喝完了玉瀣酒就散步穿过竹林；看完了《黄庭》就躺下来观赏山中美景。第一、二句写居处环境的优美，第三、四句写自己生活的闲适，体现了作者惬意的生活。斟残，犹言倒完。卷罢，看完了一卷的意思——陆游读的《黄庭经》是卷轴装，可以边读边卷，故这样写。

贪啸傲，任衰残，不妨随处一开颜——这几句是说词人旷达到极点：贪恋这种

"啸傲"山水的旷达生活，任凭终老田园，不妨随遇而安，随时寻找使自己高兴的事物。"啸傲"，指作者歌咏自得，狂放不受拘束的样子。"啸傲"为追求潇洒人生的诗人喜用的词，如郭璞《游仙诗》："啸傲遗世罗，纵情在独往。"陶渊明《饮酒》其七："啸傲东轩下，聊复得此生。"

元知造物心肠别，老却英雄似等闲——词人至此情绪可谓消沉到了极点，但末尾两句陡然一转，对以上所写自己的行为情绪作出解释：本来就知道造物者无情无义有别于常人，因为它白白地让英雄衰老死去却等闲视之。这两句表面怨天，实际上"尤人"——因为使英雄无用武之地的正是那些无心恢复中原的南宋统治当局啊！

新评

本词，据夏承焘、吴熊和《放翁词编年笺注》，因张浚北伐失败，乾道二年(1166)，四十二岁的陆游被言官弹劾"交结台谏，鼓唱是非，力说张浚用兵"，免隆兴通判，卜居镜湖之三山。这首词和其他两首《鹧鸪天》("插脚红尘已是颠"、"懒向青门学种瓜")，都是这时候写下的。词中虽极写隐居之闲适，但词人那股抑郁不平之气隐然显露，篇末终按捺不住，直白表出。前之超脱尘世的自白，与后之不平之气的抒发恰成鲜明对比。

## 鹧鸪天

题解

乾道二年(1166)春，陆游以"交结台谏，鼓唱是非，力说张浚用兵"，被免隆兴(治所在今江西南昌)通判职，这首词就是这一年归家不久后写下的。按陆游自枢密院编修官而通判镇江，调任隆兴，最后被免职，这一连串的打击，使他心情抑郁，这首词可与他上首《鹧鸪天》"元知造物心肠别，老却英雄似等闲"等愤慨抗金志士被闲置不用的词句相参看。

懒向青门学种瓜，只将渔钓送年华。双双新燕飞春岸，片片轻鸥落晚沙。　　歌缥缈，舻呕哑，酒如清露鲊如花。逢人问道归何处，笑指船儿此是家。

新解

懒向青门学种瓜，只将渔钓送年华——青门学种瓜，用秦末邵平之典。邵平在秦时曾被封东陵侯，秦亡后，家贫无以为生，于长安城东门种瓜为业。李白《古风》之九："青门种瓜人，旧日东陵侯。富贵故如此，营营何所求？"这两句言：词人不愿以秦末的邵平为榜样，在繁华的都门之外生活，唯愿隐身渔樵，度过自己的岁月。但隐身渔樵，并非作者的生活理想，只是作者无可奈何之下的一种自我排遣，读"送年华"三字可以明显看出作者的感喟之情。

双双新燕飞春岸，片片轻鸥落晚沙——这两句写镜湖旁飞鸟出没的情况，表现那里的风景之美：双双对对新来的燕子在长满春草的河岸上飞来飞去；远处的鸥鸟在夕阳的映照下轻盈如片片树叶在沙滩上飘落。按诗人气质中本来就富有热爱自然的质素，所以当他面对自然美景时，人事上的种种失望和伤痛，也会暂时被冲淡以至忘却。这两句句法上既紧承"渔钓"，又针对镜湖特点；情调上既表景色的可爱，又表心境的愉悦，脉络不变，意境潜移。它用笔清新，对偶自然，轻描淡写，情景具足，以景移情，不留痕迹，是全词形象最妍美、用笔最微妙的地方，这其中的韵味，耐人寻思。

歌缥缈，舻呕哑，酒如清露鲊如花——这三句进一步描写词人"渔钓"生活的自在和快乐：歌声是缥缈动人的，迎合着呕哑的船橹声；酒是清纯的，洁白如露，配合上如花似锦的各种各样的鱼类食品——生活真是美不胜收啊！这三句，前两句写出游之自得，"歌"声与"舻"声并作，"缥缈"与"呕哑"成趣；后一句写酒菜之精美。"鲊如花"三字着色最美，染情尤浓。鲊，指经过不同方法加工过的鱼。

逢人问道归何处，笑指船儿此是家——如果有人问道你将归向何方？我将笑着向他指着船儿说，这就是我的家啊！词人不但安于"渔钓"，而且以船为家，颇有傲世自豪之感。

**新评**

本词描写作者闲居后的自得之情，但联系作者志趣，可以看出隐藏在这些自得、快乐背后词人诸多不可言说的痛苦，故词作所表现出的那种旷达心情，只是词人一种表面的姿态，读者读此词时，切不可被字句的表象迷惑。

此词通过清妍而自然的景物描写，抒发词人对大自然的热爱之情。词作正反兼包，涵蕴深厚，读来颇有厚积薄发、举重若轻之感觉。

## 卜算子

### 咏　梅

**题解**

本词歌咏梅花，但实借梅花以抒发自己的胸怀。上片写梅花的遭遇，实是作者自我政治遭遇的写照。下片写梅花的品格，实是屈原《离骚》"不吾知其亦已兮，茍余情其信芳”，“虽体解吾犹未变兮，岂余心之可惩”精神的另一抒发。这一点，似比王安石咏杏“纵被春风吹作雪，绝胜南陌碾成尘”用意更为深沉。

驿外断桥边，寂寞开无主。已是黄昏独自愁，更著风和雨。　无意苦争春，一任群芳妒。零落成泥碾作尘，只有香如故。

新解

驿外断桥边，寂寞开无主——陆游曾经称赞梅花是“雪虐风饕愈凛然，花中气节最高坚”(《落梅》)。但如此清幽绝俗，出于众花之上的梅花，如今竟开在郊野的驿站外面、破败不堪的“断桥”旁边。既为“断桥”，自然是人迹罕至、寂寥荒寒，梅花也就备受冷落了。它既得不到应有的护理，更谈不上会有人来欣赏。随着四季的代谢，它默默地开了，又默默地凋落了。它孑然一身，四顾茫然，有谁肯一顾呢？“寂寞开无主”这一句，词人将自己的感情倾注在客观景物之中，如果说首句是景语，这句已是情语了。

已是黄昏独自愁，更著风和雨——日落黄昏，暮色朦胧，这孑然一身、无人过问的梅花，何以承受这凄凉呢？它只有“愁”，而且是“独自愁”，从而与上句的“寂寞”相呼应。驿外、断桥、黄昏，本已寂寞愁苦不堪，更兼凄风冷雨，孤苦之情更深一层。“更着”这两个字力重千钧，似一记重锤将前面的“极限”打得粉碎，使感情的渲染达到高潮。尽管气候如此不宜，它还是“开”了！上阕四句，只言梅花处境恶劣，其倔强、顽强之性已不言自明。

无意苦争春，一任群芳妒——梅花，它开得最早，“万木冻欲折，孤根暖独回”(齐己《早梅》)；“不知近水花先发，疑是经冬雪未销”(张谓《早梅》)，是它迎来了春天。春天，百花怒放，斗丽争妍，而梅花却不去“苦争春”，凌寒先发，只有迎春、报春的赤诚。“苦”者，抵死、拼命、尽力也。梅花无意与群芳相争，即使“群芳”有“妒心”，那也是它们自己的事情，就“一任”它们去嫉妒吧。

零落成泥碾作尘，只有香如故——这两句把梅花的“独标高格”再推进一层：前句承上阕的寂寞无主、黄昏日落、风雨交侵等凄惨境遇，用七个字再作三次顿挫：“零落”，不堪雨骤风狂的摧残，梅花纷纷凋落了，这是第一层；落花委地，与泥水混杂，不辨何者是花，何者是泥了，这是第二层；“碾”字，显示出摧残者的无情，被摧残者的凄惨境遇，这是第三层。梅花的命运多么悲惨，简直令人不堪入目，不敢想象。但作者决不单为写梅花的悲惨遭遇而引起人们的同情。从写作手法上来说，这仍是铺垫、蓄势，是为了把下句的词意推上最高峰。虽说梅花凋落了，被践踏成泥土尘灰了，但它那“别有韵致”的香味，却永远“如故”！末句具扛鼎之力，振起全篇，把前面梅花的风雨侵凌、凋残零落、成泥成土的凄凉、衰飒、悲戚，一股脑儿全抛到九霄云外去了。“末句想见劲节”（卓人月《古今词统》）。作者以梅花自喻，以梅花的自然代谢来形容自己，表达自己的思想感情，给我们留下了十分深刻的印象，成就了一首咏梅的杰作。

新评

唐宋文人尊重梅花的品格，与六朝文人不同，但是像林和靖所写的“暗香、疏影”等名句，都只是高人、隐士的情怀，虽然也有一些作家借梅花自写品格的，但也只能说：“原没春风情性，如何共、海棠说。”（南宋萧泰来《霜天晓角·咏梅》）这只是陆游词“无意苦争春，一任群芳妒”的一面。陆游的友人陈亮有四句梅花诗：“一朵忽先发，百花皆后香。欲传春信息，不怕雪埋藏。”写出他自己对政治的先见和不怕打击、坚持正义的精神，是陈亮自己整个人格的体现。陆游这首词则是失意英雄志士兀傲形象的自我写照。况周颐《蕙风词话》说：“词有淡远取神，只描取景物，而神致自在言外，此为高手。”田同之《西圃词说》说：“深于言情者，正在善于写景”。上阕四句作者“情景双绘”，让读者在一系列景物中感受到作者特定环境下的心绪——愁！也让读者逐渐踏入作者的心境。下阕，托梅寄志，写物与写人完全交织在一起。草木无情，花开花落，是自然现象，其中却暗含着作者的不幸遭遇，表现出陆游决不与争宠邀媚、阿谀逢迎之徒为伍的孤高品格和不畏谗毁、坚贞自守的铮铮傲骨。

## 乌夜啼

题解

这首《乌夜啼》词，是陆游从蜀中归来，罢提举江南西路常平茶盐公事再归山阴时写的，其具体创作时间难以确定。他这次归山阴，从淳熙八年(1181)五十七岁起到十二年六十一岁止，又住了五年。

陆游是个爱国志士，不甘过闲散生活，故他的诗词，即使写闲适意境，往往也带有志向难达的悲慨之情。而这首词却有些不同，整首都写闲适，看不到任何悲愤之情。这一时的闲适，反而使人产生一种探究深藏于作者心中别样心情的强烈愿望。

纨扇婵娟素月，纱巾缥缈轻烟。高槐叶长阴初合，清润雨馀天。　弄笔斜行小草，钩帘浅醉闲眠。更无一点尘埃到，枕上听新蝉。

新解

纨扇婵娟素月，纱巾缥缈轻烟——词写于初夏季节，上片起二句，以两种生活用品来表现季节：第一句写美如圆月的团扇，第二句写薄如轻烟的头巾，这都是夏天所适用的。纨丝做成的扇，美好轻盈，有如洁白的月亮；柔细的纱巾，缥缥缈缈，若隐若现，有如一缕轻烟。扇美巾轻，可以驱暑减热，给人一种凉爽轻快的感觉。

高槐叶长阴初合，清润雨馀天——这二句由上两句写物转向写景：高大的槐树进入夏天后树叶已经长足了，树阴也初次浓合起来；梅雨季节，放晴时馀凉馀润尚在。这景象又给人一种宽舒的感觉，颇使人想到王安石《初夏即事》中"绿阴幽草胜花时"，以及周邦彦《满庭芳》"午阴嘉树清圆。地卑山近，衣润费炉烟"的描写，但景物虽然相近，意境同样很美，可王诗、周词，笔调幽细，陆词则清疏、自然。

弄笔斜行小草，钩帘浅醉闲眠——下片起二句，由上片的物、景写到人，由静写到动。陆游有关写字的诗，如《草书歌》、《题醉中所作草书卷后》、《醉中作行草数纸》等，大多是在报国壮志被压抑，兴酣落笔之际，以发泄愤激感情的："胸中磊落藏五兵，欲试无路空峥嵘。酒为旗鼓笔刀槊，势从天落银河倾。"（《题醉中所作草书卷后》）这里，作者却用写字表现自己的闲适之情，与淳熙十三年作于都城的《临安春雨初霁》中的"矮纸斜行闲作草"一句，心境正相近。醒时弄笔写细草，表示闲适；醉眠时挂起帘钩，为了迎凉，享受陶渊明《与子俨等疏》中所说的"五六月中，北窗下卧，遇凉风暂至，自谓是羲皇上人"那样的乐趣。

更无一点尘埃到，枕上听新蝉——这两句承上，由居处环境生活感受再写词人的闲适心情：房间没有一点尘埃飞到，躺卧床上，听着初秋新蝉的鸣叫——生活多惬意！正是濒湖住宅的清凉、洁净，使人明晰到感受到诗人此刻这一份与众不同的闲暇。

新评

这首词以写事写景为主，情则寓于事与景中，读之使人能在情景交汇中体会到作者那种清逸、舒畅的情怀。居宅的依山傍水风景如画，使作者大为释怀，于是将昔日的抑郁苦闷一并抛到脑后，融入大自然之清新的环境中。诗作揭示作者罢居山村后独特的闲适生活，情景轻快优美，笔调清疏自然，在陆游词中极为少见。按作者于淳熙八年初归山阴的夏天，曾写过一首《北窗》诗："九陌黄尘早暮忙，幽人自爱北窗凉。清吟微变旧诗律，细字闲抄新酒方。草木扶疏春已去，琴书萧散日初长。破羌临罢楷颐久，又破铜匜半篆香。"意境和这词十分相近，可以窥见作者这时期的心态。

## 鹊桥仙

题解

这首词写渔父生涯，歌颂其自由自在的生活，实际上抒发自己怀抱渔父生活的写照，正是自己此刻惬意生活的隐喻与象征。

一竿风月，一蓑烟雨，家在钓台西住。卖鱼生怕近城门，况肯到红尘深处？　　潮生理棹，潮平系缆，潮落浩歌归去。时人错把比严光，我自是无名渔父。

新解

一竿风月，一蓑烟雨，家在钓台西住——这三句写渔父的日常生活：一副渔竿挑着风与月，一袭蓑衣背负着烟与雨，家就位于那钓鱼台的西边。按第三句，实际用东汉初年严光不应汉光武帝的征召，独自披羊裘钓于浙江富春江之典。这三句意在表达渔父那种“日出而作，日入而息……帝力于我何有哉！”的无拘无束自由的生活。

卖鱼生怕近城门，况肯到红尘深处——这两句再进一层，写其对世俗生活的厌弃：渔父虽以卖鱼为生，但他远远避开争利的热闹所在，卖鱼还生怕走近城门，至于到红尘生活中去追名逐利，那更是不屑一顾了。这两句形成一种递进关系：既然卖鱼还生怕走近城门，当然就更不肯向红尘深处追逐名利了：意在强调渔父生活的悠闲、自在。

潮生理棹，潮平系缆，潮落浩歌归去——这三句再写渔父生活：潮生时开船打理船桨，潮平时系缆打鱼，潮落时放喉高歌，满载一船归家。生活与自然规律相应，并无分外之求，不像世俗中人那样沽名钓誉，利令智昏。

时人错把比严光，我自是无名渔父——这两句承上片“钓台”两句：时人把我比作严光，这又怎能恰当？我只是一个渔父罢了！因为严光披羊裘垂钓，还不免有求名之心，我则既无求名之心更无求利之意。按宋人咏严光，多从求名角度批评他：“一着羊裘便有心，虚名留得到如今。当时若着蓑衣去，烟水茫茫何处寻。”因为严光虽拒绝光武帝征召，但仍有求名之心，而“无名渔父”既不求富贵，也不求名，远比严光清高许多。

新评

这词上下片的章法相同，每片都是头三句写生活，后两句写心情，但深浅不同。上片结尾以自己心情比严光，下片结尾却说渔父境界胜严光。按文人词中写渔父最早的当推张志和，后之仿作，多以文人自己的思想情调观照渔人生活，将渔人生活理想化，陆游此词虽未能脱此弊，但对世俗名牵利绊的俗人颇含讽刺，词之积极意义当予肯定。

## 钗头凤

题解

据宋人陈鹄《耆旧续闻》和周密《齐东野语》等笔记，多数人认为此词是写陆游与其前妻唐氏爱情悲剧的。谓陆游与原配唐氏"伉俪相得""琴瑟甚和"，陆母不喜唐氏，终逼陆将其休弃。数年后，在山阴城南禹迹寺附近之沈园，陆游与偕夫同游的唐氏邂逅。陆游因人感事，心境难平，遂乘醉而赋其词，信笔题于园壁之上。但今人吴熊和《陆游〈钗头凤〉本事质疑》则否定其说，认为词意或词中时、地同唐氏身份不合(尤其提出绍兴"无宫墙说")，认为陆游此词实际上是承蜀中新词体而作的，词中所写的爱情对象应别有他人，并非唐氏。但吴先生此说仅是一般性推论，未能形成确凿证据，似还不能构成对旧说的否定。

《钗头凤》似乎为陆游根据政和年间《撷芳词》改易而成。因《撷芳词》中原有"都如梦，何曾共，可怜孤似钗头凤"之句，故取名《钗头凤》。

红酥手，黄縢酒，满城春色宫墙柳。东风恶，欢情薄，一怀愁绪，几年离索。错、错、错。　春如旧，人空瘦，泪痕红浥鲛绡透。桃花落，闲池阁，山盟虽在，锦书难托。莫、莫、莫！

新解

红酥手，黄縢酒，满城春色宫墙柳——这三句抚今追昔，所表现的情感是极其丰富而又复杂的。"红酥"言其手之细腻而红润。李清照《玉楼春》(红梅)词："红酥肯放琼苞碎，探著南枝开遍未？"是以"红酥"形容红梅蓓蕾之色。陆游则用"红酥"形容肤色，字里行间颇流露出对所写女子的爱怜。按词人首先写手，是因手最能表现女性生动仪态。"黄縢酒"，即黄封酒。两句结合，实际是一种暗示：男女对饮，词中女子正在捧杯劝饮。第三句则突转向对眼前景物的描写：现在已是满墙春色的时候了，为什么？因为从爬满宫墙柔嫩的柳枝就可以看出。这三句在字句色彩的选择上特别讲究：红、黄、绿相间，人、物、景相衬。如前人所说(此词为写词人与唐氏事)不妄的话，后一句也可作这样的解释：当年的沈园和禹迹寺，曾是这一对恩爱夫妻携手游赏之地。到如今鸳侣分散，爱妻易嫁，满城春色依旧而人事全非，故“宫墙柳”虽写眼前实景，但亦暗含一种可望而不可及之意。

东风恶，欢情薄——上一层写春景春情，到这里突然转而写东风，写东风尚可，写东风之恶则使人难以理解。但仔细想来，亦有道理：东风可以使大地复苏，给万物带来勃勃的生机，但是，当它狂吹乱扫的时候，也会破坏春容春态，因此说它“恶”。对这一句，有人认为主要是一种象征喻意，喻写造成词人爱情悲剧的“恶”势力，当然陆母也包含在内，只是由于不便明言，才不得不以这种含蓄的方式表达。

一怀愁绪，几年离索。错、错、错——写完东风，再写愁绪。下面连用三句，补足心情之“恶”：满腔愁情恶绪，由何而起？不是因为这几年的离索吗？这几年的离索又是谁造成的？谁又该承担责任？单单是客观的第三者吗？难道自己就没有责任吗？一连三个“错”字连迸而出，意思已相当显豁。毫无疑问，这三个“错”字实际上是对自己当初屈服于强势压力下做出的不当举动的一种否定。这一层直抒胸臆，激愤的感情如江河奔泻，一气贯注。

春如旧，人空瘦，泪痕红浥鲛绡透——词转下阕，词人另起一意，设身处地，从女方角度写。“春如旧”两句，是说春天依然如过去，但是人却与以往不同了，因为“人空瘦”——人徒然地瘦了许多，正是“为伊消得人憔悴”，一个“空”字，写出了徒唤奈何的相思之情。虽然自知相思无用，消瘦无益，但情之所钟却不能自已。为什么“人空瘦”？因为“泪痕红浥鲛绡透”啊！是数年来终日以泪洗面的结果！最后一句，是实写，也是对对方这几年生活的悬想。浥，泪水浸湿意。鲛绡，一种薄纱，这里指手帕。

桃花落，闲池阁，山盟虽在，锦书难托。莫、莫、莫——花开花落，园林清幽，却无心观赏。往日的山盟海誓犹在，又有何人能将这锦字回文诗交予她，表达对她的一往情深呢？还是算了吧！算了吧！算了吧！按锦书，用前秦时苏蕙织锦回文诗赠其丈夫之典故，表达自己对女方诚挚感情如旧。

**新评**

这首词始终围绕着一个特定的空间来安排自己的笔墨，上片由追昔到抚今，以“东风恶”作为词人感情的转折点；下片则以“春如旧”呼应上片“满城春色”，以“桃花落，闲池阁”对照上片之“东风恶”，从而把同一空间、不同时间的情事和场景历历如绘地叠映出来。全词又多用对比的手法，如上片之“红酥手”，下片之“人空瘦”，对比鲜明。全词节奏急促，声情凄紧，“错、错、错”和“莫、莫、莫”两次荡气回肠的感叹，大有恸不忍言、恸不能言的情致，显得别开生面、催人泪下，达到了内容和形式的完美统一。

这里将古代有关此词源流的记载摘要选录。

陈鹄《耆旧续闻》卷十：

余弱冠客会稽，游许氏园，见壁间有陆放翁词……笔势飘逸，书于沈氏园。辛未(1151)三月题。放翁先室内琴瑟甚和，然不当母夫人意，因出之。夫妇之情，实不忍离。后适南班士名某，家有园馆之胜。务观一日至园中，夫妇闻之，遣遗黄封酒果馔，通殷勤。公感其情，为赋此词。其妇见而和之，有"世情薄，人情恶"之句，惜不得其全阙。未几，怏怏而卒。闻者为之怆然。此园后更许氏，淳熙间，其壁犹存，好事者以竹木来护之。今不复有矣。

周密《齐东野语》卷一：

陆务观初娶唐氏，闳之女也，于其母夫人为姑侄。伉俪相得，而弗获于其姑。既出，而未忍绝之，则为别馆，时时往焉。姑知而掩之，虽先知挈去，然事不得隐，竟绝之，亦人伦之变也。唐后改适同郡宗子士程。尝以春日出游，相遇于禹迹寺南之沈氏园。唐以语赵，遣致酒肴。翁怅然久之，为赋《钗头凤》一词。题园壁间云……实绍兴乙亥(1155)岁也。翁居鉴湖之三山，晚岁每入城，必登寺眺望，不能胜情。尝赋二绝云："梦断香销四十年，沈园柳老不飞绵。此身行作稽山士，犹吊遗踪一怅然。"又云："城上斜阳画角哀，沈园无复旧池台。伤心桥下春波绿，曾是惊鸿照影来。"盖庆元己未(1199)岁也。未久，唐氏死。至绍熙壬子(1192)岁，复有诗序云："禹迹寺南，有沈氏小园。四十年前尝题小词一阙壁间，偶复一到，而园已三易主，读之怅然！"诗云："枫叶初丹槲叶黄，河阳愁鬓怯新霜。林亭感旧空回首，泉路凭谁说断肠？坏壁醉题尘漠漠，断云幽梦事茫茫。年来妄念消除尽，回向蒲龛一炷香。"又至开禧乙丑(1205)岁暮，夜梦游沈氏园，又两绝句云："路近城南已怕行，沈家园里更伤情。香穿客袖梅花在，绿蘸寺桥春水生。""城南小陌又逢春，只见梅花不见人。玉骨久成泉下土，墨痕犹锁壁间尘。"沈园后属许氏，又为汪之道宅云。

刘克庄《后村先生大全集》卷一百七十八《诗话续集》：

放翁少时，二亲教督甚严。初婚某氏，伉俪相得。二亲恐其惰于学也，数遣妇，放翁不敢逆尊者意，与妇绝。某氏改事某官，与陆氏有中外。一日，通家于沈园坐间，目成而已。翁得年甚高，晚有二绝云："肠断城头画角哀"……"梦断香销四十年"，旧读此诗，不解其意，后见曾温伯言其详。温伯名黯，茶山孙，受学于放翁。

沈辰垣《御选历代诗馀》卷一百十八引夸娥斋主人云：

陆放翁娶妇，琴瑟甚和，而不当母夫人意，遂至解缡。然犹馈遗殷勤。尝贮酒赠陆，陆谢以词，有"东风恶，欢情薄"之句，盖寄声《钗头凤》也。妇亦答词云："世情薄，人情恶，雨送黄昏花易落。晓风干，泪痕残。欲笺心事，独语斜阑，难、难、难。人成各，今非昨，病魂常似秋千索。角声寒，夜阑珊。怕人寻问，咽泪装欢，瞒、瞒、瞒。”未几，以愁怨死。

吴骞《拜经楼诗话》卷三：

陆放翁前室改适赵某事，载《后村诗话》及《齐东野语》，殆好事者因其诗词而附会之。《野语》所叙岁月，先后尤多参错。且玩诗词中语意，陆或别有所属，未必曾为伉俪者。正如“玉阶蟋蟀闹清夜”四句本七律，明载《剑南集》，而《随隐漫录》剪去前四句，以为驿卒女题壁，放翁见之，遂纳为妾云云。皆不足信。

叶申芗《本事词》下：

陆放翁娶唐氏闳之女也，于其母夫人为姑侄。伉俪甚笃，而弗获于姑。既出，而未忍绝，为置别馆，时往焉。其姑知而掩之，虽先时挈去，然终不相安，自是恩谊遂绝。唐后改适宗子士程。尝以春日出游，与陆相遇于禹迹寺南之沈园。唐语赵为致酒肴焉。陆怅然，感赋《钗头凤》云……唐亦善词翰，见而和之云：“世情薄，人情恶。雨送黄昏花落。晓风干，泪痕残。欲笺心事，独语倚阑，难、难、难。人成各，今非昨，病魂常似秋千索。角声寒，夜阑珊。怕人寻问，咽泪装欢。瞒、瞒、瞒。”唐寻亦以病卒。

## 乌夜啼

**题解**

陆游在中年以后，反对写艳词。他的《跋〈花间集〉》说：“《花间集》皆唐末、五代时人作。方斯时，天下岌岌，生民救死不暇，士大夫乃流宕如此，可叹也哉！”《长短句序》也说：“风、雅、颂之后为骚，为赋……千馀年后，乃有倚声制辞，起于唐之季世，则其变愈薄，可胜叹哉！予少时汩于世俗，颇有所为，晚而悔之。”这首词绮艳颇近《花间集》，完全不同于陆游失意后的创作意境，当是其少年时的作品。词作摹写闺中女子春天孤独、寂寞的生活：她午后无聊，懒得起床，心情怏怏，于是，平躺床上打发这难捱的时光，由此诸种思虑、诸多心事，顿时涌上心头，女主人公顿感心情郁闷，愁上加愁。

金鸭馀香尚暖，绿窗斜日偏明。兰膏香染云鬟腻，钗坠滑无声。　冷落秋千伴侣，阑珊打马心情。绣屏惊断潇湘梦，花外一声莺。

新解

金鸭馀香尚暖，绿窗斜日偏明——这两句写闺房环境：前句写金鸭形的香炉中馀香袅袅，点明主人公身份，近于戴叔伦《春怨》诗“金鸭香消欲断魂，梨花春雨掩重门”，李清照《醉花阴》词“薄雾浓云愁永昼，瑞脑消金兽”所写的情景。这情景，看似高贵幽雅，仔细品味却透露着孤独无聊。后句用晚唐方棫诗“午醉醒来晚，无人梦自惊。夕阳如有意，长傍小窗明”的句意，以窗外斜日点明时间，一“绿”字渲染环境，“偏”字即表达方诗的“如有意”的情调。

兰膏香染云鬟腻，钗坠滑无声——这两句由闺房写到房中人：房中女主人，装束华贵，但情绪孤独无聊。因其孤独无聊，于是将自己从上到下梳妆打扮一番：美丽的头发用“兰膏香染”，显得滑腻异常；不经意间，华丽的钗子从头上坠下来，由于头发的滑腻，竟然毫无声息。这两句，颇近于李贺《美人梳头歌》“一编香丝云撒地，玉钗落处无声腻”，及欧阳修《临江仙》“凉波不动簟纹平。水精双枕，旁有堕钗横”的意境。

冷落秋千伴侣，阑珊打马心情——这两句正面写主人公的寂寞心情：她不但离别了心上人，深闺独处，而且连同一起玩秋千的女伴也很少过从。女伴的“冷落”，自然更增添了自己心情的“冷落”，于是觉得干什么都是无情无绪，连同以前爱玩的“打马”游戏，也变得索然无味了。打马：宋代一种流行的市井游戏。阑珊：毫无兴趣，无情无绪之意。

绣屏惊断潇湘梦，花外一声莺——既然没了玩耍的兴趣，也无可去之处，更无出门的心思，当然就只好仍在“绣屏”旁边的床上挨着，于是，朦胧之中，做起了白日梦。但屋外花丛中的一声黄莺啼叫，又把自己从梦中惊醒。梦说“潇湘”，暗用岑参《春梦》诗：“洞房昨夜春风起，故人尚隔湘江水。枕上片时春梦中，行尽江南数千里”，写在梦中远涉异地，去寻找心上人。“潇湘梦”，写女主人公的牵挂，烘托独守空房的寂寞无聊。“花外”句，又用了唐·金昌绪《春怨》诗“打起黄莺儿，莫教枝上啼。啼时惊妾梦，不得到辽西”，及冯延巳《鹊踏枝》词“浓睡觉来莺乱语，惊残好梦无寻处”的意境。做了一个好梦，却又偏被春莺的啼声“惊断”。莺声虽美，但啼醒人的好梦，那就颇为恼人了。

新评

这是陆游少数的艳词之一，写得旖旎细腻。然只写“艳”，不写“怨”，“怨”在“艳”中。虽透露了一些“怨”意，又能怨而不悲；虽写得较“艳”，又能艳而不亵。读起来，不带轻薄色情气味，也不会引人过分伤感，可谓去《花间》猥下与低沉而颇得《花间》词之胜处。

## 清商怨

### 葭萌驿作

题解

葭萌驿，位于四川剑阁附近，西傍嘉陵江(又名桔柏江)，是蜀道上著名的古驿之一，作者有诗云："乱山落日葭萌驿，古渡悲风桔柏江。"(《有怀梁益旧游》)乾道八年(1172)陆游在四川宣抚使司(治所南郑，今陕西汉中)任职时，曾数次经过此地。按陆游是当年三月到任、十一月离任赴成都的，据词中所写情景，此词写于诗人乾道八年十一月间赴成都经过葭萌驿时。上片写在葭萌驿留宿时的孤独寂寞，下片写别后对"南楼"情人的思念。

江头日暮痛饮，乍雪晴犹凛。山驿凄凉，灯昏人独寝。

鸳机新寄断锦，叹往事、不堪重省。梦破南楼，绿云堆一枕。

新解

江头日暮痛饮，乍雪晴犹凛——首句直赋在此留宿情况，抒发词人心中的不快。"痛饮"是排遣愁绪的行动；"乍雪晴犹凛"，则是写景：日暮之时，在江头痛饮一番，雪突然停下来了，但雪在晴日的掩映下，愈显得寒光凛然——表面写寒，实际正映出词人与人相别后心境之寒。

山驿凄凉，灯昏人独寝——这两句，由日暮雪寒写到夜宿：山中驿站，不仅是雪寒，而且是"凄凉"的。"凄凉"意者何？人烟罕至也。再加灯昏，又是"独寝"，词人之心境当可想见。"凄凉"二字为词人独宿滋味的写照，"灯昏"更写出了词人心境的寂寞。按古驿孤灯，是旅中的典型氛围，如白居易《邯郸冬至夜思家》："邯郸驿里逢冬至，抱膝灯前影伴身"；秦观《如梦令》："风紧驿亭深闭。梦破鼠窥灯"。此词亦复如此。

鸳机新寄断锦，叹往事、不堪重省——过片由"独寝"作进一步联想。首句用前秦时苏蕙织锦回文诗寄赠其夫窦滔的故事，意思是说自己心爱的人新近又寄来了书信。由于寄来了书信，遂引起词人对往事的联想：词人深感，当此之际，往事真是"不堪重省"。为什么？因为"往事"是当初欢快相聚的日子，而这时，山高水阔难以重聚，且此时的凄清，极易使人想起往日的温暖，这个孤独之情又怎能够忍受？断锦，犹言书信。

梦破南楼，绿云堆一枕——这两句写"往事"中的一事：当年同卧南楼，梦醒时见身边的她“绿云堆一枕”。“绿云”指的是女子秀美的鬓发，“堆”，形容头发蓬松、茂密之状。这不由得使人联想起温庭筠《菩萨蛮》中“鬓云欲度香腮雪”、“绿窗残梦迷”等句子。独宿的凄凉，使他想起往事，想起女子的动人情态，而这更加重了他的凄凉感。“梦破”自是当年情事，当年的情事如果发生在今天，不同样是温馨一梦吗？今梦、昔梦连成一片，词家恍惚之笔，十分难得。

新评

此词写羁旅愁思，并将艳情打并进去，正显出愁思的深切蕴厚，宋词中作如此表现的颇为常见。下片所思人事，当有所自，因为同年春末词人由夔州调往南郑经过此地曾写有《蝶恋花·离小益作》，词云：“陌上箫声寒食近。雨过园林，花气浮芳润。千里斜阳钟欲暝，凭高望断南楼信。海角天涯行略尽。三十年间，无处无遗恨。天若有情终欲问，忍教霜点相思鬓？”“南楼信”云云，亦是思念“南楼”女子，但此女子究竟是谁，现在已难以确考了。有人据陆游此次是携眷同行，故认为此词是“假托闺情写他自己政治心情”，属比兴之作，“梦破”为喻写由陇右进军长安收复失地这一梦想的破灭。这样的解说恐未当。如果说，陆游由于从军南郑的失意，加深了心头的抑郁，使得他“在这个境界里”，更“感到无限的凄凉”，羁愁中渗进了政治失意的意绪的话，那毫无疑问，是可以理解的，也是不可免的，但字牵句合地以求比兴，那就显得太机械了。

## 临江仙

离果州作

题解

此词写于乾道八年(1172)陆游四十八岁时。这一年，陆游被任为四川宣抚使王炎幕下干办公事兼检法官，他正月从夔州出发赴宣抚使司所在地兴元(今陕西汉中)，二月，途经果州(今四川南充)，写下了这首词。全诗表达一种对春光将逝的惋惜和与友人分离时的恋恋不舍之情。

鸠雨催成新绿，燕泥收尽残红。春光还与美人同：论心空眷眷，分袂却匆匆。　只道真情易写，那知怨句难工。水流云散各西东。半廊花院月，一帽柳桥风。

新解

鸠雨催成新绿，燕泥收尽残红——陆游到果州时，已是“池馆莺花春渐老”

(《果州驿》),虽正值二月,但已有晚春的景色,故这首词的开头二句这样说。鸠雨:陆游《秋阴》诗:“雨来鸠有语。”又三国吴·陆玑《毛诗草木鸟兽虫鱼疏》卷下载鸠鸟:“阴则屏逐其匹,晴则呼之。语曰‘天将雨,鸠逐妇’是也。”陆游祖父陆佃所作的《埤雅》亦引之。“鸠雨”一词,即指此。鸠鸟呼唤声中的雨水,把芳草、树林,催成一片新绿;燕子在雨后,把满地落英的残红花瓣和泥都衔尽了。绿肥红褪,正是作者离果州时所见的实景。这两句组成对偶,意象丰富,颜色对照鲜明,基调自然,对仗工整,是上片词形象浓缩的焦点,与王维《田园乐》诗的“桃红复含宿雨,柳绿更带朝烟”,着色用对,有异曲同工之妙。接下来的三句,都从这二句生发。

春光还与美人同:论心空眷眷,分袂却匆匆——把春光说成与美人一样,在相聚的时候,彼此间无限眷恋,但说到分手就这样依依不舍地匆匆分手了。这个比喻极为精当,体现出作者恋春又惜春的真挚感情。“空眷眷”的“空”,是惜别时追叹之语,正是在“分袂却匆匆”的时刻感觉前些时的“眷眷”已如梦幻成空。这里说春光,说美人,言外之意,还可能包括果州时相与宴游的朋友,以美人喻君子在诗词中是很常见的。这三句由写景转为抒情,化浓密为清疏,疏而不薄,因有开头二句为基础,从而取得了浓淡相济的效果。是浓丽句,但很少一味浓丽到底,是抒情,但情中又往往带着议论,这正是陆游词的特点。眷眷,恋恋不舍的样子。

只道真情易写,那知怨句难工——上片歇拍,犹是情中带议;下片换头,即以情为议掩。“只道真情易写”,从惜别的常情着想,这早已是预料中的。“那知怨句难工”,从内心发出的感叹是实践后的体验。韩愈《荆潭唱和诗序》说:“欢愉之辞难工,而穷苦之言易好也。”作者相信这个道理,但其结果不是这样,意思递进一层,极言惜别之情的难以表达。

水流云散各西东——这句申明春光不易挽留,兼写客中与果州朋友的告别,天时人事融合在一起了,颇有李煜《浪淘沙》词的“流水落花春去也,天上人间”句的笔意,只是写词时两人处境不同,一轻松,一哀痛,内在感情又迥然有别。

半廊花院月,一帽柳桥风——结尾两句,前句写离开果州前的夜色之美,后句写离开后旅途的昼景之美。花院明月,半廊可爱;柳桥轻风,一帽无嫌,作者陶醉在这样的美景中,虽不言情,而轻快之情可见——陆游写此词时,正要走上他渴望已久的从戎前线的军幕生涯,故惜春惜别,虽未免带有些许“怨”意,但对于仕宦前程,则是满意的,故“怨”中实带轻快之情。这两句也是形象美而对仗工的对偶句,浓密不如上片的起联,而清丽又似含蓄有加,用这两句收束全词,更觉美景扑人,馀味未尽。

## 新评

这首词上片以写景起而以抒情结,下片以抒情起而以写景结。全词仅插两句单句，其馀全部用对偶句。单句转接灵活，又都意含两面；对偶句有疏有密，起处浓密，中间清疏，结尾优美含蓄。情景相配，疏密相间，明快而不淡薄，轻松而见精美，可以看出陆词的特色和工巧。

## 水龙吟

### 荣南作

**题解**

荣南，指荣州，在今四川荣县，南宋时又为绍熙府所在地。据于北山《陆游年谱》，淳熙元年(1174)冬，陆游曾摄知荣州。淳熙二年(1175)正月十日，他结束了荣州的任期，在荣州前后时间共约七十日。本词当写在这七十日间。词的主要基调是写宦海沉浮的痛苦感受和对情人的思念之情。

樽前花底寻春处，堪叹心情全减。一身萍寄，酒徒云散，佳人天远。那更今年，瘴烟蛮雨，夜郎江畔。漫倚楼横笛，临窗看镜，时挥涕、惊流转。　　花落月明庭院。悄无言、魂消肠断。凭肩携手，当时曾效，画梁栖燕。见说新来，网萦尘暗，舞衫歌扇。料也羞憔悴，慵行芳径，怕啼莺见。

**新解**

樽前花底寻春处，堪叹心情全减——酒宴之前，花月之下，时光是美好的，当此之际，理应“寻春”——寻找更为美好的事情。但可叹的是，这样的心情已经全然地减弱了，甚至消失殆尽。樽前，犹言面对酒宴；花底，犹言美好的时光。寻春，意含多层，更多指寻找男女之情。

一身萍寄，酒徒云散，佳人天远——这两句承上，对上两句做出解释：为什么“樽前……心情全减”？只因为：做官为宦，漂流外地，一身有如浮萍，居无定所；相知相好的酒友也如云散尽，心爱的佳人，更是远在天涯，一种孤凄之感顿涌心头。此境此情，何以能堪？

那更今年，瘴烟蛮雨，夜郎江畔——更不能忍受的是，今年又被任命到这个夜郎江畔瘴烟蛮雨的恶劣之地。瘴烟，致人疾疫的瘴疠烟气；蛮雨，蛮地之雨，四字状写环境的恶劣。夜郎，地名，汉前为南夷国之一，在今贵州西，西汉置夜郎县，东汉沿之，晋置夜郎郡，唐再为县，宋废。

漫倚楼横笛，临窗看镜，时挥涕、惊流转——因有以上对物、境、时、人的渲染，诗人于是触动内心深处的感情：漫然地倚楼吹奏横笛、面对窗户照镜之时，一种时光流逝的悲哀感涌上心头，顿时涕泪潸然而下。惊流转，惊奇于时光流逝的迅速。

上片主写宦途沦落的一般感受，下片则转入集中抒写相思情爱之苦；上片是白昼心情的写照，下片转入夜间所思所想。

花落月明庭院。悄无言、魂消肠断——花落，指明时令，月明庭院，指明时间。夜是静寂的，在这悄无人声的静寂之夜，最易引起人们的痛苦思念，当此之际，词人的痛苦真是难以用言语表达的，真是魂欲消、肠欲断，令人难以忍受。

凭肩携手，当时曾效，画梁栖燕——为什么难以忍受，因为令人想起当年的欢乐：想当年，肩并肩，手携手，有如梁间双燕，同飞同宿；到如今，孤凄独宿，尝尽相思滋味。效，仿效意。画梁，雕画着精美图画的屋梁。

见说新来，网萦尘暗，舞衫歌扇——这三句由上之思念转入对其人近日情况的描写：听说她最近，已经懒得过那种往日生活。舞衫歌扇，因久不穿用，已蛛网萦绕，尘土堆积。见说，犹如听人说。

料也羞憔悴，慵行芳径，怕啼莺见——离开所爱之人，料她也对自己的身形憔悴感到羞愧，以至懒得行走在芳径之上，因为她那副憔悴的模样，恐怕啼莺见了也要伤心的。慵行：懒得行走。

**新评**

本词抒发自己远宦的感受和思念，词以“樽前花底”的心情描写引起全篇，其心情感受的描写层层深入：身如寄，友人散，佳人离，加以做官为宦于瘴烟之乡，其心情的悲凉自可想见，由此自然引出上片之倚楼吹笛、临窗看镜，在感受时光迅逝中，久抑的痛苦心情也由此得到宣泄。下片由时光迅逝转入夜间所思，承“佳人天远”展开思绪。忆往昔之欢乐，设身处地，联想对方远离后近日之悲情，身形之憔悴。全词随词人之思绪自然写来，表现心中所思所想，自然真切，生动形象。

## 一丛花

**题解**

本词写女子对所爱之人的思念，为传统的闺思之作，具体写作时间不详。

尊前凝伫漫魂迷，犹恨负幽期。从来不惯伤春泪，为伊后、滴满罗衣。那堪更是，吹箫池馆，青子绿阴时。　　回廊帘影昼参差，偏共睡相宜。朝云梦断知何处，倩双燕、说与相思。从今判了，十分憔悴，图要个人知。

新解

尊前凝伫漫魂迷，犹恨负幽期——这两句是说女子因有相思之情，任是做什么事情也无情无绪。你看她在酒宴之时与人传酒酬尊时，竟也会注意力不集中，陷入无尽的思念中，处于一种走神的状态。为什么？因为她念念不忘那个负情人的违背诺言。尊前，指酒宴面前酒宴之中。凝伫，因出神而长久地伫立。魂迷，犹如“神思恍惚”，“神情迷走”。漫魂迷，不自觉地进入一种“魂迷”状态中。“犹恨”两字，说明她这种对违背诺言者的“恨”不是初次而是屡屡(多次)。幽期，男女之间的秘密约会。

从来不惯伤春泪，为伊后、滴满罗衣——这三句是说，这女子是一个不轻易掉眼泪的人，那些见月伤情、闻鸡鸣而生气，或者感于春光流逝、好时不再而伤心痛苦之类女性惯常的毛病，这女子是没有的，但是这一次可不同了，自从那个人走后，眼泪就没有干过，罗衣上经常是它的点点斑痕。不惯，不习惯。伤春泪，指因春尽而产生的感伤情绪。

那堪更是，吹箫池馆，青子绿阴时——这女子更不能忍受的是，她居住的是一个如弄玉曾居住过的池馆，这种池馆，最能令人想起当年弄玉与仙人萧史的故事：试想他们两人当年吹箫跨凤，卿卿我我是何等的和美！更何况在这百花凋零、绿茵遍地、青梅结子已成的暮春之时呢？那堪，不能忍受意。更是，犹言再加上，表进一层意。吹箫，用春秋时秦穆公之女弄玉与萧史欢合成仙事，事见刘向《列仙传》。青子，指青梅，其结果在春末夏初。

回廊帘影昼参差，偏共睡相宜——时令已是初夏，回廊中帘影斑驳一片寂静，一个白昼又差不多成为过去了，偏偏又到了最适合共枕同眠的时候了。但是，这又怎能够做到呢？参差，差不多，近于之意。偏，偏偏、正好意。相宜，适合、适宜意。

朝云梦断知何处，倩双燕、说与相思——不能同枕共眠，也总得睡觉嘛！于是，睡之后，日有所思，睡觉竟然真的梦到了他。可是，早晨梦醒来，那个人竟缥缈无踪，自己也不知身居何处，相思的痛苦，于是更增十分。可更令人难以忍受的是，这种痛苦的相思梦况，竟也无处可诉——看来只有那双飞双宿的燕子，才能成为自己诉求的对象：那就乞请屋梁上的双燕下来，将自己的相思煎熬告给它吧。朝云，出宋玉《高唐赋》楚王与巫山神女遇合的故事，神女自诉：“旦为朝云，暮为行雨，朝朝暮暮，阳台之下。”这里比喻情爱的虚无缥缈。倩，乞请意。

从今判了，十分憔悴，图要个人知——相思情债难了，注定从今以后，人要久受相思之煎熬，身形憔悴，自不待说。但这一番身形憔悴的原因，总应该有个人知道啊！这些又向何处去诉说？图，希望意。

新评

本词描写闺中少妇相思之情，十分生动真切。词人从尊前酒宴极热闹处开篇，写其对春的感受，对时境变化的敏锐领悟，白昼的所思，夜间的所梦，以及梦断行云后的孤凄冷寂，完整准确地塑造了一个饱受相思痛苦的少妇形象。其中最后三句尤为传神，写词中主人公相思而相见无期，绝望的心态中更增添一种无可告人的痛苦，我们似可从中看出其无言的痛苦中隐含着一种永难消除的烦躁与不安。也许正是这种情绪，更能引起人们的共鸣。

## 一丛花

题解

本篇为写女冠之词，具体写作时间不详。从词意推，此女道曾有一段“清都”经历，经历过“尘劫、生死茫茫”的特殊生活，或许此竟是其出家的主要原因。词人与她志趣相投，也有一段较深的交往，彼此曾产生过一定的感情。

仙姝天上自无双，玉面翠蛾长。黄庭读罢心如水，闭朱户、愁近丝簧，窗明几净，闲临唐帖，深炷宝奁香。　　人间无药驻流光，风雨又催凉。相逢共话清都旧，叹尘劫、生死茫茫。何如伴我，绿蓑青箬，秋晚钓潇湘。

新解

仙姝天上自无双，玉面翠蛾长——这两句写女冠特殊的容貌，“仙姝”两字，点明身份，也侧面见出其容颜之美。“天上自无双”是说天上只有一个，那人间自然没有。对其容貌之美，词人只用五个字，写其如玉之脸蛋，写其眉毛之美，这五个字虽是古代词人形容女性之美的常用之词，但在这里，颇有一种简洁生动之趣，让人读了顿生联想。玉面，写其面之美、之白。翠蛾长，状其眉毛之美，弯曲如蛾。翠蛾，古代女子以黛贴色，故称。

黄庭读罢心如水，闭朱户、愁近丝簧——这三句承首句“仙姝”，写女冠每日生活：读罢道书，心如止水，紧闭朱门，对丝竹簧管之类乐器已深怀愁闷，颇不敢接近。黄庭，指《黄庭经》，道教经典之一。心如水，心如停止流动之水。丝簧，弦乐与管乐的统称，这里代指乐器。

窗明几净，闲临唐帖，深炷宝奁香——读罢黄庭，愁近丝簧，此后生涯，如何打发？只有燃起炉香，在窗明几净的屋子里写临唐人书帖。一个闲字，写尽年轻女道在休闲中度日的闲情逸致。深炷，在幽深的屋子中燃香。宝奁，形如盒状的香炉。

上片以叙为主，下片由叙转为议。

人间无药驻流光，风雨又催凉——这两句是承开头“仙姝”句而来的，是说再美的容貌也有变化之时，因为人间并无长生不老之药，人总是要老的，没有任何药能使时光停留，你看，这不风声夹着雨声，天气又被催凉了。驻流光，犹言让时光停止。

相逢共话清都旧，叹尘劫、生死茫茫——更可叹的是，相逢在一起，不说其他，都不由自主地说起当年清都旧日的经历，可叹啊，人间的劫难，现已是生死茫茫。清都，天帝所居宫殿，亦指帝王所居都城。尘劫，佛教用语，一世为一劫，无量无边劫为尘劫，《楞严经》一：“犹如煮沙，欲成嘉馔，纵经尘劫，终不能得。”

何如伴我，绿蓑青箬，秋晚钓潇湘——美的容貌不能久长，且又经历过生死的磨难，还看不透人世的那一套吗？何不与我相伴，穿上绿蓑，戴上青箬，秋晚之际到潇湘钓鱼为生呢？绿蓑青箬，出自唐代张志和《渔歌子》句：“青箬笠，绿蓑衣，斜风细雨不须归。”

新评

本词写女道，在陆游的词集中显得别具一格。上片写其容貌的姝美，生活的清雅，下片归入到对人世的感叹。清都话旧，意含故事，诸多不尽之意蕴藏其间。结末归以相携为伴，渔钓生涯，意含词人对官场生涯的久厌和对归隐生活的向往。全词洗尽脂粉之气，给人以一种独特的飘逸清新之感。

## 沁园春

题解

本词写对一名女性的忆念，具体写作时间不详。词人有感于与该女子的初次遇合，时当又一次放灯之际，他又情不自禁地想起与该女子的初会。联想到两人久别不能再会，书信难通，魂梦难凭，再加时光荏苒，久宦飘零，亲朋难见，不禁产生无限的惆怅之感。

一别秦楼，转眼新春，又近放灯。忆盈盈倩笑，纤纤柔握，玉香花语，雪暖酥凝。念远愁肠，伤春病思，自怪平生殊未曾。君知否，渐香消蜀锦，泪渍吴绫。　难求系日长绳，况倦客飘零少旧朋。但江郊雁起，渔村笛怨，寒釭委烬，孤砚生冰。水绕山围，烟昏云惨，纵有高台常怯登。消魂处，是鱼笺不到，兰梦无凭。

新解

一别秦楼，转眼新春，又近放灯——秦楼，用春秋时秦穆公之女弄玉与萧史成仙典故。《列仙传》载：萧史善吹箫，做凤鸣，秦穆公以女弄玉妻之，为作凤台以居，一夕吹箫引凤，与弄玉共升天而去。用“秦楼”二字，隐示所爱之女为贵家女。另秦楼谢馆，古又多泛指城市中吃喝玩乐之地，如元代李邦祐《转调淘金令·思情》：“秦楼谢馆，怪他去闲游冶。”从此意义讲，秦楼又泛指城市中之妓娼类女性。从词意看，两人初会分别之时，当也是一个“新春”“放灯”之夕，故开头直写离别，拈出时令上的相同。因为时令相同，极易勾起对往日的思念，再加这又是一个特殊的日子——即将降临的元宵佳节，男男女女加入赏灯的行列，又有多少风流佳事即将发生。

忆盈盈倩笑，纤纤柔握，玉香花语，雪暖酥凝——由对往事的怀念，引出对当时情态的重温：眼中所见，手中所感，耳中所闻，体肤所触，一一进入词人的忆念中。首句言所爱之人笑容之甜美——一种甜甜的妩媚的巧笑；次句写握手时的触感——手是一双纤细的柔弱无力的女性的手；第三句写耳中听话时的感觉——带着脂粉的舌香，如花一样的语言；第四句写体肤的接触——雪状其白，酥状其软，但感觉是温暖的，如凝脂般的。

念远愁肠，伤春病思，自怪平生殊未曾——所爱之人如此美好，故别后对她的忆想也是刻骨铭心的：回念远方之人所产生的愁闷之情，由春而产生的感伤相思，这些可都是平生从未曾有过的，这一点，连自己也感到奇怪。

君知否，渐香消蜀锦，泪渍吴绫——词人设想，不知自己这种铭心刻骨的思念对方可否能感受得到？随着对方脂香的逐渐消减，思念之情非但未减，反而更加深重，以至泪水时时流下，浸湿了绫衣。香消蜀锦，犹言蜀锦香消。泪渍吴绫，吴绫被泪痕浸渍。蜀锦、吴绫，均为衣物之泛指。

上片重在忆念，下片由忆念抒发词人此时的心态感受。

难求系日长绳，况倦客飘零少旧朋——这两句言时光流逝之快，词人又难求一个能够系住太阳的长绳把时光挽住；时光流逝之快尚可奈，不可忍耐的是游宦在外，孤身一人，亲朋故旧都不在身边，故更易勾起对情人的思念。

但江郊雁起，渔村笛怨，寒釭委烬，孤砚生冰——这四句由思念转入眼前之景的描写，次序是由远及近，渐次推前：江边水郊，鸿雁时起时落，渔村传来一阵阵哀怨的横笛声；屋子里发出微微寒光的灯烛也行将燃尽，孤独的砚台上结出了一层薄薄的冰。釭，灯台。烬，灯芯燃烧后留下的馀烬。委，侧向一方。

水绕山围，烟昏云惨，纵有高台常怯登——这三句写词人对所处环境的总体感受——居住之地是水环绕，山包围，云遮雾障，一片凄惨之景，在此情况下，眼前纵有高台也怯于攀登，因为远离情人的痛苦只有当事人能体会到。

消魂处，是鱼笺不到，兰梦无凭——词人为什么如此痛苦？因为别离后既难以面见，连书信也难达，更可叹的是，竟连梦中相见也不可能。这可是最令人难以忍受的啊！

新评

本词写对所爱女子的忆念，在陆游的词集中颇不多见，表现了词人作品的另一面。词人由所爱女子的音容、笑貌、肌肤、身姿写起，抒发自己别后难了的相思之情。前面对女子的所思所念，情真意切，馀意绵绵，为极少见的细致之笔。后片以写自己的宦途飘零，景物之衰颓冷落，衬写对所爱女子铭心刻骨的思念，与前直笔描写相思形成鲜明对照。写法上前多赋笔，叙中有议，后多抒情，但情由景发，颇具“物皆着我色”的骚人笔法。

## 真珠帘

题解

本词为抒写情爱之作。词人于灯前月下与一女性相识，两人一见倾心，便深情爱恋，倾吐心愫。别后，词人又想象其人所居，其人所为，并寄望于对方，不要忘记自己这个护花使者，理当长相厮守。

灯前月下嬉游处，向笙歌、锦绣丛中相遇。彼此知名，才见便论心素。浅黛娇蝉风调别，最动人、时时偷顾。归去，想闲窗深院，调弦促柱。　　乐府初翻新谱，漫裁红点翠，闲题金缕。燕子入帘时，又一番春暮，侧帽燕脂坡下过，料也记、前年崔护。休诉，待从今须与，好花为主。

新解

灯前月下嬉游处，向笙歌、锦绣丛中相遇——这三句写两人相遇的时间、场合、气氛。灯前月下，点明时间是晚间，又渲染出一种美好的氛围，再加上相见之处又是个“嬉游处”——男女纵情欢乐的地方，故词人忆念时心情的舒畅自不待言。就在这美好的晚上，美好的欢乐气氛中，在一派歌舞升平、笙吹歌揭的环境中，从一群充满富贵气息、花团锦簇的人流中，两人蓦然目光相接，一种似曾相识的感觉顿然产生。

彼此知名，才见便论心素——目接语合，互通名姓，才知彼此心仪已久，故刚刚相见，便互相把内心的秘密交出，谈了许多只有知心人才说的话。

浅黛娇蝉风调别，最动人、时时偷顾——这女子与别个所见女子相比，风情特异，自有一番特殊的风调：黛眉浅浅地勾画着，头发高高地梳在两边，行走时有如蝉翼，微微颤动。这还不算最动人之处，她最迷人的地方是，时不时地偷窥着自己心上人的那种特殊的神态。浅黛，浅画眉黛之意。娇蝉，指发式之优雅。风调，犹言风情韵味。

归去，想闲窗深院，调弦促柱——宴会结束了，人也归去了。那么，她每日的生涯又如何呢？想她一定是在幽深的宅院中，面对闲静的窗口，不是调弦就是促柱，习学弹奏各种乐器吧。调弦促柱，指习学乐器。

乐府初翻新谱，漫裁红点翠，闲题金缕——此刻也许她正拿到一个新翻的曲谱，在那里漫不经心地品评，悠闲地在金缕曲上勾画点动吧。裁红点翠，犹言品评曲调。红翠，指写有曲谱的各种不同颜色的纸或绣品。金缕，指《金缕曲》，词调名，又名《贺新郎》，这里实为各种曲调的泛指。

燕子入帘时，又一番春暮——啊，燕子又来了，又进入了一个新的春暮之时。

侧帽燕脂坡下过，料也记、前年崔护——时光真快啊，侧帽之际，不知不觉中，它已悄声地从你身边溜走了，这个时候，料想她还应该记得前年那个如崔护般在酒宴中与她相识的人吧。燕脂，犹胭脂，这里指夕阳。太阳落山时光线减弱，色彩艳红，故称。料，预料。崔护，唐代诗人。唐孟棨《本事诗》写崔护于清明日游春至一处“花木丛萃”的居人庄，叩门求饮。有少女以杯水招待，“独倚小桃斜柯伫立，而意属殊厚，妖姿媚态，绰有馀妍。崔以言挑之，不对，目注者久之。崔辞去，送至门，如不胜情而入。崔亦眷顾而归”。次写崔来年清明思念女郎，复寻原庄而门已锁，因题诗于门：“去年今日此门中，人面桃花相映红。人面只今何处去，桃花依旧笑春风。”再写崔数日后偶至都城南，复往寻之，闻门中有哭声。叩门问之，才知女见题诗后一病不起，以至抑郁而终。崔大为感动，抚女郎之尸哭而说：“某在斯，某在斯。”女子最终复活，两人终成连理之好。

休诉，待从今须与，好花为主——还是不要再说了，从今以后，须认真做一个护花使者，好好地保护那朵娇花吧。

### 新评

这首词抒写词人与一女子的挚爱之情，词从两人的结识写起，写到别后的遥相思念。“彼此知名，才见便论心素”，写出了两人相知相爱之深。“浅黛娇蝉风调别，最动人、时时偷顾”，又渲染出了女子那种极具诱惑力的动人神态。中间遥想其人平生所为，寓含对该女一种铭心刻骨之思。结尾以唐人崔护自比，对女子的挚爱深情的抒发也由此发挥到淋漓尽致的程度。

## 水调歌头

### 多景楼

题解

孝宗隆兴元年(1163)陆游三十九岁，以枢密院编修官兼编类圣政所检讨官出任镇江府通判，次年二月到任所。时金兵方踞淮北，镇江即成江防前线。多景楼在镇江北固山上甘露寺内，下滨大江，三面环水，登楼遥望，淮南草木，历历可数。十月初，陆游陪同知镇江府事方滋登楼游宴，深为眼前景物所感动，于是挥笔写下了这首词。

词的上片主要追忆历史人物，下片则在追忆中抒发自己今日登临所感，全词通过对古今的感慨之情，表现了作者浓烈的爱国之思。

江左占形胜，最数古徐州。连山如画，佳处缥缈着危楼。鼓角临风悲壮，烽火连空明灭，往事忆孙刘。千里曜戈甲，万灶宿貔貅。　　露沾草，风落木，岁方秋。使君宏放，谈笑洗尽古今愁。不见襄阳登览，磨灭游人无数，遗恨黯难收。叔子独千载，名与汉江流。

新解

江左占形胜，最数古徐州——词开始从多景楼的地势写起。前两句先从广大的地理环境角度渲染多景楼所处的位置：江左是宇内形胜之地，而这形胜之地最为险要之处，则首数古徐州。按古徐州，指古九州之一的徐州，镇江地属古代徐州，故词人这样写。

连山如画，佳处缥缈着危楼——这两句再从具体的地貌上写多景楼：山势相连，郁郁葱葱，映入眼帘，如诗如画，美丽异常。在这美景中最美之处，缥缥缈缈地，一座高楼耸天而立。以上四句，自“江左”而“古徐州”，再“连山”，再“危楼”，镜头由大到小，由远到近，由鸟瞰到局部，最后大特写点题。这本来是描写景物常见的手法，陆游写来却更加具有特色。他选择滚滚长江、莽莽群山入画，衬出多景楼之烟云缥缈、似有若无之状，摄山川之魄，为斯楼之骨，使这“危楼”倍添气象，倍添精神，写法上颇接近于姜夔《扬州慢》“淮左名都，竹西佳处”的开篇。但两词虽同样步步推近，可情韵气象完全不同：陆词起则苍莽横空，气象森严；姜则指点名胜，用笔从容平缓。姜词一味低徊，纯乎黍离之悲，故发端纾缓；陆则寄意恢复，于悲壮中蓄雄健之气。这是由于两位词人各自不同的思想感情决定的。

鼓角临风悲壮，烽火连空明灭，往事忆孙刘。千里曜戈甲，万灶宿貔貅——词人勾勒眼前江山，意在引出历史上的风流人物孙权与刘备，这五句追忆、歌咏三国时代孙、刘合兵共破强曹的往事：军中的战鼓与号角迎风响起，给人以一种激昂悲壮之气；连空的烽火不时点燃，天际时明时暗；孙、刘联军戈甲耀眼，千里相连；军幕星罗棋布，聚集勇士千万。画面雄浑辽阔，与上一层的滚滚长江、莽莽群山互相呼应衬托，江山人物，相得益彰，给人图强自振的勇气。

露沾草，风落木，岁方秋——然而，孙、刘已杳，天地悠悠，登台浩歌，难免怆然泣下，故换头处以九字为三顿，节奏峻急：霜露沾草，西风尽将树叶吹落，时令正当秋季。露草风木，绘出秋容惨淡，情绪稍转低沉。

使君宏放，谈笑洗尽古今愁——这两句又重新振起，展开今日俊彦登楼、宾主谈笑的场面：使君今日心胸开宏放纵，君主相得，谈笑之间，洗尽古今愁闷之气。使君，指镇江府知事方滋。“古今愁”启下结上。“古愁”启下“襄阳登览”之意，“今愁”概言当前。当前可愁之事实在是太多了：前一年张浚北伐，兵溃符离，宋廷从此不敢言兵，是可愁者一；孝宗侈谈恢复，实则输币乞和，觍颜事金，“日者虽尝诏以缟素出师，而玉帛之使未尝不蹑其后”，是可愁者二；眼下自己又被逐出临安，到镇江去做通判，去君愈远，一片谋国之忠，永无以自达于庙堂之上，是可愁者三。君国身世之愁，纷至沓来，故重言之曰“古今愁”。但志士的心，并没有因此而死心。事实上，山东、淮北来归者道路相望；金兵犯淮，淮之民渡江归宋者约有数十万，可见民心是可以挽回的，国事也是可以解决的。因此，虽烽烟未息，知府方滋就携群僚登楼，谈笑风生，他的这种乐观情绪，洗尽了词人心中的万千忧愁。

不见襄阳登览，磨灭游人无数，遗恨黯难收——以下用西晋大将羊祜(字叔子)镇守襄阳，登临兴悲故事，以古况今：想当年羊祜镇守襄阳，登临古城，曾以不能亲手灭吴，完成克敌一统大业为憾，到如今已多少年过去了，来此的游人磨灭无数，但其遗憾之情至今思之仍令人神情黯然涕泪难收。按西晋时羊祜曾任都督荆州诸军事，镇守襄阳，他在任期间，抚士庶，垦田积粮，为灭吴做多方准备，曾上表屡请伐吴，因朝议多不合，最终赍恨而终。“襄阳”“遗恨”，即指此。

叔子独千载，名与汉江流——羊祜虽然未能成就伐吴大业，但他有生之年志在吞吴的宏伟意愿却流传千古，大名与滔滔汉江水一样，永载史册。这两句言外之意，实是借羊祜劝勉方滋，希望他能像羊祜那样，为渡江北伐做好部署，建万世之奇勋，垂令名于千载。磨灭，指消失，湮灭。黯，心情黯然，黯然神伤。

新评

这首词记一时兴会，寓千古兴亡，容量特大，寄慨遥深。二十五年之后，另一位豪放词人陈亮也曾以《念奴娇》赋多景楼，曾发"危楼还望，叹此意、今古几人曾会"的感慨语，较之陆词，似乎更为横肆痛快，与放翁之感慨抑郁者，意境大不相同。按陈亮惯以词写政治见解，平生之怀，一寄于词，其《念奴娇·多景楼》，纯然议论战守攻防，对那些倡言"南北有定势，吴楚之脆弱不足以争衡中原"的失败论者，明指直斥，毫无顾忌，精神足可流传千古，但作为文学作品咏诵玩味，终觉一泻无馀，欠蕴藉风致，不如陆游此词之情景相生，多积蓄，多意蕴，万感横集，沉着凝重，悲慨苍凉，三复不厌。

## 秋波媚

### 七月十六晚登高兴亭望长安南山

题解

孝宗乾道八年(1172)，陆游受四川宣抚使王炎邀请，到南郑任四川宣抚使公署干办公事兼检法官，这首词即写于此年。高兴亭，在南郑城内的西北，南山即秦岭，横亘在陕西省南部，长安城南的南山是它的主峰。词写陆游登上高兴亭远望南山的感受，抒发自己收复关中的豪情，情调昂扬向上，充满乐观主义精神。

秋到边城角声哀，烽火照高台。悲歌击筑，凭高酹酒，此兴悠哉！　　多情谁似南山月，特地暮云开。灞桥烟柳，曲江池馆，应待人来。

新解

秋到边城角声哀，烽火照高台——开头直写词人耳中所闻，眼中所见：耳中所闻，是一片号角声哀鸣；眼中遥望，远处烽火一片，把所在的高台也映红了。秋到边城，似乎军中的号角声也染上了一层悲哀的色调，为什么？边城是战斗之所，烽火随时报警，时时提醒人们这里是一个生命相搏的特殊地区，肃杀的战场气氛，每日都笼罩在人们心头，故词人这样写。烽火，边境所修高台上用以报警的烽烟，又谓平安火，《唐六典》："镇戍每日初夜，放烟一炬，谓之平安火。"高台，指烽火台，兼指高兴亭。陆游《辛丑正月三日雪》诗自注有："予从戎日，尝大雪中登兴元城上高兴亭，待平安火至。"又《感旧》自注："平安火并南山来，至山南城下。"

悲歌击筑，凭高酹酒，此兴悠哉——词人受边境气氛的感召，受军中生活的激励，似乎意气分外风发，于是，颇想在音乐的伴奏下，高歌一曲，凭借登高之势，豪饮一场，以抒发自己悠远绵缈的激昂之情。按“悲歌击筑”，用荆轲刺秦王离开燕国时其友高渐离为之击筑饯行之典，意在抒发一种慷慨悲歌之情。

多情谁似南山月，特地暮云开——下片首句对应词题“登”与“望”，写自己登楼所望之景。长安南山是难以看得见的，再加又是在夜间，但所幸的是，南山上空的一轮明月，似乎也对词人的心境有所理解，为了让词人清楚地看到南山的真面目，竟把天际的层层云幕都推开了——似乎月亮也与热爱祖国河山的词人心脉相通。

灞桥烟柳，曲江池馆，应待人来——词人由天上月亮，进一步展开联想：在月光的照耀下，长安城中那些如画的风景胜地，诸如灞桥边烟雾笼罩下的柳林、曲江边幽深静谧的池台馆阁等，究竟又怎么样了呢？它们是不是也在多情地等待收复关中的宋朝军队呢？

新评

本词作为词人南郑军中之作，真实地反映了其从军南郑数月的思想情绪，词虽是抒写自己登临“高兴亭”的瞬间所思所想，但从中透露出的词人对收复失地的极端自信，词人有幸成为一个真正的战士，把自己精力贡献于抗敌的战场的“高兴”劲更是显而易见。也许正是这种“高兴”，使词人热血沸腾，写下了这一首充满着乐观主义情调的词。这种乐观主义的作品，在宋代抒发爱国情感的词作中，也是颇为少见的。

## 谢池春

题解

这首词是陆游老年居家，回忆南郑幕府生活而作。乾道八年(1172)，陆游四十八岁。其年二月，他由夔州(治今重庆奉节)通判转任四川宣抚使王炎幕下的干办公事兼检法官。宣抚司治所在南郑(今陕西汉中)，是当时西北抗金前线的军事战略要地。陆游在这里时，因有机会到前线参加一些抗金军事活动，某种程度上实现了他报效祖国立志恢复旧山河的意愿，所以短短不到一年的南郑生活，成为他一生最惬意、最值得回忆的经历。

壮岁从戎，曾是气吞残虏。阵云高、狼烟夜举。朱颜青鬓，拥雕戈西戍。笑儒冠自来多误。　　功名梦断，却泛扁舟吴楚。漫悲歌、伤怀吊古。烟波无际，望秦关何处？叹流年又成虚度。

新解

壮岁从戎，曾是气吞残虏——首两句直写自己壮年雄心远志：壮年从军，曾经气势非凡，大有一举吞灭残虏之气概。按陆游在南郑，虽然主要做文书、参议一类工作，但他也曾戎装骑马，随军外出，并曾在野外雪地亲射猛虎，故他自认过的是一种战士的生活。那个时候，他是抱着一种“莫作世间儿女态，明年万里驻安西”（《和高子长参议道中二绝》）的收复西北失地的雄心而生活的。

阵云高、狼烟夜举。朱颜青鬓，拥雕戈西戍——词人自认为是一个战士，所以他对战斗生活颇为向往，因此自然勾起对往日战斗生活的怀念。阵云高，指两军对垒而激起的烟雾冲上高空。狼烟夜举，因为夜间时有敌情出现，故烽火台上不时燃起冲天而上的狼烟。朱颜青鬓，犹言红颜黑发，正当壮年之貌。当此之际，词人曾手执戈矛，亲自在西部边疆戍守。按词人这种战斗生活，也可从他的许多诗中得到印证：如《蒸暑思梁州述怀》：“柳阴夜卧千驷马，沙上露宿连营兵。胡笳吹堕漾水月，烽燧传到山南城。”《秋怀》诗：“朝看十万阅武罢，暮驰三百巡边行。马蹄度陇雹声急，士甲照日波光明。”雕戈，雕画着纹饰的戈；拥雕戈，犹言手执雕戈。

笑儒冠自来多误——由上之豪迈军中生活的叙写，词人自然联想到自己的身份和处境，于是这一句也就脱口而出。儒冠多误，是说儒者汲汲于章句的生涯把自己一身的功业都耽误了。为什么？因为陆游自认为是一个战士，他期望从戎马生涯中取功名，但终究却以一个儒者之身终老，所以他不甘心。这种心态，拿他的《观大散关图有感》中的诗句表达，就是“上马击狂胡，下马草军书。二十抱此志，五十犹癯儒……丈夫毕此愿，死与蝼蚁殊。志大浩无期，醉胆空满躯”，故这句抒发的是一种豪情壮志未能实现的悲哀遗憾之情。它虽由杜甫《奉赠韦左丞丈二十二韵》“纨绔不饿死，儒冠多误身”化出，但所表达的情调则甚有不同。

功名梦断，却泛扁舟吴楚——承上片的歇拍，下片就写老年家居江南水乡的生活和感慨：功名的愿望彻底落空了，于是不得不在吴楚之地乘舟泛游，过着如渔父樵者的生活。正因为深感儒冠误身，联系自己此刻处境，所以这两句表现目前生活情态的描写自然是不可免的了。这种心态，颇近于其《渔父》词“石帆山下雨空濛，三扇香新翠箬篷。蘋叶绿，蓼花红，回首功名一梦中”的意境，其失落感跃然纸上。功名梦断，犹如功名之梦惊醒。扁舟，指小舟。

漫悲歌、伤怀吊古——这两句承上，再以自我宽解作转笔：还是不要这样悲叹歌咏，因为伤怀吊古是没有用的。

烟波无际，望秦关何处？叹流年又成虚度——无奈“抽刀断水水更流”，自我宽解反而更愁，无际的江南烟波的美景，反而使词人更勾起对秦关的思念。但那茫茫的秦关又从何处去寻找？可叹的是，这流逝的年华竟然又在无望的等待中白白地度过去了。老年的隐居，难道还怕什么流年虚度？不就是因为爱国感情强烈、壮志不甘断送的缘故吗？他对秦关、汉苑之所以关注，就是因为“洛水秦关千古后，尚棘暗铜驼空怆神”（《洞庭春色》），“秦关汉苑无消息，又在江南送雁归”（《闻雁》），一句话，因为这些河山长久无法收复的缘故。

新评

这首词上片念旧，以慷慨之情起；下片写现实，以沉痛之情结。思想上贯穿的是报效国家的红线，笔调上则尽力化慷慨与沉痛为闲谈，在作者的词作中，是情调比较宁静、含蓄的一首。

## 汉宫春

### 初自南郑来成都作

题解

这首词作于孝宗乾道九年(1173)春，时陆游在成都，年四十九岁。八年冬，四川宣抚使王炎从南郑被召回临安，陆游被改命为成都府路安抚司参议官。他从南郑行抵成都，已经是年底。题目说到“初自”，又词中写到元夕观灯、花时游乐等，时间应已是九年春。至于词中说的看重阳药市，实为预想之语，因为从九年秋直到年底，陆游代理嘉州知州，不在成都。

陆游在南郑前线时，对抗金的前途怀着胜利的希望。被调到后方后，挐云心事，不得舒展，极为苦闷，但收复河山的信念，始终坚定不移，其不少诗、词，往往激发着慷慨昂扬的声音，这首《汉宫春》，也是这一类作品。

羽箭雕弓，忆呼鹰古垒，截虎平川。吹笳暮归野帐，雪压青毡。淋漓醉墨，看龙蛇飞落蛮笺。人误许、诗情将略，一时才气超然。　　何事又作南来，看重阳药市，元夕灯山？花时万人乐处，欹帽垂鞭，闻歌感旧，尚时时流涕尊前。君记取、封侯事在，功名不信由天。

新解

羽箭雕弓，忆呼鹰古垒，截虎平川——以上为词人回忆南郑时期从军生活：手执羽箭雕弓，在峥嵘的古垒边臂挥健鹰，在平坦的川原上手缚猛虎！这些场景无不给作者一种振奋的感觉。按陆游的诗作里，时常提到这些场景，如《书事》“云埋废苑呼鹰处",《忽忽》"呼鹰汉庙秋",《三山杜门作歌》"南沮水边秋射虎"等;《怀昔》诗更有"昔者戍梁益,寝饭鞍马间……挺剑刺乳虎,血溅貂裘殷"的描写,这些写的都是南郑从军时的生活。

吹笳暮归野帐,雪压青毡。淋漓醉墨,看龙蛇飞落蛮笺——晚归野帐,悲笳声里,外面是雪花乱舞,满堆青色毡帐之顶;里面是诗人酒后兴酣,落笔写下了龙蛇飞动的字幅和气壮河山的诗篇。蛮笺,用唐人之典,指上等好纸,一谓产自蜀地,一谓产自高丽。宋·杨亿《谈苑》载韩溥《以蜀笺寄弟洎》:"十样蛮笺出益州,寄来新自浣花头。"又宋·顾文荐《负暄杂录·纸》:"唐,中国纸未备,多取于外夷,故唐人诗多用蛮笺字,亦有谓也。"

人误许、诗情将略,一时才气超然——这三句承上:正因为作者有如此才华,可谓文韬武略皆备,才气卓然超群,故被众人推许。但这些又怎能谈得上?所谓的文武才气,不过是人们一时错误的赞许而已!"人误许"三字,语气突转,里面包含着无数的不可明言的潜台词:因为成都之行,有如卷地狂飙,突然吹破了词人壮美的梦境,无疑将词人心中熊熊燃烧的抗金意愿置于"无实现之日"的冷宫之中,自己的文才武略,又何所施?"人误许"三字,绝不仅是一个谦词,而是满含着对当时朝廷压抑主战派、埋没人才的深深感慨和愤怒控诉。

何事又作南来,看重阳药市,元夕灯山?花时万人乐处——下片跟上片形成鲜明的对照。在繁华的成都,药市灯山,百花如锦,有多少人在欢度这不眠之夜!"何事又作南来",言外之意是说:你究竟是为了什么又从前线回到南边?这一问,蕴藏着无数的悲愤在内!词人面对城市的繁华,心情没有丝毫的喜悦,而是一阵一阵发自内心的酸楚,因为这里的人们似乎都已忘记了故土沦陷异族之手的现实,他们无一不乘着好时光醉生梦死,往日的雄壮战场已被面前的苟安局面所取代。

欹帽垂鞭,闻歌感旧,尚时时流涕尊前——可是,在民族灾难深重的年代里,在词人的眼里,锦城歌管,只能换来尊前的流涕了。欹,倾斜意;欹帽,犹言歪戴着帽子。闻歌感旧,听到歌声联想到往日旧事。这三句三个意象,表达词人心情的郁闷。

君记取、封侯事在,功名不信由天——看在眼里,痛在心里,但作者并不只埋头于悲愤之中,而是作出了一种自信而坚定的回答:请您记住:封侯之事,仍是有可能的,因为我全然不信,功名之事是由天所注定不可改易的,"谋事在人,成事也在人"!词人心中仍存重上抗金前线,在战场上建功立业的强烈愿望。

新评

这首词主要运用对比的手法,以南郑的过去对比成都的现在,以才气超然对比流涕尊前,表面是现在为主过去是宾,精神上却是过去是主现在是宾,中间又善于用反笔钩锁等写法——"人误许"、"功名不信由天"两个反笔分别作上下片的收束，显得十分有力。在渲染气氛，运用语言方面，上片选择最惊人的场面，出之以淋漓沉雄的大笔；下片选择成都地方典型的事物，出之以婉约的格调；最后又一笔振起，发出了内心的呼喊，以激昂的格调、振奋的言辞，使全词的思想感情走向最高潮，深深地感染了读者。词笔刚柔相济，结构波澜起伏，格调高下抑扬，通篇都迸发出爱国主义精神的火花，给读者以美的享受。

## 蝶恋花

题解

这首词是陆游离开南郑入蜀以后写的。上片写对南郑戎马生活的怀念，下片抒发壮志难酬的感慨。

桐叶晨飘蛩夜语。旅思秋光，黯黯长安路。忽记横戈盘马处，散关清渭应如故。　江海轻舟今已具。一卷兵书，叹息无人付。早信此生终不遇，当年悔草《长杨赋》。

新解

桐叶晨飘蛩夜语——首句托物起兴：桐叶飘零，寒蛩夜鸣，引发的是一种悲秋之景。“晨飘”与“夜语”对举，表明了从朝至夕，终日触目盈耳的，无非是凄清萧瑟的景象。时代气氛的渲染和词人的心境形成鲜明的对比。蛩(qióng)，蟋蟀。

旅思秋光，黯黯长安路——首句承前启后，点明了时间的先后顺序，叶落、虫语，勾起了作者的旅思。次句有两重用法，一为写实，一为暗喻。从写实方面来说，当日西北军事重镇长安已为金人占领，词人在南郑王炎宣抚使幕中时，主要进取目标就是收复长安，而一当朝廷下诏调走王炎，这一希望便化成了泡影。长安收复，渺茫无期，道路黯黯，这一切使得词人凄然神伤。从暗喻方面来说，“长安”是周、秦、汉、唐的古都，这里是借指南宋京城临安，通向京城的道路黯淡无光，隐喻着词人对南宋小朝廷改变抗金决策的失望。

忽记横戈盘马处，散关清渭应如故——词人北望长安，东望临安，都深感不安，他最关切的还是抗金前线的情况，那人散关头和清澈的渭水之旁，曾是他“横戈盘马”之处，也曾是他立志恢复中原与实现其理想的所在，而今的情况又怎样呢？“忽记”，乃忽然想起，猛上心头意，“应”字是悬想，但愿“如故”，更担心能否“如故”，也就是说，随着王炎内调以后形势的变化，金人会不会乘虚南下呢？表明词人一种爱国忧时的情怀。

江海轻舟今已具。一卷兵书，叹息无人付——下片首句承上“旅思”，实际与苏轼《临江仙》"小舟从此逝，江海寄馀生"具同一寓意，意在抒发自己隐归江湖之思。但词人表示，尽管已做好了隐退江湖的准备，对个人的进退无所萦怀，然难以忘怀的是"一卷兵书"，竟不知该托付给何人。"一卷兵书"，既可实指他曾向王炎提出过的"经略中原，必自长安始"的一整套进军策略，也可虚指为抗敌兴国的重大抱负。"无人"不是一般所说的没有人，而是慨叹朝廷抗金志士零落无存，国家前途令人担忧。"叹息无人付"一语，语含沉痛。

早信此生终不遇，当年悔草《长杨赋》——这两句从慨叹转为激愤。《长杨赋》是西汉辞赋家扬雄的名作，他为了讽谏汉成帝游幸长杨宫、纵胡客大校猎而献上这篇赋。词人则活用这个典故，表明自己如果早知不被知遇，就不会陈述什么恢复方略了，用一"悔"字，透露出词人的愤愤不平之气。

新评

本词抒发词人所思所感，从思想感情发展的角度，全词共四个层次：第一层抚今，第二层思昔，第三层再回到现实，第四层又回顾以往。词作在今昔交织、回环往复中表达了自己浓烈的爱国感情，写得神完气足，感人至深。

## 双头莲

### 呈范至能待制

题解

范至能，即南宋著名诗人范成大，比陆游小一岁。绍兴三十二年(1162)九月，两人同在临安编类圣政所任检讨官，同事相知。淳熙二年(1175)六月，范成大入蜀知成都府、权四川制置使，辟陆游为成都府路安抚司参议官兼四川制置使司参议官。范成大在一首诗中曾说过："余与陆务观自圣政所分袂，每别常取五年，离合又常以六月，似有数者。"《宋史·陆游传》也说："范成大帅蜀，游为参议官，以文字交，不拘礼法，人讥其颓放，因自号放翁。"淳熙三年春，陆游因病休居城西桥一带；范成大也因病乞罢使职，并于次年六月，离蜀还朝。范、陆在蜀，颇多酬答唱和之作，这首词就是其中一首，当作于淳熙三年秋陆游病后休官时。

华鬓星星，惊壮志成虚，此身如寄。萧条病骥。向暗里、消尽当年豪气。梦断故国山川，隔重重烟水。身万里，旧社凋零，青门俊游谁记？　　尽道锦里繁华，叹官闲昼永，柴荆添睡。清愁自醉。念此际、付与何人心事。纵有楚柁吴樯，知何时东逝？

空怅望，鲙美菰香，秋风又起。

新解

华鬓星星，惊壮志成虚，此身如寄——淳熙三年，陆游五十二岁，已离开南郑军幕，在成都制置使司任官，后又因病和被“讥劾”而休官，有年老志不得酬之感，故上片开头三句即写此感。首句叹自己年老：头发花白，有如星星点缀其间。正因为自感年老，所以吃惊于往日之雄心壮志竟然成为虚空一场，又落得飘流在外，身如寄物。这种感情，正如他《病中戏书》说的“五十忽过二，流年消壮心”，《感事》说的“年光迟暮壮心违”。

萧条病骥。向暗里、消尽当年豪气——这两句承上。按“壮心”的“消”与“违”，主要是迫于环境与疾病，故接下去即针对“病”字，说了这三句。这三句用的是比喻，说自己有如一个孤独、寂寞且有病的千里马，不知不觉地，已消尽了往年的豪情。萧条，有孤独、寂寞、凄凉、冷落等意。骥，指宝马、千里马。向暗里，暗地里，不知不觉地。按陆游这一年的诗，曾屡以“病骥”自喻，如《书怀》：“摧颓已作骥伏枥”，《松骥行》：“骥行千里亦何得，垂首伏枥终自伤。”

梦断故国山川，隔重重烟水——由于有千里马之喻，由于消尽豪气，所以故国山川只能在梦中神游。梦醒之后，故国山川又怎能看到？词人深感，梦中的故国山川，不过是一种隔着重重虚无缥缈的烟水雾山的想象罢了。这两句意在表达对故都的怀念，而词人“心在天山”的心迹也透露无疑。

身万里，旧社凋零，青门俊游谁记——雄心壮志已成虚，故国山川又不可见，词人自然起归家之思，念往日之友。但置身万里之遥，朋友已经凋零殆尽，都中的旧友，也不知是否能记得当年的相聚。旧社，旧日结社之友，苏轼《次韵刘景文送钱蒙仲(其二)》“寄语竹林社友，同书桂籍天伦”即属此。青门，汉长安城门，这里借指南宋都城临安。青门俊游，陆游在圣政所时，与范成大、周必大等人同官，皆一时清流俊侣，念及临安初年的旧友，都引以自豪，如《诉衷情令(其二)》说：“青衫初入九重城，结友尽豪英。”《南乡子》说：“早岁入皇州，樽酒相逢尽胜流。”这里用“谁记”两字，表达了词人心情的颓唐。

尽道锦里繁华，叹官闲昼永，柴荆添睡——换头又自回忆临安转到在蜀处境：人人都说锦城繁华美好，但锦城虽好，自己却一身闲官，昼长无事之时，只能柴荆独处，一睡了之。面对这种无奈状态，怎能不“叹”？柴荆，以柴木草荆之类编结成门，形容住宅的简陋。

清愁自醉。念此际、付与何人心事——由于有上之“叹”，故清愁满腹之际，只能以酒自醉。但醉酒之际，自己的心事又能向何人述说？时易境迁，心事无人可付，只是壮志未消、苦衷难言的一种婉转倾诉而已。作者“借酒浇愁愁更愁”，酒不能消“清愁”，愁反而成醉，传达词人的心态，曲折而又巧妙。

纵有楚柁吴樯，知何时东逝——无计消愁，心事无人可托，于是再动归乡之念。但即使有到楚、吴之地的船只，又怎知何时才能踏上归途。因“东归”而想望“楚柁吴樯”，这正如他在《秋思》诗中说的：“吴樯楚柁动归思”，楚柁吴樯，犹言吴、楚之地的船只。

空怅望，鲙美菰香，秋风又起——“东逝”无时，秋风又动，宦况萧条，不禁想起晋人张翰的故事：“见秋风起，乃思吴中菰菜、蓴羹、鲈鱼脍”，遂“命驾而归”。但词人深感，学张翰也不成，只能徒然地惆怅远望。因为他回不去啊！这三句，表达词人梦想隐居而不得的尴尬，与他作于同时的《和范待制秋日书怀二首》诗中“欲与众生共安稳，秋来梦不到鲈乡”具同一寓意。但陆游是志士而非隐士，他说的“隐”，常宜从反面看，故以上实际曲折表达了作者怀才不遇、壮志未酬的无奈之情。他欲罢而又不甘，两种矛盾交织，遂发出“空怅望”的感叹。

新评

这首词意在抒发词人有志不得实现的感慨。词人于闲居罢职之际，反复陈述自己壮志消沉、怀旧思乡之情，看似消极，实满含郁愤之情。读者正从其词反面，见出词人积极进取的精神。

## 感皇恩

题解

这首词当作于作者离蜀东归以前，词的主要思想基调是感叹壮志未成，思念故地家乡。上片以现实之景起兴，抒发壮志未酬的苦闷，下片先写功名未立的悲哀，结以对故乡隐退生活的怀念。

小阁倚秋空，下临江渚。漠漠孤云未成雨。数声新雁，回首杜陵何处。壮心空万里，人谁许！　　黄阁紫枢，筑坛开府。莫怕功名欠人做。如今熟计，只有故乡归路。石帆山脚下，菱三亩。

新解

小阁倚秋空，下临江渚。漠漠孤云未成雨——在一个初秋的阴霾之天，作者登上了江边的小阁，倚着栏杆仰望长空：密布的片片孤云互相追逐，在空中翻滚；

俯看下地：江中洲渚，在乌云的笼罩下，一派迷濛景象，一场风雨即将来临。这三句化用晁冲之《感皇恩》“小阁倚晴空”的词句，概括登临之事，描写词人视觉中所见之景，境界虽开阔，但略带几分凄清与冷寂。漠漠，密布意。

数声新雁，回首杜陵何处——这两句写听觉，并由此引出词人的联想。“新雁”，犹言新来之雁，以此推知词人写此词时，时令当为初秋。“数声”，状“新雁”孤独之状，应合上句之“孤云”，也与观、听风景之孤独人形成主客观意象的两相契合。第二句由雁声展开联想：大雁来自何处？来自北方也！这就不能不令人想到汉、唐的盛都长安，想到当年活跃于政治舞台上的汉、唐诸帝。按杜陵，在长安城东南，因汉宣帝葬于此，故称。按将杜陵与秋雁联系，是唐、宋人诗歌中一个较为普遍的现象，但唐人写杜陵与秋雁，意在表达一种去国怀乡之感，如唐人杜牧《秋浦道中》“为问寒沙新到雁，来时还下杜陵无”，于邺《秋夕闻雁》“忽闻凉雁至，如报杜陵秋”。陆游此句，则意在抒发对失去的中原故土的怀念，其所表达的思想感情，即《东楼集序》所谓“北游山南，凭高望鄠，万年诸山，思一醉曲江、渼陂之间，其势无由，往往悲歌流涕”。与之基调相近的诗句，如《秋晚登城北门》中的“一点烽传散关信，两行雁带杜陵秋”等。

壮心空万里，人谁许——长安这个汉、唐故都，是华夏强盛的象征，也是西北的政治、军事中心之地，陆游曾急切地盼望南宋统治者能从金人手里收复长安，他从军南郑期间，就向宣抚使王炎建议“经略中原，必自长安始”。但其结果如何呢？耳中唯闻新雁声，难得回头见长安！空有从军万里的壮怀，但又能得到谁的推选赞许？谁许，无人期许、无人赞许之意。

黄阁紫枢，筑坛开府。莫怕功名欠人做——黄阁，指宰相官署，卫宏《汉官旧仪》：“丞相听事阁曰黄阁。”紫枢，指枢密院，宋代最高军事机构；宋代戎服多用紫色，故称。筑坛，用汉高祖设坛场拜韩信为大将的典故。开府即开幕府，置僚属，宋代唯高级军政长官才有此种权力。这三句委婉地批评南宋朝廷不给边疆军帅放权，造成诸多抗金良机错失局面。词人虽不热衷于做官，却始终抱着为国立功的壮志，如他的《金错刀行》诗：“千年史策耻无名，一片丹心报天子。”《书怀》诗：“老死已无日，功名犹自期。清笳太行路，何日出王师？”但现实是残酷的，词人拳拳报国壮志又怎能轻易实现？

如今熟计，只有故乡归路。石帆山脚下，菱三亩——当此之际，词人再三思忖，唯有辞官东归，回故乡山阴一条路可走：在山阴的石帆山下，种上三亩菱，也不失为一种惬意的生活。

新评

本词抒发作者壮志未酬的悲哀之情，结尾数句尤其沉痛。词人经过一番思考，连归隐后的生活都作了具体的设想，故词之最后江南水乡的图景，实是词人痛苦心情的映照。优美而闲淡的写景中，深藏着的是词人内心的愤激之情，词的意境是曲折的，感慨是深沉的。

## 诉衷情

题解

宋光宗绍熙元年(1190)，陆游六十六岁，闲居山阴(浙江绍兴)，曾作诗《予十年间两坐斥，罪虽擢发莫数，而诗为首，谓之‘嘲咏风月’。既还山，遂以‘风月’名小轩，且作绝句》，这首词中有“平章风月，别是功名”之句，可能是这一时期的作品。词的上片忆旧，下片抒发自己壮志不得实现的悲慨之情。

青衫初入九重城，结友尽豪英。蜡封夜半传檄，驰骑谕幽并。　时易失，志难成，鬓丝生。平章风月，弹压江山，别是功名。

新解

青衫初入九重城——起首句写自己早年的仕途生活。高宗绍兴三十年(1160)，陆游由福州决曹掾被荐到临安，以右从事郎为枢密院敕令所删定官，由九品升为八品，这是他入朝为官的开始。唐、宋时九品官服色青，陆游以九品官入京改职，故言“青衫”十分贴切。

结友尽豪英——绍兴三十二年(1162)九月，陆游任枢密院编修兼编类圣政所检讨官，这两任都是史官职事。这期间交识的同辈人士，有周必大、范成大、郑樵、李浩、王十朋、杜起莘、林栗、曾逢、王质等，都是一时俊彦，所以词人说“结友尽豪英”。

蜡封夜半传檄，驰骑谕幽并——这两句写任圣政所检讨官时的活动：时宋孝宗刚即位，欲有所作为，起用主战派著名人物张浚，筹划进取方略。陆游曾奉中书省、枢密院(当时称为“二府”)之命作《与夏国主书》，提出与西夏申固欢好，永为善邻，以便全力抗金。陆游曾作《蜡弹省札》，以喻中原人士：“有据北州郡归命者，即以其所得州郡，裂土封建。”实际上是做敌后的分化瓦解工作。“蜡封”是用蜡封固，便于保密的文书。“幽并”，指幽州和并州，主要指今河北北部、北京及山西北部地区，这里统指北方入于金国的地区。“夜半传檄”和“驰谕幽并”表明主战派在朝廷中占了上风，图谋收复旧山河的种种措施得以实施，陆游不分昼夜地投入抗金工作，透露出他无比振奋的心情。

时易失，志难成，鬓丝生——换头接连三个三字句如走丸而下，既是词意的转折，也反映了他政治经历的转折。“时易失”，是说本来满有希望收复中原的大好机会被轻易地断送了！宋孝宗操之过急，张浚志大才疏，北进遭到符离之败，反而又结成了屈服于金人的隆兴和议。这些史实概括在这一短语之中，表现出了陆游的痛惜之感。“志难成，鬓丝生”，是就个人方面说的：正因为整个政治形势起了变化，自己的壮志未酬，而白发早生，以致成终身大恨。六字之中，感慨百端。

平章风月，弹压江山，别是功名——歇拍三句写晚年家居的闲散和愤懑情绪。“平章风月，弹压江山”，犹言品评风月，管理江山。“别是功名”，犹言另外一种特殊的功名——这三句是相对上片结交豪英、夜半草檄而言：那时候终日所对的是英雄豪杰，所作的是羽书檄文；今天终日所对的则是江山风月，所作的则是品评风月的文字，成了管领山川的闲人。场景天壤之别，令词人痛心疾首。

新评

苏轼有云：“江山风月，本无常主，闲者便是主人。”（《东坡志林·临皋闲题》）风月的品评，山川的管领，原是“闲者”的事，与“功名”二字沾不上边，而陆游词结句却说“别是功名”，是幽默语，自我解嘲语，也是激愤语，是对那些强加给他“嘲咏风月”罪名的人们，一种有力的反击，套用孟子的一句话就是：“予岂好嘲咏风月哉；予不得已也！”

全篇率意而写，不假雕琢，语明而情真，通过上下片的强烈对比，反映出陆游晚年的不平静心情。

## 诉衷情

题解

积贫积弱、日见窘迫的南宋是一个需要英雄的时代，但这又是一个英雄“过剩”的时代。陆游的一生以抗金复国为己任，但可惜请缨无路，屡遭贬黜。他晚年退居山阴，有志难伸，“壮士凄凉闲处老，名花零落雨中看”。历史的秋意，时代的风雨，英雄的本色，艰难的现实，共同酿成了这一首悲壮沉郁的《诉衷情》。

作这首词时，词人已年近七十，身处故地，未忘国忧，烈士暮年，壮心不已，这种高亢的政治热情，永不衰竭的爱国精神，形成了词作风骨凛然的崇高美。但壮志不得实现，雄心无人理解，虽然“男儿到死心如铁”，无奈“报国欲死无战场”，这种深沉的压抑感又形成了词中百折千回的悲剧情调。词作说尽忠愤，荡气回肠。

当年万里觅封侯，匹马戍梁州。关河梦断何处，尘暗旧貂裘。　胡未灭，鬓先秋，泪空流。此生谁料，心在天山，身老沧洲。

新解

当年万里觅封侯，匹马戍梁州——开头两句，词人再现了往日壮志凌云，奔赴抗敌前线的勃勃英姿。“当年”，指乾道八年(1172)，那时陆游来到南郑(今陕西汉中)，投身到四川宣抚使王炎幕下。在前线，他曾亲自参加过对金兵的遭遇战。“觅封侯”，用班超投笔从戎、立功异域“以取封侯”的典故，写自己报效祖国，收拾旧河山的壮志。“自许封侯在万里”(《夜游宫》)，一个“觅”字，显出词人当年的自许、自负、自信的雄心和坚定执着的追求精神。“万里”与“匹马”形成空间形象上的强烈对比，匹马征万里，“壮岁从戎，曾是气吞残虏”(《谢池春》)，呈现出一派卓荦不凡之气。匹马，犹言单枪独马。梁州，指汉中。

关河梦断何处，尘暗旧貂裘——“悲歌击筑，凭高酹酒”(《秋波媚》)，“忆呼鹰古垒，截虎平川”(《汉宫春》)，那豪雄飞纵、激动人心的军旅生活至今历历在目，时时入梦，之所以会这样，是因为强烈的愿望受到太多的压抑，积郁的情感只有在梦里才能得到宣泄。但词人在南郑前线仅半年，就被调离，从此关塞河防，只能时时在梦中出现。而梦醒不知身何处，旧时貂裘戎装，已是尘封色暗。一个“暗”字，将岁月的流逝，人事的消磨写尽，一幅灰尘堆积的暗淡画面，读之令人心情饱含惆怅。

胡未灭，鬓先秋，泪空流——这三句步步紧逼，声调短促，说尽平生不得志。放眼西北，神州陆沉，残虏未扫；回首人生，流年暗度，两鬓已苍；沉思往事，雄心虽在，壮志难酬，所以只能白白地流泪。“未”、“先”、“空”三字在承接比照中，流露出沉痛的感情，越转越深：人生自古谁不老？但逆胡尚未灭，功业尚未成，岁月已无多，这才迫切感到人“先”老之酸楚。“一事无成霜鬓侵”，一股悲凉渗透心头，人生老大矣！然而，即使天假数年，双鬓再青，又岂能实现“攘除奸凶，兴复汉室”的事业？“朱门沉沉按歌舞，厩马肥死弓断弦”，“云外华山千仞，依旧无人问”。所以说，这忧国之泪只是“空”流，一个“空”字既写了内心的失望和痛苦，也写了对君臣尽醉、偏安东南一隅的小朝廷的不满和愤慨。

此生谁料，心在天山，身老沧洲——最后三句总结一生，反省现实。“天山”代指抗敌前线，“沧洲”指闲居之地，“此生谁料”即“谁料此生”。词人没料到，自己的一生会不断地处在“心”与“身”的矛盾冲突中，他的心神驰于疆场，他的身体却僵卧孤村；他看到了“铁马冰河”，但这只是在梦中；他的心灵高高扬起，飞到“天山”，他的身体却沉重地坠落在“沧洲”。“谁料”二字写出了往日的天真与今日的失望，“早岁那知世事艰”，“而今识尽愁滋味”，理想与现实是如此格格不入，无怪乎词人要声声浩叹。“心在天山，身老沧洲”两句作结，先扬后抑，形成一个大转折，词人犹如一只欲搏击长空的苍鹰，却被折断羽翼，落到地上，在痛苦中呻吟。

新评

陆游这首词，上片开头以“当年”二字揳入往日豪放军旅生活的回忆，声调高亢，“梦断”一转，形成一个强烈的情感落差，慷慨化为悲凉。至下片则进一步抒写理想与现实的矛盾，跌入更深沉的浩叹，悲凉化为沉郁，确实饱含着人生的秋意。但由于词人“身老沧洲”的感叹中包含了更多的历史内容，他的阑干老泪中融会了对祖国炽热的感情，所以，词的情调幽咽而不失开阔深沉，比一般仅仅抒写个人苦闷的作品显得更有力量，更为动人。

## 夜游宫

### 记梦寄师伯浑

题解

陆游有大量抒发爱国主义激情的记梦诗，这首《夜游宫》就是其中之一。师伯浑，陆游在四川的朋友，也是陆游很欣赏的人，陆游诗文中有不少与他交往的作品。陆游认为他人才难得，如果授之以一定官位，定能为国发挥更大的效用。这首记梦诗就是诗人写下寄给师伯浑的。

雪晓清笳乱起，梦游处、不知何地。铁骑无声望似水。想关河：雁门西，青海际。　　睡觉寒灯里，漏声断、月斜窗纸。自许封侯在万里。有谁知，鬓虽残，心未死！

新解

雪晓清笳乱起，梦游处、不知何地——本诗首句即渲染出了一幅战场厮杀的豪迈景象：大雪之天，天刚放晓，一片清笳声四处响起。梦游之中，诗人竟然不知身处何地。这三句状写梦境，可谓生动逼真。

铁骑无声望似水。想关河：雁门西，青海际——这四句承上。首句对应“雪晓”句，进一步渲染战场气氛：一队精锐的骑兵无声无息地行进着，一望无际，如波涛汹涌。走过了无数程途跨过了无数河流，竟不知来到了何处？依稀间遥望关河，猜想可能是到了雁门关以西千里之外的青海边上了吧！四句渲染出一幅有声有色的关塞进军图，有力地把读者吸引到作者的词境里来。

睡觉寒灯里，漏声断、月斜窗纸——下片写梦醒后的感受：在寒灯掩映中，词人醒来一看，才知自己刚才是在做梦：眼中所见，唯一灯荧荧，斜月在窗；再侧耳倾听，漏声已滴断，周围一片死寂。

自许封侯在万里。有谁知，鬓虽残，心未死——此情此景，使词人产生诸多联想：从小就立下万里开疆、博取功名之念，谁曾想，一生宏愿竟落空。但这个垂垂老者，鬓毛虽残，又有何人知道，立功边塞为国效力的雄心依然未死啊！黑夜，因作者的心事而显得更加悲凉，而凄冷的环境，更衬写出作者熊熊燃烧的报国火焰的热烈，诗人自许封侯万里之外的信念，表现得十分执着。

新评

本词上片写梦境，一开头就渲染了一幅有声有色的关塞风光画。词人将雪、笳、铁骑等特定的北方战场意境，放在笳声乱起、如水奔泻的动态中，把读者引入血肉横飞的战场。诗中单举雁门、青海两地，意在表达对广阔的西北故土的怀念，作者深厚的爱国感情，凝聚在短短的九个字中，给人以故国山河非复不可的激励。下片由梦境转入实感，抒发诗人至死不移的抗战决心。“有谁知”三字，蕴含无数难言的悲愤之情。全词梦境与实感相融，有如一气呵成，五十七字中，形象逼真地抒发了诗人顽强不屈的报国壮志。

## 鹊桥仙

题解

这首词作于陆游闲居故乡山阴时。山阴地近镜湖，故他此期词作多为“渔歌菱唱”。山容水态之咏，棹舞舟歌之什，貌似清旷淡远，澹然物外，殊不知此翁身寄湖山，心存河岳。他写“身老沧洲”的惨淡生活，正是“心在天山”的痛苦曲折的反映。这首《鹊桥仙》即其一例。读者仔细品味方可感知诗人真实的思想感情。

华灯纵博，雕鞍驰射，谁记当年豪举？酒徒一半取封侯，独去作江边渔父。　　轻舟八尺，低篷三扇，占断蘋洲烟雨。镜湖元自属闲人，又何必官家赐与！

新解

华灯纵博，雕鞍驰射——词从南郑幕府生活写起。发端两句，对他一生中最难忘的这段戎马生涯作了一往情深的追忆：在华丽的明灯下与同僚纵情赌博，骑上骏马猎射驰驱，这是多么豪迈的生活！当时南郑地处西北边防，为恢复中原的战略据点。王炎入川时，宋孝宗曾面谕北伐工作；陆游也曾为王炎规划进取之策，说“经略中原必自长安始，取长安必自陇右始”（见《宋史·陆游传》）。他初抵南郑时满怀信心地唱道:“国家四纪失中原,师出江淮未易吞。会看金鼓从天下,却用关中作本根。”(《山南行》)因此,他在军中心情极为舒畅,遂有“华灯纵博”、“雕鞍驰射”的生活,词句显得激昂整炼,入势豪迈。

谁记当年豪举——第三句折入现实,紧承以“谁记”二字,顿时引出一片寂寞凄凉。朝廷的国策起了变化,大有可为的时机就此白白丧失了。不到一年,王炎被召还朝,陆游转官成都,风流云散,伟略成空。当年那份豪情壮志,曾有几人珍视?如今更有谁还记得?词人运千钧之力于毫端,用“谁记”一笔兜转,于转折中推进。

酒徒一半取封侯,独去作江边渔父——这两句描绘出两类人物,两条道路:终日酣饮耽乐的酒徒,反倒受赏封侯;志存恢复的儒生如己者,却被迫投闲置散,作了江边渔父,事之不平,孰逾于此?这四、五两句,以“独”字为转折,从转折中再进一层。经过两次转折进层,昔日马上草檄、短衣射虎的英雄,在此时却已经变成孤舟蓑笠翁了。这个“独”字,以入声直促之音,高亢特起,凝注了深沉的孤愤和掉头不顾的傲岸,声情悉称,妙合无隙。

轻舟八尺,低篷三扇,占断蘋洲烟雨——下片承“江边渔父”,以“轻舟”、“低篷”之藐小与“蘋洲烟雨”之浩荡对举,复缀“占断”一语于其间,再作转折进层。“占断”即占尽之意。纵一苇之所如,凌万顷之茫然,无拘无束,独往独来,是谓“占断烟雨”。三句写湖上生涯,词境浩渺苍凉,极烟水迷离之致,含疏旷要眇之情。词至此声情转为纡徐萧散,节奏轻缓,但由于“占断”一词撑拄其间,又显得骨力开张,于舒缓中蓄拗怒之气,萧散而不失遒劲昂扬。轻舟八尺,低篷三扇,都指小船。

镜湖元自属闲人,又何必官家赐与——前此既蓄深沉的孤愤和掉头不顾的傲岸之情,得“占断”二字一挑,于是,这更为昂扬兀傲的两句肆口而成,语随调出,唱出了全阕的最高音。按镜湖,用唐代诗人贺知章之典。传贺老还乡,玄宗曾诏赐镜湖一曲以示矜恤。陆游借用这一故事而翻出一层新意:官家(皇帝)既置我于闲散,这镜湖风月本来就只属闲人,还用得着你官家赐与吗?再说,天地之大,江湖之远,何处不可置我八尺之躯,谁又稀罕你“官家”的赐与?这个结句,表现出一种俨然不屑之态、愤慨不平之情,笔锋直指最高当局,它把通首迭经转折进层蓄积起来的激昂不平之意,挟其大力盘旋之势,千回百转而后骤现,故一出便振动全词,声情激昂,逸响悠然,浩歌不绝。

新评

这首抒情小唱很能代表陆游放归后词作的特色。陆游描写湖山胜景、闲情逸趣时,总蕴含着壮志未酬、壮心不已的幽愤。这首《鹊桥仙》词写雕鞍驰射、蘋洲烟雨,景色何等广漠浩荡!而“谁记”、“独去”、“占断”这类词语层层转折,步步蓄势,隐曲幽微,情意又何等怨慕深远!这种景与情、广与深的纵横交织,构成了本词独特深沉的意境。明代杨慎《词品》说："放翁词，纤丽处似淮海，雄慨处似东坡。其感旧《鹊桥仙》一首(即此词)，英气可掬。"他看到了这首词中的"英气"，却没有看到其中的不平之气。清代陈廷焯编《词则》，将此词选入《别调集》，在"酒徒"两句上加密点以示激赏，眉批云："悲壮语，亦是安分语。"谓为"悲壮"近是，谓为"安分"则远失之。这首词看似超脱、"安分"，实则于啸傲烟水中深寓忠愤抑郁之气，内心是极不平静、极不安分的。不窥其隐曲幽微的深衷，说他随缘、安分，未免昧于骚人之旨，委屈了志士之心。

这首词，读来荡气回肠，确属上乘之作。

## 大圣乐

题解

此词作于乾道二年(1166)词人四十二岁时。此年，陆游被言官论以"交结台谏，鼓唱是非，力说张浚用兵"，从镇江通判任上罢归山阴，词人苦闷之馀，写下了这一首满是道教求仙气息的词。词人颇想以求仙寻道终其一生，故词中充满对人世的消极悲哀感受。这首词在一生都为恢复中原事业作努力的陆游作品中显得别具一格，可看出词人生活的另一特殊面。

电转雷惊，自叹浮生，四十二年。试思量往事，虚无似梦，悲欢万状，合散如烟。苦海无边，爱河无底，流浪看成百漏船。何人解，问无常火里，铁打身坚。　　须臾便是华颠。好收拾形体归自然。又何须着意，求田问舍，生须宦达，死要名传。寿夭穷通，是非荣辱，此事由来都在天。从今去，任东西南北，作个飞仙。

新解

电转雷惊，自叹浮生，四十二年——开首三句，写时光流逝之迅疾，与词题恰成鲜明对照：时光如闪电转动，如雷声惊过，来去迅速，简直不可把握，一生之中，转眼间四十二年已过。浮生，犹言人生，语出《庄子·刻意》："其生若浮，其死若休。"谓人生在世，虚浮无定，故称。

试思量往事，虚无似梦，悲欢万状，合散如烟——因有以上浮生之叹，故词人回忆往事，不由大为感叹：试着思量一下以往发生之事，真是一场空虚，有如梦幻，什么也没有得到，经历的种种悲欢离合情状虽有千奇万状，但合而散之，都有如过眼之烟雾，渐渐散去后，竟然莫知其所向。

苦海无边，爱河无底，流浪看成百漏船——苦海，佛教对世俗的比喻，谓人间烦恼，苦深如海。《楞严经》卷四："引诸沉冥，出于苦海。"后被道教沿用。爱河，佛教以情欲为害，如河水之可以溺人，因称。《楞严经》卷四："爱河干枯，令汝解脱。"人世如苦难之海，爱欲如无底之河，乘船在苦海爱河中行驶，无涯无岸，寻不到边际，随波逐浪，其结果只能是最终眼看船成百漏，沉入江底而无可奈何。

何人解，问无常火里，铁打身坚——但这个道理又何人能解？请问，谁又能经得起无常火的煅炼，即使你是铁打的身躯，坚硬无比，又当如何？无常，佛教谓世间一切事物不可久驻，都处于生灭成坏之中。

须臾便是华颠。好收拾形体归自然——这两句与开头对应，言人生之迅速：片刻工夫已进入老年，此时，就应该收拾好自己的形体，做归依自然的准备。华颠，指头发半白，进入老年之境。归自然，皈依自然，与自然融为一体。

又何须着意，求田问舍，生须宦达，死要名传——既然人生迅疾如梦，又何必在乎那些求田问舍之事，置办家财又有何用？活着要求做官显达，死了也要留名后世，这一切对人生又有多大意义？求田问舍，用《三国志·魏志·陈登传》之典：汉末徐州名士许汜拜访陈登，晚间睡觉，陈登让他睡小床，自己睡大床。许汜认为陈瞧不起他，告此事于刘备。刘备谓：陈登瞧不起你是应该的，因为如今天下大乱，本指望你忧国忘家，以救世为己任，可是你却求田问舍，言无可采，空负国士之名，难怪陈登瞧不起你。陆游在这里意思更进一层，觉得什么都没有意义。

寿夭穷通，是非荣辱，此事由来都在天——人间的一切努力都无意义，为什么？因为人的生命的长与短，人生的困厄与通达，人间的对与错，荣誉与耻辱，这些事情，都是非人力所能过问的——人的命运是天定的，这一切是非人力所能改变得了的。

从今去，任东西南北，作个飞仙——既然如此，为什么不做个看破红尘的快活人呢？从今以后，任走四面八方，自由自在，做个飞升各地的神仙——该有多好！

**新评**

本词是陆游词集中少见的寻道之词，表达了词人仕途失意后的消极情绪。前半写时光流逝之迅速，以对照人生之短暂，形体之脆弱，由此而引出后半对人生的议论，一定程度上表达了词人在遭受挫折失意后极端的消极颓废之情。但此词并不代表陆游一生思想的主流基调，如他八十五岁临终之年写的诗尚不忘恢复故土，充满为国戍轮台的宏愿。此词所写，实是词人一闪之念。尽管如此，从陆游词创作的完整全面角度考虑，此词还是值得重视的。

## 鹊桥仙

### 夜闻杜鹃

题解

乾道八年(1172)冬陆游离开南郑，第二年春天在成都任职，之后又在西川淹留了六年。据夏承焘《放翁词编年笺注》，此词就写于这段时间。杜鹃，又名杜宇、子规、鹈鴂，一种蜀地常见的鸟，暮春而鸣，古人曾赋予它多重意义，蜀人更借它编成一个哀凄动人的故事，如唐·卢求《成都记》："望帝死，其魂化为鸟，名曰杜鹃。"故这种鸟的啼鸣常会引起人们的许多联想。陆游在成都时的心情本来就不大好，他"夜闻杜鹃"，于是惊动敏感的心弦思绪万千，写下此词。

茅檐人静，蓬窗灯暗，春晚连江风雨。林莺巢燕总无声，但月夜、常啼杜宇。　催成清泪，惊残孤梦，又拣深枝飞去。故山犹自不堪听，况半世、飘然羁旅！

新解

茅檐人静，蓬窗灯暗，春晚连江风雨——"茅檐"、"蓬窗"指其简陋的寓所。当然，陆游住所未必如此，这样写无非是形容客居的萧条，读者不必拘执。在这样的寓所里，"晻晻黄昏后，寂寂人定初"，坐在昏黄的灯下，人该是多么寂寥！再加上晚春之际的风雨交加，"萧萧暗雨打窗声"，其愁绪便跃然纸上。"连江风雨"，与江相连之风雨，状雨水之大。

林莺巢燕总无声，但月夜、常啼杜宇——雨后天晴，夜月朗空，敏感而夜不能寐的词人这时又听到了杜鹃的啼声，但词人不做直接描写，而是以莺燕反衬一笔：无声的莺燕使得杜鹃啼声显得分外清晰、刺耳。按莺燕活跃于早春，一到晚春便"燕懒莺残"、悄然无声了，词人写莺燕的无声，实际含有一种怨责之意，一个"总"字就传达出了那种无可奈何的情味。对莺燕的无声，实际又含有对杜鹃"有声"的厌烦，再加"但月夜、常啼杜宇"——月夜的杜鹃啼声更令人备感凄楚，这颇令人想起李白《蜀道难》"又闻子规啼夜月，愁空山"的诗句。"常啼"显出这刺激不是一天两天，而是多次反复的。

上片是写夜闻杜鹃鸣叫的环境，着重于气氛的渲染。杜鹃本来就是一种"悲鸟"，在这种环境气氛里啼鸣，更加使人感到愁苦不堪。下片就写词人自己的愁苦情状及内心痛楚。

催成清泪，惊残孤梦，又拣深枝飞去——"催成清泪"，因杜鹃啼声一声紧似一声，故曰“催”。“孤梦”写客中无聊，寄之于梦，偏又被“惊残”。就这样还不停息，杜鹃“又拣深枝飞去”，继续它的哀鸣。“又”，表明作者对杜鹃夜啼的无可奈何。杜甫《子规》写道：“客愁那听此，故作傍人低！”客中愁闷时哪能听这啼声，可是那杜鹃却似故意追着人飞！这里写的也是这种情况。

故山犹自不堪听，况半世、飘然羁旅——杜鹃啼除了在总体上给人一种悲凄之感、一种心理重负之外，还由于它的象征意义引起人们的种种联想。比如它在暮春啼鸣，使人觉得春天似乎是被它送走的，它的啼鸣常引起人们一种时序倏忽之感，如《离骚》“恐鹈鴂之先鸣兮，使夫百草为之不芳。”同时，这种鸟的鸣声好似说“不如归去”，因此又常引起人们的羁愁，所以作者就写了以上三句。“故山”，指故乡；“不堪听”，指杜鹃的啼声令人不堪忍受。“半世”，陆游至成都已是四十九岁，故说半世。“飘然羁旅”，是说自己如飞蓬一样到处飘流居无定所。这结尾的两句就把他此时闻杜鹃啼鸣时内心深层的意念揭示出来了。在故乡听杜鹃啼鸣当然引不起羁愁，之所以“不堪听”，就是因为打动了岁月如流、志业未遂的心绪，而今作客他乡更增加了一重羁愁，这里的“犹自……况”就是表示这种递进。《词林纪事》卷十一引《词统》云，“去国离乡之感，触绪纷来，读之令人於邑”(於邑，通呜咽)，解说还算切当，但是这里忽略了更重要的岁月蹉跎的感慨，这是需要加以特别注意的。如果联系一下作者此时的经历，我们就可以把这些意念揭示得更明白些。

**新评**

陆游是在四十六岁时来夔州任通判的，途中曾作诗“四方男子事，不敢恨飘零”(《夜思》)，情绪还是不错的。两年后到南郑的王炎幕府里赞襄军事，他得以亲临前线，心情十分振奋。他曾身着戎装，亲自在大散关戍守，甚感王师北定中原指日可待，自己“英雄用武之地”的机会到了。可是好景不长，只半年多，王炎幕府被解散，自己也被调往成都，离开了如火如荼的前线生活，这对作者有如突如其来的当头一棒。以后他辗转于四川各地，无路请缨，沉沦下僚，直到离蜀东归，故他的岁月蹉跎饱含了对功名的失意、对时局的忧念，“况半世、飘然羁旅！”语气痛切，词人此刻心情昭然若揭。

陈廷焯《白雨斋词话》颇推重这首词，认为：“放翁词，惟《鹊桥仙·夜闻杜鹃》一章，借物寓言，较他作为合乎古。”赞其运用比兴恰到好处，委婉曲折，基调沉郁，颇具独特风韵。这首词由闻杜鹃啼鸣而感兴，由表及入里、由浅而入深，曲折婉转地传达了作者内心的苦闷，构思上及表达上，确较陆游其他作品更为讲究。

## 渔家傲

### 寄仲高

题解

本词是陆游寄赠他的同宗兄弟陆升之的。陆升之，字仲高，山阴人，比陆游大十二岁，与陆游同曾祖，曾有“词翰俱妙”的美誉，陆游十六岁时赴临安应试，即与仲高同行。绍兴二十年(1150)，陆升之任诸王宫大小学教授，阿附秦桧，以告发秦桧政敌李光作私史事(升之为李光侄婿)，擢大宗正丞。据韦居安《梅磵诗话》记载，陆游有《送仲高兄宫学秩满赴行在》诗，曾对仲高告发李光事加以讽刺，诗云：“兄去游东阁，才堪直北扉。莫忧持身晚，姑记乞身归。道义无今古，功名有是非。临分出苦语，不敢计从违。”指责他的做法有悖于道义，并劝他及早抽身。仲高见到陆游的诗很不高兴，其后陆游入朝，仲高亦照抄此诗送行，只改“兄”字为“弟”字。绍兴二十五年秦桧死后，其党羽遭受贬逐，仲高也被远徙雷州达七年。孝宗隆兴元年(1163)，陆游罢枢密院编修官，还家待缺，而仲高已自雷州贬归山阴。由于时间的推移和情势的改变，彼此之间的隔阂也已消除，两人相遇，对床夜话，颇为亲热。陆游曾应仲高之请为之作《复斋记》，历述其生平出处本末，提到仲高擢升大宗正丞那一段，陆游指出，这个职位在他人可以称得上是个美差，而对仲高却是一种不幸——虽口气委婉许多，但在大节上，陆游仍坚持自己的原则。据《山阴陆氏族谱》，仲高死于淳熙元年(1174)六月，次年春陆游在成都始得讯，又作《闻仲高从兄讣》诗。

这一首《寄仲高》的词，当是淳熙二年以前在蜀所作，只述兄弟久别之情，不再提及往事，已感无须再说了。

东望山阴何处是？往来一万三千里。写得家书空满纸，流清泪，书回已是明年事。　　寄词红桥桥下水，扁舟何日寻兄弟？行遍天涯真老矣，愁无寐，鬓丝几缕茶烟里。

新解

东望山阴何处是？往来一万三千里——上片起二句，写蜀中与故乡山阴距离之远，为后文思家和思念仲高之情发端。

写得家书空满纸，流清泪——这二句，写思家之情的深切。“空满纸”，情难尽；“流清泪”，情难抑，作者的伤感，深深地感染着读者。作者道不尽的酸楚，岂是“家书”能表述清楚的。

书回已是明年事——这句紧接写信的事，自叹徒劳；又呼应起二句，更加伤感。一封家信的回复，竟要等待到来年，这种情境极为难堪，而表达却极新颖。前人诗词，少见这样写。这一句是全词意境最佳的创新之句，这种句，不可多得，也不能强求，须从实境实感中自然得来。陆游心境如此，感触自心中油然而发，正所谓“文章本天成，妙手偶得之”。

寄语红桥桥下水，扁舟何日寻兄弟——下片起二句，从思家转到思念仲高。巧妙地借“寄语”流水来表达怀人之情。红桥，在山阴县西七里迎恩门外，当是两人经常共同出入之地。词由桥写到水，又由水引出扁舟，事实上是倒过来想乘扁舟沿流水而到红桥。词题是寄仲高，不是怀仲高，故不专写怀念仲高，只这二句，而“兄弟”一呼，已是情义满溢了。况寄言只凭设想，相寻了无定期，用笔不多，而酸楚之情却更深一层了。

行遍天涯真老矣——陆游离开南郑宣抚使司幕府后，经三泉、益昌、剑门、武连、绵州、罗江、广汉等地至成都；又以成都为中心，辗转往来于蜀州、嘉州、荣州等地，在奔波中年华渐逝，已年届五十，故接下去有这一句。从归乡未得，转到万里飘泊、年华老大之慨。

愁无寐，鬓丝几缕茶烟里——这二句出自杜牧《题禅院》诗：“觥船一棹百分空，十岁青春不负公，今日鬓丝禅榻畔，茶烟轻飏落花风。”陆游早年即以经济之才自负，又以纵饮自豪，同于杜牧；如今老大无成，几丝白发，坐对茶烟，也同于杜牧。身世之感相同，自然容易引起共鸣，信手拈用其诗，如同己出，不见用典的痕迹。这两句，是向仲高诉说自己的生活现状：每夜都因愁闷而不得安眠，故鬓发脱落，坐对茶烟，竟不时落下。这两句看似消沉，实际则不然。因为对消沉而有感慨，便是不安于消沉的一种表现。

新评

这首词从寄语亲人表达思乡、怀人及自身作客飘零的情状，语有新意，情亦缠绵，在陆游的词中是笔调较为凄婉之作。它的结尾看似有些消沉，而实际并不消沉，化愤激不平与热烈为闲适与凄婉，又是陆诗与陆词的常见意境。

## 南乡子

题解

淳熙五年(1178年)春二月，陆游自蜀东归，秋初抵武昌。这首词写于作者乘船将到武昌途中。上片写行程及景色，下片抒发自己对家乡的思念。

归梦寄吴樯，水驿江程去路长。想见芳洲初系缆，斜阳，烟树参差认武昌。　　愁鬓点新霜，曾是朝衣染御香。重到故乡交旧少，凄凉，却恐他乡胜故乡。

新解

归梦寄吴樯，水驿江程去路长——归梦：即指归去之梦。寄吴樯：是说将回去的梦寄托给到吴地的船只上。词人本身就是乘坐到吴地的船只，身已在“吴樯”，何谈“归梦”？无非是说，词人虽乘归吴的船只，但回家的路还很遥远，所以第二句实是就第一句“归梦”做出的解释：因为担忧前程的遥远，所以他将归家之梦寄于吴地的船只，主要是表达自己归吴的急切心情，希望船行顺利、迅速而已。水驿江程：即水陆途程，言前行之路还很遥远。词人这次归家之心很强烈，其在蜀写的《秋思》诗就有“吴樯楚柁动归思，陇月巴云空复情”之句；动身离蜀时写的《叙州》诗，又有“楚柁吴樯又远游，浣花行乐梦西州”之句。屡言“吴樯”，可见其心情的急迫。

想见芳洲初系缆，斜阳，烟树参差认武昌——以上三句写临近武昌时的设想。武昌有江山草树之胜，见于崔颢《黄鹤楼》“晴川历历汉阳树，芳草萋萋鹦鹉洲”之句。作者设想傍晚夕阳中船抵武昌，系缆于洲边，必然能看见山上山下，一片烟树参差起伏的胜景。这三句，写景既美，又切武昌情况；用笔贴实凝炼，而又灵活有情韵。第三句用一“认”字，表明作者这次是归途重游，因有前游作印象，可以对照辨认。芳洲，指长满各种花草的洲渚。烟树，烟雾缭绕的树林。

愁鬓点新霜，曾是朝衣染御香——第一句是说自己因愁闷，致使鬓发上又增添了新的白发。第二句则是从唐·贾至《早朝大明宫呈两省僚友》“剑佩声随玉墀步，衣冠身惹御炉香”、岑参《寄左省杜拾遗》“晓随天仗入，暮惹御香归”中演化而出。上句自叹年老，下句追思自己曾为朝官。这次东归，陆游是奉孝宗的诏命，他念旧思今，甚感前程难卜，故感情复杂，滋味也不好受。新霜，犹言新添的白发。

重到故乡交旧少，凄凉，却恐他乡胜故乡——这三句与上片结尾相同，也是运用设想的手法。作客思乡，唐代李商隐有：“人生岂得长无谓，怀古思乡共白头。”陆游在蜀，也有思乡之句，如“久客天涯忆故园”、“故山空有梦魂归”等。这时还乡途中的作者忽然想起：“重到故乡以后，旧交当已零落殆尽，孤独一人，是何等的凄凉，如果这样的话，恐怕还是不回家在他乡的好。”“他乡胜故乡”，就是说的这个意思。这个意境，似由杜甫《得舍弟消息》诗“乱后谁归得，他乡胜故乡”中化出，不同的是杜甫说的是故乡遭乱，欲归不得，不如在他乡暂且安身；陆游说的是久别回乡，交旧多死亡离散，怕比客居他乡所引起的寂寞与伤感更大。语句相同，旨趣不同，用了“却恐”二字，更觉得这不是简单的沿袭。

新评

这首词，情景交至，设想新奇，虽词较短，但富有寓意。“却恐他乡胜故乡”一句，抒写词人想归怕归的心情，十分恰当。有从黄庭坚“脱胎换骨”的嫌疑，但确实写出了对生活的真实感受。陆游到家之后，确实也正如他所料，这可从他后来的词句如：“孤鹤归飞，再过辽天，换尽旧人”、“又岂料如今馀此身”、“营营端为谁”、“不归真个痴”等词句中得到证明。

# ◎文

## 烟艇记

题解

本文写于作者从敕令所删定官调升为大理寺司直时，时年三十七岁，当时住临安下级官员聚居之“百官宅”。文章通过对自己所居之室的描写，表达自己不以功名富贵为意的志向。透过字里行间，作者的神情意态跃然纸上。

烟艇，犹言穿行在云雾缥缈的江河湖海中的小船，作者借以喻指自己的寓所，并用以命名文章。

陆子寓居得屋二楹[1]，甚隘而深，若小舟然，名之曰烟艇。客曰：“异哉！屋之非舟，犹舟之非屋也。以为似欤，舟固有高明奥丽逾于宫室者矣[2]，遂谓之屋，可不可耶？”陆子曰：“不然。新丰非楚也[3]，虎贲非中郎也[4]，谁则不知？意所诚好而不得焉[5]，粗得其似[6]，则名之矣。因名以课实[7]，子则过矣，而予何罪！予少而多病，自计不能效尺寸之用于斯世，盖尝慨然有江湖之思[8]。而饥寒妻子之累劫而留之[9]，则寄其趣于烟波洲岛苍茫杳霭之间[10]，未尝一日忘也。使加数年，男胜锄犁[11]，女任纺绩，衣食粗足，然后得一叶之舟，伐荻钓鱼[12]，而卖芰芡[13]，入松陵[14]，上严濑[15]，历石门沃洲而还[16]，泊于玉笥之下[17]，醉则散发扣舷为吴歌，顾不乐哉！虽然，万钟之禄[18]，与一叶之舟，穷达异矣，而皆外物。吾知彼之不可求而不能不眷眷于此也[19]。其果可求欤？意者使吾胸中浩然廓然[20]，纳烟云日月之伟观，揽雷霆风雨之奇变，虽坐容膝之室而常若顺流放棹[21]，瞬息千里者[22]，则安知此室果非烟艇也哉！”

绍兴三十一年八月一日记。

注释

〔1〕陆子：陆游自称。　寓居：陆游当时在临安租房居住，因此称为寓居。　楹(yíng)：计算房屋的单位，一间为一楹。

〔2〕高明奥丽：高敞明亮，宏深壮丽。　逾：超过。

〔3〕新丰非楚：新丰并不是楚地的丰县。汉高祖刘邦本是楚地丰县(在今江苏西北)人，称帝后建都长安(今陕西西安)。其父思念家乡故人，刘邦便在故秦骊邑仿丰地街巷筑城，建新丰，并把丰县的故人搬来，以

取悦其父。新丰故城在今陕西临潼东。

〔4〕虎贲非中郎：犹言那勇士不是中郎将蔡邕。虎贲，勇士之称。东汉名士蔡邕曾任中郎将，后为王允所杀。他的朋友孔融看到一虎贲士貌似蔡邕，酒酣，引与同座，并说："虽无老成人，且有典型。"（见《后汉书·孔融传》）贲，通"奔"。

〔5〕"意所"句：意谓心中实在喜欢，但是得不到。

〔6〕粗得其似：大致相像。粗，粗略。

〔7〕因名以课实：依据名称去考求事实。

〔8〕江湖之思：隐居的打算。江湖，江河湖海之省称，一般用以指隐居生活。

〔9〕"而饥寒"句：意谓由于妻子儿女们经常遭受饥饿的逼迫而不得不留下来继续做官为吏。累劫，屡次遭到灾祸。

〔10〕杳霭：烟云隐现的样子。

〔11〕胜：胜任。

〔12〕荻：多年生草本植物，秆可编织席箔等。

〔13〕芰(jì)：菱角。　芡(qiàn)：一名"鸡头"，种子称"芡实"，均可供食用。

〔14〕松陵：地名，在浙江绍兴、桐庐间。

〔15〕严濑(lài)：指严子陵隐居之处，在今浙江桐庐南。濑，从沙石上流过的急水。

〔16〕石门：山名，在浙江青田西。　沃洲：山名，在浙江嵊州。

〔17〕玉笥：山名，会稽山的主峰，在浙江绍兴东南。

〔18〕万钟之禄：古代高级官员的俸禄。钟，古代计量单位，六斛四斗为一钟。

〔19〕眷眷：依恋不舍的样子。

〔20〕浩然廓然：宽阔广大的样子。

〔21〕容膝之室：室小仅能容双膝，极言其狭小。　放棹：指放船。棹，摇船的用具，这里指船。

〔22〕瞬息：一眨眼、一呼吸之间，谓时间短促。

新评

文章先写自己居室之陋，直揭屋之命名由来；再从"屋之非舟"的设问入手，引出了对"江湖之思"的形象描绘，极力抒写自己对"一叶之舟"生活情调的向往。作者表明，之所以迟迟未能做出"江湖之思"的决定，是因为"饥寒妻子之累劫"，但从其文所表达的思想看，陆游不做归隐打算的真正原因，实是想要"效尺寸之用于斯世"。文章通过对屋子命名的说明，一定程度上表现了作者积极用世的精神和心寄天下的博大宏伟胸怀。写作上则设想奇特，比喻贴切。开头对屋之"烟艇"之喻，与结尾表达自己驾扁舟畅游湖海的志向融为一体，妙合无隙。

## 代乞分兵取山东札子

题解

本文写于绍兴三十二年(1162)，陆游时任枢密院编修官兼编类圣政所检讨官，年三十八岁。

本文实是陆游代当时的兼枢密使陈康伯和知枢密院事叶义问等所作的一篇奏章。文章主要表达对当时宋金军事形势的最新看法，并向皇帝提出自己认为得当可行的攻守建议。

臣等恭睹陛下特发英断[1]，进讨京东[2]，以为恢复故疆、牵制川陕之谋[3]。臣等获侍清光[4]，亲奉睿旨[5]，不胜欣抃[6]，然亦有惓惓之愚[7]，不敢隐默者。窃见传闻之言[8]，虏兵困于西北[9]，不复能保京东，加之苛虐相承，民不堪命[10]，王师若至，可不劳而取。若审如此说[11]，则吊伐之兵，本不在众[12]，偏师出境[13]，百城自下[14]，不世之功[15]，何患不成。万一未至尽如所传，虏人尚敢旅拒[16]，遗民未能自拔[17]，则我师虽众，功亦难必[18]，而宿师于外[19]，守备先虚。我犹知出兵京东以牵制川陕，彼独不知侵犯两淮、荆襄以牵制京东耶[20]？

为今之计，莫若戒敕宣抚司[21]，以大兵及舟师十分之九固守江淮[22]，控扼要害[23]，为不可动之计；以十分之一，遴选骁勇有纪律之将[24]，使之更出迭入[25]，以奇制胜。俟徐、郓、宋、亳等处抚定之后[26]，两淮受敌处少，然后渐次那大兵前进[27]。如此，则进有辟国拓土之功，退无劳师失备之患，实天下至计也。盖京东去虏巢万里[28]，彼虽不能守，未害其疆；两淮近在畿甸[29]，一城被寇，尺地陷没，则朝廷之忧，复如去岁[30]。此臣所以夙夜忧惧，寝不能瞑，而为陛下力陈其愚也。且富家巨室，未尝不欲利也，然其徒欲贾于远者，率不肯以多赀付之[31]。其意以为山行海宿，要不可保，若倾囊而付一人，或一有得失，悔其可及哉！此言虽小，可以谕大，愿陛下留神察焉。臣等误蒙圣慈，待罪枢管[32]，攻守大计，实任其责。伏惟陛下照其愚忠[33]。臣等不胜幸甚。

取进止[34]。

注释

〔1〕恭睹：恭敬地看到。　英断：英明的决断。

〔2〕京东：宋代有京东路，其地相当于今河南开封、商丘一带，江苏徐州以北，及山东的黄河以南全境。东京沦陷后，为金人占据，改称山东路。

〔3〕川陕：指今四川及陕西南部，当时受到金军的威胁。　谋：计谋。

〔4〕清光：清明的光辉。这里是对皇帝的敬词。

〔5〕睿(ruì)旨：圣明的主意。这是颂扬皇帝的用语。

〔6〕不胜：不能克制。胜，克制。　欣抃(biàn)：欢欣意。抃，鼓掌，表示欢欣。

〔7〕惓惓(quán):同“拳拳”,诚恳、深切的意思。

〔8〕窃见:犹言私见,表示个人意见的谦词。

〔9〕虏兵:指金兵。

〔10〕苛虐:指残酷暴虐的刑政。　不堪:不能忍受。

〔11〕审:果真,确实。

〔12〕吊伐:吊民伐罪,慰问百姓,讨伐有罪者。

〔13〕偏师:部分军队,非主力大军。

〔14〕下:攻克。

〔15〕不世之功:犹言世上罕见的大功。

〔16〕旅拒:聚众抗拒。

〔17〕遗民:指金国统治区的人民。　自拔:自己主动起来从事斗争,从恶劣的环境中解脱自我。

〔18〕必:成就。

〔19〕宿师于外:军队长期在外地驻扎。

〔20〕两淮:指淮南东路、淮南西路,约当今江苏、安徽两省长江以北、淮水以南的地区。　荆襄:今湖北荆州、襄阳一带。

〔21〕戒敕(chì):犹言指令。敕,自上而下的命令,特指皇帝的诏书。　宣抚司:宋代对外作战时的军事机构,长官称宣抚使。

〔22〕舟师:指水军。　江淮:长江、淮河流域。

〔23〕控扼:控制扼守。　要害:指形势险要的关口。

〔24〕遴选:审慎选拔。　骁(xiāo)勇:勇猛矫健之军人。

〔25〕更出迭入:轮流更换交替出入。

〔26〕徐:徐州,故治在今江苏徐州。　郓:郓州,故治在今山东郓城东。　宋:宋州,为南京应天府所在,故治在今河南商丘。　亳(bó):亳州,故治在今安徽谯城区。这四地均为宋京东路地。　抚定:安定。

〔27〕渐次:逐步。　那:通“挪”,移动。

〔28〕虏巢:指金上京会宁府,其地在今黑龙江阿城市南。

〔29〕畿甸:古代京城千里以内称王畿,其外五百里称侯服,又其外五百里称甸服。南宋以临安为京城,因此淮南东路和淮南西路都在畿甸之内。

〔30〕复如去岁:指绍兴三十一年(1161)金主完颜亮发动大军南侵,直至瓜洲及采石矶,准备渡江之事。

〔31〕贾(gǔ):做买卖。　赀:同“资”,财物。

〔32〕枢管:原指门户的转轴和钥匙,这里指南宋最高军事机构枢密院。本文是陆游代陈康伯等所作,故文中称“待罪枢管”。

〔33〕照:考察。

〔34〕取进止:为写给皇帝奏章的套语。犹言意见是否妥当,全在陛下决定。

**新评**

本文虽题为“代乞分兵取山东札子”,但实际上是对皇帝确定的进讨京东的战略提出异议的。碍于孝宗皇帝的面子,作者先肯定皇帝决定的正确性,随后委婉指出此项战略之缺陷:“万一未至尽如所传,虏人尚敢旅拒,遗民未能自拔,则我师虽众,功亦难必”,并进而指出此战略实现不成之后果:“宿师于外,守备先虚。我犹知出兵京东以牵制川陕，彼独不知侵犯两淮、荆襄以牵制京东耶？”在此基础上，作者提出自己的稳妥万全之策：“以大兵及舟师十分之九固守江淮，控扼要害，为不可动之计；以十分之一，遴选骁勇有纪律之将，使之更出迭入，以奇制胜。俟徐、郓、宋、亳等处抚定之后，两淮受敌处少，然后渐次那大兵前进。”最后，作者进一步分析进讨京东的危害性：“京东去虏巢万里，彼虽不能守，未害其疆；两淮近在畿甸，一城被寇，尺地陷没，则朝廷之忧，复如去岁。”作者力陈进讨京东之不可取，则显然是要皇帝接受自己“分兵进取山东”的正确战略。

## 入蜀记

**题解**

《入蜀记》为陆游写的一部日记体游记，共六卷。乾道五年(1169)十二月，陆游被任命为夔州(今重庆奉节)通判。乾道六年闰五月十八日，他从山阴启程入蜀，于十月二十七日抵达夔州。这部日记就记述了陆游自山阴启程到达夔州任所的经历。作者对沿途的名胜古迹、风土人情作了详尽的叙述和细致的描绘。文中写景物，记古迹，叙风俗，作考证，抒感慨，笔法自由潇洒，不拘一格，很能代表其笔记文的特点。这里选取一则以见一斑。

二十三日[1]，过巫山凝真观[2]，谒妙用真人祠[3]。真人，即世所谓巫山神女也。祠正对巫山，峰峦上入霄汉，山脚直插江中。议者谓太华、衡、庐[4]，皆无此奇。然十二峰者不可悉见，所见八九峰，惟神女峰最为纤丽奇峭，宜为仙真所托[5]。祝史云[6]：“每八月十五夜月明时，有丝竹之音[7]，往来峰顶，山猿皆鸣，达旦方渐止[8]。”庙后山半有石坛[9]，平旷。传云：“夏禹见神女，授符书于此[10]。”坛上观十二峰，宛如屏障。是日，天宇晴霁，四顾无纤翳[11]，惟神女峰上有白云数片，如鸾鹤翔舞徘徊，久之不散，亦可异也。祠旧有乌数百，送迎客舟。自唐夔州刺史李贻诗已云“群乌幸胙馀”矣[12]。近乾道元年忽不至[13]。今绝无一乌，不知其故。泊清水洞[14]，洞极深，后门自山后出，但黯暗[15]，水流其中，鲜能入者。岁旱祈雨，颇应[16]。权知巫山县左文林郎冉徽之、尉右迪功郎文庶几来[17]。

二十四日，早抵巫山县，在峡中亦壮县也[18]。市井胜归、峡二郡[19]。隔江南陵山极高大，有路如线，盘屈至绝顶，谓之一百八盘，盖施州正路[20]。黄鲁直诗云“一百八盘携手上，至今归梦绕羊肠”[21]，即谓此也。县廨有故铁盆[22]，底锐似半瓮状，极坚厚，铭在其中，盖汉永平中物也[23]。

缺处铁色光黑如佳漆，字画淳质可爱玩。有石刻鲁直作《盆记》，大略言："建中靖国元年[24]，予弟叔向嗣直自涪陵尉摄县事[25]，予起戎州[26]，来寓县廨。此盆旧以种莲，予洗涤乃见字云。"游楚故离宫，俗谓之细腰宫。有一池，亦当时宫中燕游之地，今湮没略尽矣[27]。三面皆荒山，南望江山奇丽。又有将军墓，东晋人也。一碑在墓后，趺陷入地[28]，碑倾前欲压，字才半存。

二十五日，晡后至大溪口泊舟[29]。出美梨，大如升。

二十六日，发大溪口，入瞿唐峡[30]。两壁对耸，上入霄汉，其平如削成，仰视天如匹练然。水已落，峡中平如油盎[31]。过圣姥泉，盖石上一罅[32]。人大呼于旁则泉出，屡呼则屡出，可怪也。晚至瞿唐关，唐故夔州，与白帝城相连。杜诗云"白帝夔州各异域"[33]，盖言难辨也。关西门正对滟滪堆[34]。堆，碎石积成，出水数十丈。土人云："方夏秋水涨时，水又高于堆数十丈。"肩舆入关[35]，谒白帝庙，气象甚古，松柏皆数百年物。有数碑，皆孟蜀时所立[36]。庭中石笋，有黄鲁直建中靖国元年题字。又有越公堂，隋杨素所创[37]，少陵为赋诗者[38]，已毁。今堂，近岁所筑，亦甚宏壮。自关而东，即东屯[39]，少陵故居也。

二十七日，早至夔州。州在山麓沙上，所谓鱼复永安宫也[40]。宫今为州仓，而州治在宫西北、甘夫人墓西南[41]，景德中，转运使丁谓、薛颜所徙[42]，比白帝颇平旷，然失关险，无复形势[43]。在瀼之西，故一曰瀼西。土人谓山间之流通江者曰"瀼"云。州东南有八阵碛[44]，孔明之遗迹，碎石行列如引绳[45]。每岁江涨，碛上水数十丈，比退[46]，阵石如故。

注释

〔1〕二十三日：指乾道六年(1170)十月二十三日(阴历)。

〔2〕巫山：今重庆巫山。

〔3〕真人：道家用来指称"修真得道"或成仙之人。

〔4〕太华：华山。　衡：衡山。　庐：庐山。

〔5〕仙真：神仙，这里指神女。　托：寄居。

〔6〕祝史：指祠中主持祭祀的人。

〔7〕丝竹：古代对弦乐器与竹制管乐器的总称，亦泛指音乐。

〔8〕达旦：到天明。旦，天亮，早晨。

〔9〕石坛：石筑的高台，用于祭祀。

〔10〕符书：道士用来驱鬼治病的文书。

〔11〕纤翳(yì)：纤细的云彩。

〔12〕群乌幸胙(zuò)馀：大群乌鸦以啄食祭馀的食物为幸。胙，祭祀用的肉。

〔13〕乾道元年：公元1165年。乾道，宋孝宗的年号(1165—1173)。

〔14〕洎(jì)：及，至。

〔15〕黮(dàn，又读dǎn)暗：黑暗。黮，黑。

〔16〕应：灵验。

〔17〕权知：暂代职务。　左文林郎、右迪功郎：均为代表级别的散官名。

〔18〕壮县：大县。

〔19〕归、峡二州：归指归州，治所在今湖北秭归；峡指峡州，治所在今湖北宜昌。

〔20〕施州：治所在今湖北恩施。

〔21〕黄鲁直：指黄庭坚，北宋著名诗人，字鲁直。

〔22〕县廨(xiè)：县衙门。廨，旧时官吏办公处的通称。

〔23〕永平：东汉明帝的年号(58—75)。

〔24〕建中靖国：宋徽宗的年号，建中靖国元年，公元1101年。

〔25〕涪(fú)陵：今重庆涪陵。　摄：暂时代理。

〔26〕戎州：治所在今四川宜宾。

〔27〕湮(yān)没：埋没。

〔28〕趺(fū)：石碑下的石座。

〔29〕晡：黄昏时。　大溪口：在今重庆巫山东。

〔30〕瞿唐峡：即瞿塘峡。

〔31〕油盎：油瓶。盎，一种腹大口小的容器。

〔32〕罅(xiā)：裂缝。

〔33〕引诗出自杜甫《夔州歌十绝句》其二。

〔34〕滟滪堆：长江江心突起的巨石，在瞿塘峡口。

〔35〕肩舆：轿子。

〔36〕孟蜀：指五代时期的后蜀国(934—965)，五代十国之一。后唐应顺元年(934)，孟知祥据四川称帝，传二世，共三十二年，后为宋所并。

〔37〕杨素：隋朝大臣，官至司徒，封越国公。

〔38〕少陵为赋诗者：杜甫曾写有《陪诸公上白帝城头，宴越公堂之作》诗。少陵，指杜甫。杜甫曾在长安南少陵居住，故自称“少陵野老”。

〔39〕东屯：在今重庆奉节，离白帝城五里。东汉初年，公孙述曾在此垦田，号为东屯。

〔40〕鱼复：指夔州。夔州汉代为鱼复县，三国时，刘备改为永安。　永安宫：故址在今重庆奉节。刘备为东吴所败后，死于永安宫。

〔41〕甘夫人：刘备之妻。

〔42〕景德：宋真宗的年号(1004—1007)。

〔43〕形势：形胜之势，指地形上的高下平险。

〔44〕八阵碛：相传三国时诸葛亮聚石作成八阵图，以习兵事。碛，浅水中的沙石。

〔45〕引绳：拉长的绳子。

〔46〕比退：到水退时。比，及、到。

新评

本则所选为入蜀路途五天之事。这五天中，作者重点写了四地之景：巫山神女峰、巫山县、瞿塘峡与瞿塘关、夔州。这四地又各有侧重：巫山神女峰侧重写谒巫山神女祠情景；巫山县则侧重写南陵山之一百八盘，县廨之故铁盆和楚故离宫细腰宫三景；瞿塘峡与瞿塘关则写了四景：两壁对耸上入霄汉之瞿塘峡胜景，奇特之圣姥泉，瞿塘关西门之滟滪堆及白帝庙；夔州则主写鱼复永安宫及州东南之孔明遗迹八阵碛二景。这四地之景，重笔所在又是巫山神女祠及峰。作者先写谒祠所见十二峰之真面目，再详写巫山神女峰纤丽奇峭的神韵，并借祝史之言对传说中的巫山神女进行渲染，继写自己登临亲眼目见，笔调轻松自然，活泼有致，读之令人产生一种跃跃欲游的欲望。

## 师伯浑文集序

题解

本文是陆游为当时的名士师伯浑的文集写的一篇序言。师伯浑，据陆游《老学庵笔记》卷三："师浑甫，本名某，字浑甫。既拔解，志高退，不赴省试。其弟乃冒其名以行，不以告浑甫也，俄遂登第。浑甫因以字为名而字伯浑。"从文中所写看，师伯浑才学横溢，有名于时，但因才高遭忌，未能充分施展其才，最终短命而亡。陆游抱着一种为国痛惜人才的心情，为他的文集写了这篇序。

乾道癸巳[1]，予自成都适犍为[2]，识隐士师伯浑于眉山[3]。一见，知其为天下伟人。予既行，伯浑饯予于青衣江上[4]。酒酣浩歌，声摇江山，水鸟皆惊起。伯浑饮至斗许，予素不善饮，亦不觉大醉。夜且半，舟始发去。至平羌酒解[5]，得大轴于舟中[6]，则伯浑醉书，纸穷墨燥[7]，如春龙奋蛰[8]，奇鬼搏人[9]，何其壮也！后四年，伯浑得疾不起[10]。子怀祖集伯浑文章，移书走八千里，乞予为序。呜呼！伯浑自少时名震秦蜀[11]，东被吴楚[12]，一时高流皆尊慕之[13]，愿与交。方宣抚使临边[14]，图复中原，制置使并护梁、益兵民[15]，皆巨公大人，闻伯浑名，将闻于朝[16]，而卒为忌者所沮[17]。夫伯浑既决不肯仕，即无沮者，不过有司岁时奉粟帛牛酒劳问[18]，极则如孔旼、徐复辈[19]，赐"散人"号，书其事于史而已[20]，于伯浑何失得？而忌已如此！向使伯浑出而事君，为卿为公，则忌者当益众，排击沮挠当不遗力[21]，徙比景[22]，输左校[23]，殆未可知。安得如在眉山，躬耕妇织，放意山水，优游以终天年耶[24]？则伯浑不遇，未见可憾。或曰：“伯浑之才气，空海内无与比[25]，其文章英发巨丽，歌之清庙[26]，刻之彝器[27]，然后为称[28]。今一不得施，顾退而为山巅水涯娱忧纾悲之言[29]，岂不可憾哉！”予曰：“是则有命。识者为时惜[30]，不为伯浑叹也！”

淳熙某月某日山阴陆某序。

注释

〔1〕乾道癸巳：指乾道九年(1173)。

〔2〕犍(qián)为：今四川犍为县。

〔3〕眉山：今四川眉州。

〔4〕青衣江：在四川中部。

〔5〕平羌：在今四川乐山北。　酒解：指酒醒。

〔6〕大轴：大字条幅。

〔7〕纸穷墨燥：用较干的墨笔写了满满一张纸。穷，尽。

〔8〕春龙奋蛰(zhé)：字的灵动气势有如冬眠的龙在春天苏醒。比喻书法字体的生机勃勃。蛰，动物冬眠。

〔9〕奇鬼搏人：神奇的鬼怪与人相搏，形容笔势的变化莫测。

〔10〕不起：病势沉重。

〔11〕名震秦蜀：名声震动秦、蜀之地。秦、蜀，今陕西、四川。

〔12〕东被吴楚：东面传扬到吴楚之地。吴楚，春秋时吴国、楚国故地，包括今江苏、浙江、安徽、湖南、湖北及其以南地区。

〔13〕高流：有极高名望的人。

〔14〕宣抚使：宋代负责一方军事征战的长官。范仲淹、狄青、李纲、岳飞都曾任此职，其职权有如两汉之大将军。

〔15〕制置使：初置于唐大中五年，主要负责谋划边防事务。宋初不常置，南渡后因对金作战，设置较多。往往兼辖数路军务，近于明、清的总督。　梁、益：指梁州和益州，代指今陕西、四川一带。

〔16〕闻于朝：推荐到朝廷。

〔17〕卒：最终。　沮：阻止，从中作梗。

〔18〕有司：负有专责的官吏。　岁时：逢年过节。　奉粟帛牛酒劳问：送些粮食、衣服、肉酒类等作为慰问。

〔19〕极则如：充其量不过如此而已。　孔旼(mín)：宋朝隐士，性情孤高，讲究礼法，闻名乡里，朝廷赐他粟帛，授予秘书省校书郎，后辞职。　徐复：宋朝人，精通《易经》，隐居不仕。

〔20〕“赐‘散人’”两句：不过赐给一个“散人”的称号，把他的事写在史书上而已。散人，闲散恬淡之人。史，指史书。

〔21〕排击沮挠当不遗力：用尽全力加以排斥、打击。

〔22〕徙比景：流放到遥远地方。徙，流放。比景，古地名，在今越南境内。

〔23〕输左校：犹言贬为小官。左校，汉代官名，负责管理营建宫室的官员。汉朝官吏犯法，常贬为此职。

〔24〕以终天年：犹言得到善终。天年，自然的年寿。

〔25〕空海内无与比：找遍整个海内也寻不出如他这样的人才。空，尽。

〔26〕清庙：宗庙。

〔27〕彝(yí)器：古代宗庙礼器如钟、鼎、樽之类的总名。

〔28〕称：相称。

〔29〕今一不得施，顾退而为山巅水涯娱忧纾悲之言：自己的志向一旦不能实现，就退而写作那些高山水边解除忧愁、发抒悲伤的文字。纾，解除。

〔30〕识者：指有见识者。

新评

文章先叙事后议论，叙事首叙与师伯浑的结识，继写其不同凡响的行为举止，再而写到其死之后，其子为其文集之序奔走千里。议论则针对师伯浑的遭遇发表感慨，尤其针对忌才者阻其所用一事发表自己的看法。作者认为，“伯浑不遇，未见可憾”，因为“向使伯浑出而事君，为卿为公，则忌者当益众，排击沮挠当不遗力”，因此难免被贬窜的命运，“徙比景，输左校，殆未可知”，这又“安得如在眉山，躬耕妇织，放意山水，优游以终天年耶？”伯浑之不出，虽为当时的一大损失，而对他本人来说却未尝不是一桩幸事。“是则有命。识者为时惜，不为伯浑叹也！”

## 姚平仲小传

题解

本文记载宋代名将姚平仲的传奇经历。作者重点写姚平仲坎坷不平的遭遇，通过对其有功不得上赏的描写，对上层统治集团的昏庸腐朽予以揭露，字里行间充满了对这位传奇式英雄人物的景仰之情。文章具体写作年代不详。

姚平仲，字希晏，世为西陲大将[1]。幼孤，从父古养为子[2]。年十八，与夏人战臧底河[3]，斩获甚众，贼莫能枝梧[4]。宣抚使童贯召与语[5]，平仲负气不屈。贯不悦，抑其赏，然关中豪杰皆推之[6]，号“小太尉”。睦州盗起[7]，徽宗遣贯讨贼。贯虽恶平仲，心服其沉勇[8]，复取以行。及贼平，平仲功冠军[9]，乃见贯曰：“平仲不愿得赏，愿一见上耳。”贯愈忌之。他将王渊、刘光世皆得召见，平仲独不与[10]。钦宗在东宫知其名[11]，及即位[12]，金人入寇，都城受围，平仲适在京师，得召对福宁殿，厚赐金帛，许以殊赏[13]。于是平仲请出死士斫营擒虏帅以献[14]。及出，连破两寨，而虏已夜徙[15]。平仲功不成，遂乘青骡亡命[16]，一昼夜驰七百五十里，抵邓州[17]，始得食。入武关[18]，至长安。欲隐华山，顾以为浅[19]，奔蜀，至青城山上清宫[20]，人莫识也。留一日，复入大面山[21]，行二百七十馀里，度采药者莫能至，乃解纵所乘骡[22]，得石穴以居。朝廷数下诏物色求之，弗得也。乾道、淳熙之间始出[23]，至丈人观道院，自言如此。时年八十馀，紫髯郁然，长数尺，面奕奕有光[24]，行不择崖堑荆棘[25]，其速若奔马，亦时为人作草书，颇奇伟，然秘不言得道之由云。

注释

〔1〕西陲：西部边疆，今陕西、甘肃一带。

〔2〕从父：伯父或叔父。　古：姚古，北宋著名将领。

〔3〕夏人：指西夏人。　臧底河：宋徽宗政和六年(1116)，宋将钟师道率十万人马与西夏战于此地，姚平仲随钟师道参加了这次战斗。

〔4〕枝梧：抵抗。

〔5〕宣抚使：宋代负责一方军事征战的长官，其职权有如两汉之大将军。　童贯：北宋末年著名的奸恶宦官，曾任陕西、河东、河北宣抚使，负责宋之西北部军事事务。

〔6〕关中：指今陕西一带。　推：推崇。

〔7〕睦州：治所在今浙江建德，宣和三年改名严州。　盗：指方腊。宋徽宗宣和二年(1120)，方腊在睦州青溪(今浙江淳安)起义，次年战败被俘，在京师被害。

〔8〕沉勇：沉着勇敢。

〔9〕功冠军：功劳在全军中最大。

〔10〕与：参与，参加。

〔11〕在东宫：做太子时。

〔12〕及即位：钦宗于公元1126年1月即位，在位一年四个月即被金人所俘，北宋灭亡。

〔13〕殊赏：特别优厚的赏赐。

〔14〕死士：敢死之士。　斫营：袭击敌营。　虏帅：指金军首领。

〔15〕徙：转移而去。

〔16〕亡命：改名换姓逃亡。

〔17〕邓州：故治在今河南邓州。

〔18〕武关：故治在今陕西商南西北。

〔19〕顾：但。　浅：指不够隐秘，不便隐居。

〔20〕青城山：在今四川都江堰西南，山顶有道宫上清宫。

〔21〕大面山：在青城山以西。

〔22〕解纵所乘骡：放开自己所乘的骡。

〔23〕乾道、淳熙：宋孝宗年号，乾道(1165—1173)；淳熙(1174—1189)。

〔24〕奕奕有光：精力充沛，有神采。

〔25〕崖堑：高山深沟。

新评

本文记北宋末年名将姚平仲事迹。作者先写他世代将门的出身和幼年遭遇，对其早年经历，仅写其十八岁与西夏人的臧底河之战，用“斩获甚众，贼莫能枝梧”九字概括其英勇行为。对其性格，作者主要通过他与童贯的纠葛，揭示其孤傲不屈的个性。其一生最后一场战斗——靖康之变中与金人的直接遭遇战，则意在揭示其有异于常人的作为和近乎怪异的性格：功不成，遂乘青骡亡命，最终隐居深山不出，活画出一个不求功名利禄、唯求报效国家的意气用事的英雄形象。

## 书《通鉴》后(二则选一)

**题解**

《通鉴》即《资治通鉴》，北宋司马光编著的一部编年体通史，记载历史始于三家分晋，终于五代末，共一千三百六十二年。本文是作者读《资治通鉴》中后周世宗柴荣事迹后产生的一些感想。作者通过对周世宗和宋太祖不同的统一全国战略的对比，肯定了周世宗的战略。作者认为，当初国家如能以世宗之略实现统一，后来的辽、金当不会成为中国的心腹之患。

周世宗既服江南[1]，谕使修守备。《通鉴》以为近于"大邦畏其力，小邦怀其德"[2]，是比之文王也。方是时，世宗将有事于燕、晋[3]，其谋以为若南方有变，虽不能为大害，然北伐之师，势亦不得不还。故先思有以安江南之心，又疲其力于大役，使不得动。比北伐成功[4]，江南折简可致矣[5]。此世宗本谋也。遽谓之近于文王，岂不过哉[6]！然世宗之谋，则诚奇谋也。盖先取淮南[7]，去腹心之患，不乘胜取吴、蜀、楚、粤[8]，而取胜兵以取幽州[9]。使幽州遂平，四方何足定哉！甫得三关[10]，而以疾归，则天也。其后中国先取蜀、南粤、江南、吴越、太原[11]，最后取幽州，则兵已弊于四方，而幽州之功卒不成。故虽得诸国，而中国之势终弱，然后知世宗之本谋为善也。

**注释**

〔1〕周世宗：即五代后周世宗柴荣(954—959年在位)。　江南：指南唐。958年，南唐中主李璟在与后周的战争中战败，割江北十四州与后周，并去国号，称"江南国主"。

〔2〕"大邦"二句：语出《古文尚书·周书·武成》，该篇主要赞扬周文王能威、德并重使天下人归心。

〔3〕燕：指当时据有燕、云十六州(今河北北部及山西北部)的契丹政权。　晋：指当时占据太原的北汉政权。公元951年，后汉河东节度使刘崇在太原称帝，是为北汉。公元979年，为宋所灭。

〔4〕比：及，等到。

〔5〕折简可致：意谓一纸通知，即可使敌归顺。折简，裁纸写信。

〔6〕"遽谓之近于文王，岂不过哉"：陆游认为，《通鉴》的作者因周世宗允许南唐割地求和，于是把他与周文王相提并论，这种评价并不恰当，因为周世宗本意在于先在南方解除后顾之忧，然后集中兵力北上攻伐燕、晋，这完全是出于战略上的考虑，并非他有意学习周文王"以德服人"。遽，遂，就。

〔7〕淮南：指淮河以南地区，本为南唐所有，后周击败南唐后，强迫南唐将其割让。

〔8〕吴：指南唐。 蜀：指占据四川的后蜀政权。 楚：公元907年，后梁封马殷为楚王，公元951年为南唐所灭。后周行逢再割据楚地(今湖南一带)，建立政权。 粤：指南汉政权。公元917年，刘龑在广州称帝，国号大越，次年改国号为汉，史称南汉。公元971年，为宋所灭。

〔9〕幽州：今北京地区，当时为辽人所占。

〔10〕三关：指瓦桥关、益津关、淤口关。瓦桥关在今河北雄县西南，益津关在今河北霸州，淤口关在今河北霸县东。三关之北为辽地，关南为宋地。后周显德六年(959)，周世宗率大军征辽，攻克三关，后因病还师，不久即去世。

〔11〕中国：指北宋。 吴越：公元907年，后梁封钱镠(liú)为吴越王，传七十二年。978年，吴越国主以地归宋。 太原：指北汉。

**新评**

文章首先针对司马光《资治通鉴》对周世宗用兵南唐致胜后乘胜即回，“谕使修守备”，比之周文王“大邦畏其力，小邦怀其德”的说法提出不同的看法，认为周世宗之所以在对南唐用兵初胜后抽兵而回，实是有自己的战略用意的。“方是时，世宗将有事于燕、晋，其谋以为若南方有变，虽不能为大害，然北伐之师，势亦不得不还。故先思有以安江南之心……比北伐成功，江南折简可致矣”。然后针对周世宗这一战略企图发表自己的看法，认为周世宗先平北方，再统一南方，实是极高明的一着，如依此，当不会有后来的辽、金心腹之患。但遗憾的是，后继者赵匡胤未能采取此一战略，终酿就此后的宋、金南北分治。“其后中国先取蜀、南粤、江南、吴越、太原，最后取幽州，则兵已弊于四方，而幽州之功卒不成。故虽得诸国，而中国之势终弱，然后知世宗之本谋为善也”。联系后来的历史发展，作者的这一议论不能不说是一种精辟之见。另作者以一南宋王朝的臣子，发表如此大胆的议论，本身也是需要极大的勇气的。

## 跋岑嘉州诗集

**题解**

岑嘉州，指唐代诗人岑参，因他曾任嘉州(治所在今四川乐山)刺史，故称。本文作于乾道九年(1173)秋，时陆游摄知嘉州事。他出资刻印岑参诗集，并在集后写了这一篇跋文。

予自少时，绝好岑嘉州诗。往在山中，每醉归，倚胡床睡〔1〕，辄令儿曹诵之〔2〕，至酒醒，或睡熟，乃已。尝以为太白、子美之后〔3〕，一人而已。今年自唐安别驾来摄犍为〔4〕，既画公像斋壁，又杂取世所传公遗诗八十馀篇刻之，以传知诗律者，不独备此邦故事[5]，亦平生素意也[6]。乾道癸巳八月三日[7]，山阴陆某务观题。

注释

〔1〕胡床：亦称“交床”、“交椅”、“绳床”，一种可以折叠的轻便坐具。

〔2〕儿曹：儿辈。曹，辈。

〔3〕太白：李白，字太白。　子美：杜甫，字子美。

〔4〕唐安：指蜀州，治所在今四川崇州。　别驾：汉代官名，州刺史的佐吏，宋在诸州置通判之职，近古之别驾，世遂以别驾称之。　摄官：临时代理某官。　犍(qián)为：即嘉州，唐代为犍为郡。乾道九年夏，陆游由权蜀州通判摄知嘉州事。

〔5〕故事：犹言人文典故。因岑参曾在嘉州为官，故刻印岑集，自然是嘉州文化建设的重要举措。

〔6〕素意：犹言平生志向，很早就有的想法。

〔7〕乾道癸巳：乾道九年，公元1173年。

新评

这篇短文主要叙述刻印《岑嘉州诗集》的因由。作者用一“少时”典型画图，说明自己从小对岑参诗的喜爱，“每醉归，倚胡床睡，辄令儿曹诵之，至酒醒，或睡熟，乃已”。对岑诗的地位，作者认为是“太白、子美之后，一人而已”，从而顺理成章地引出任嘉州时刻印《岑嘉州诗集》一事，“以传知诗律者，不独备此邦故事，亦平生素意也”。

## 铜壶阁记

题解

本文作于淳熙四年(1177)，时范成大以敷文阁直学士知成都府权四川制置使，他在成都重修被火久毁的“铜壶阁”，陆游为此而作了这篇记。

天下郡国[1]，自谯门而入[2]，必有通逵达于侯牧治所[3]，惟成都独否[4]。自剑南、西川门以北，皆民庐、市区、军垒。折而西，道北为府，府又无台门[5]，与他郡国异。考其始，盖自孟氏国除[6]，矫霸国之僭侈而然[7]。至蒋公堂来为牧[8]，乃南直剑南、西川门西北[9]，距府五十步，筑大阁曰铜壶，事书于史。崇宁初[10]，以火废。政和中[11]，吴公拭因其矩[12]，复侈大之，雄杰闳深[13]，始与府称。淳熙二年夏六月[14]，今敷文阁直学士范公以制置使治此府[15]。始至，或以阁坏告，公曰：“夫今不营，后费益大。”于是躬自经画[16]，趣令而缓期[17]，广储而节用[18]，急吏而宽役[19]。一旦崇成[20]，人徒骇其山立翚飞[21]，岦然摩天[22]，不知此阁已先成于公之胸中矣。夫岂独阁哉？天下之事，非先定素备[23]，欲试为之，事已纷然，始狼狈四顾，经营劳弊[24]，其不为天下笑者鲜矣。方阁之成也，公大合乐，与宾佐落之[25]。客或举觞寿公曰[26]："天子神圣英武，荡清中原。公且以廊庙之重[27]，出抚成师[28]，北举燕、赵[29]，西略司、并[30]，挽天河之水以洗五六十年腥膻之污[31]，登高大会，燕劳将士[32]，勒铭奏凯[33]，传示无极[34]，则今日之事盖未足道。"识者以此知公举大事不难矣，其可阙书[35]！四年四月己卯，朝奉郎主管台州崇道观陆某记[36]。

注释

〔1〕郡国：指郡与国，为汉代的地方行政建制，这里泛指宋代一级地方行政机构州、府之城。

〔2〕谯(qiāo)门：指城楼下之门。谯，古时建筑在城门上用以瞭望的楼。

〔3〕通逵：犹言通衢大道。　侯牧治所：侯国州牧等地方行政官员办公的公署。

〔4〕惟成都独否：只有成都不是这样。

〔5〕台门：建筑于高台上的公府的大门。

〔6〕孟氏：指五代时的孟蜀政权。后唐应顺元年(934)，孟知祥据四川称帝，是为后蜀，传至子孟昶，于宋乾德三年(965)降宋。

〔7〕矫：假托。霸国：犹言霸强之国。　僭(jiàn)侈：超越本分的非正当的行为。孟氏本为地方政权，但他以独立王国之君自居，许多做法超出了自己的范围，故作者这样说。

〔8〕蒋公堂：蒋堂，宜兴人，宋真宗时曾知益州。

〔9〕直：犹言直通。

〔10〕崇宁：宋徽宗年号，公元1102—1106。

〔11〕政和：宋徽宗年号，公元1111—1118。

〔12〕吴公拭：指吴栻(拭，当作栻)，瓯宁人，宋徽宗时曾帅成都。　因其矩：按照其旧有法度。矩，法度。

〔13〕雄杰：高大杰出，超出一般建筑。　闳深：大而深。

〔14〕淳熙：宋孝宗年号。淳熙二年即公元1175年。

〔15〕范公：指范成大。范于淳熙二年以敷文阁直学士的身份担任四川制置使。

〔16〕躬自经画：亲自筹划。躬，亲自，身体躬行。

〔17〕趣(cū)令而缓期：下令急促但是限期从容，以便一切工作都能准备充分。趣，同"促"。

〔18〕广储而节用：广泛地作好储备但是力求费用节省。

〔19〕急吏而宽役：对官吏要求很急但是对劳役的使用却很宽容。

〔20〕崇成：巍然屹立的样子。

〔21〕山立翚飞：铜壶阁高高矗立，有如五彩斑斓的山鸡飞升高空。翚(huī)，羽毛艳丽的山雉。

〔22〕岦(yè)然：山势高耸的样子。

〔23〕先定素备：事先做好准备。

〔24〕经营劳弊：做起事来既劳民又伤财，弄得疲惫不堪。

〔25〕宾佐：指来宾与下属。落之：为之举行落成典礼。

〔26〕客或举觞寿公：客人中有人举起酒杯向范公敬酒祝寿。

〔27〕廊庙之重：犹言身负朝廷的重任。廊庙，庙堂，指朝廷。

〔28〕成师：犹言成都之师，指成都地区的军事力量。

〔29〕燕赵：今河北及山西北部。

〔30〕司、并：指司州与并州，前者故治在今河南洛阳，后者故治在今山西太原，涉及范围当今之山西中部及河南一带。

〔31〕五六十年腥膻之污：自靖康元年(1126)金军陷东京，至写本文时，金人统治北方已五十二年，故称。"挽天河之水以洗"，寄希望于宋王朝军队北伐成功，以洗刷金人占领北方的耻辱。

〔32〕燕劳：设宴犒劳。

〔33〕勒铭：把对敌胜利的铭文勒刻在石碑上。　奏凯：高奏凯歌。

〔34〕传示无极：传示到无比遥远的地方。

〔35〕其可阙书：如果抗金事业成功后，这一类事情怎能缺少记载呢？阙，通"缺"。

〔36〕主管台州崇道观：陆游于淳熙三年(1176)六月由成都路安抚司参议官兼四川制置使司参议官任上免官，以朝奉郎主管台州桐柏山崇道观。

**新评**

文章先自成都街巷衙门建筑的特殊性，引出铜壶阁之修建由来。自宋初蒋公堂之初建，到政和年间"吴公拭(栻)因其矩，复侈大之"，再而引出范成大的重修。其文核心又放在范之修阁前成竹在胸、"先定素备"的做法，并由此而引出对国家政事的议论。作者寄希望于范成大扫荡中原，北伐有成，以完成统一全国的伟业。文章字里行间充满着作者不忘驱除敌寇、收复中原故土的强烈愿望。

## 李庄简公泰发奉祠还里

**题解**

本文选自陆游的笔记《老学庵笔记》。按绍熙二年(1191)夏，陆游命名自己的书室为"老学庵"，自言"予取师旷'老而学如秉烛夜行'之语命庵"，《老学庵笔记》大概就是在这时开始写的。《老学庵笔记》共十卷，所记内容，大多来自作者耳闻目睹，内容较广。每条记载少则三二十字，多则数百千字，大多文笔简练，语言隽永，颇富韵味，耐人寻思。

本则选自《老学庵笔记》卷一，题目为编者所加，记陆游父陆宰与朝臣李光交往的一段逸事，从中可看出秦桧控制朝政后对主战派朝臣的疯狂打击迫害。

李庄简公泰发奉祠还里[1]，居于新河。先君筑小亭曰千岩亭[2]，尽见南山。公来必终日，尝赋诗曰："家山好处寻难遍，日日当门只卧龙[3]。欲尽南山岩壑胜，须来亭上少从容[4]。”每言及时事，往往愤切兴叹，谓秦相曰“咸阳”[5]。一日来坐亭上，举酒属先君曰[6]：“某行且远谪矣[7]。‘咸阳’尤忌者，某与赵元镇耳[8]。赵既过峤[9]，某何可免？然闻赵之闻命也，涕泣别子弟；某则不然，青鞋布袜即日行矣。”后十馀日，果有藤州之命[10]。先君送至诸暨[11]，归而言曰：“泰发谈笑慷慨，一如平日。问其得罪之由，曰：‘不足问，但‘咸阳’终误国家耳。’”

注释

〔1〕李庄简：指李光，字泰发，上虞(今属浙江)人。宋高宗时，曾官参知政事，因与秦桧不合，被罢职。后被贬谪藤州(今广西藤县)、琼州(今海南琼山)等地，居琼州八年，始北还。宋孝宗时赐谥庄简。 奉祠：指官罢后犹支取俸禄。

〔2〕先君：犹言死去的父亲，这里指作者之父陆宰。

〔3〕卧龙：山名，在山阴县北方。

〔4〕少从容：稍事休息。

〔5〕秦相：指秦桧。 咸阳：秦朝都城，在今陕西咸阳东北，这里借指秦桧。以“咸阳”借指秦桧，大概因其姓秦，又因其独断残暴，排斥杀戮主战派不遗馀力，有如秦之暴政，故称。

〔6〕属(zhǔ)：以酒相劝。

〔7〕行：即将，不久就要。 远谪：犹言贬官远方。

〔8〕赵元镇：指赵鼎，字元镇。宋高宗时曾任宰相，力荐岳飞收复襄阳。曾言秦桧可共大事，然终因与秦桧不合，被贬谪岭南，最终绝食而死。

〔9〕过峤：指赵鼎被贬谪岭南事。峤(qiáo)，原指尖而高的山，这里指岭南。

〔10〕藤州之命：指李光被贬窜藤州事。绍兴十一年(1141)李光被责授建宁军节度副使，藤州安置。

〔11〕诸暨：县名，今属浙江。

新评

这篇短文记李光事，作者集中一个镜头：在投降派秦桧当政下，李光随时准备承受任何加之于其身的灾难。虽遭受贬窜，但不计自己安危，谈笑自若，毫不介意，唯担心的是抗金的事业，国家的前途命运。透过作者对李光言语行为的描写，李光其人的精神风貌也跃然纸上。

## 今人解杜诗

题解

本则选自《老学庵笔记》卷七，题目为编者所加，表达陆游对诗歌创作的观点。作者批评了写诗不考虑内容只知搬用现成书本成句的做法，认为这样写的诗，纵然字字有出处，但毫无自我，其价值也必然大打折扣。

今人解杜诗[1]，但寻出处，不知少陵之意[2]，初不如是。且如岳阳楼诗[3]：“昔闻洞庭水，今上岳阳楼。吴楚东南坼，乾坤日夜浮。亲朋无一字，老病有孤舟。戎马关山北，凭轩涕泗流”，此岂可以出处求哉？纵使字字寻得出处，去少陵之意益远矣。盖后人元不知杜诗所以妙绝古今者在何处，但以一字亦有出处为工。如《西昆酬唱集》中诗[4]，何曾有一字无出处者，便以为追配少陵，可乎？且今人作诗，亦未尝无出处，渠自不知，若为之笺注[5]，亦字字有出处，但不妨其为恶诗耳[6]。

〔1〕解：解释。

〔2〕少陵：指杜甫。因杜甫曾自称“少陵野老”。

〔3〕岳阳楼诗：原题为《登岳阳楼》。岳阳楼，在湖南岳阳城西，面对洞庭湖，遥望君山，相传建于唐初。

〔4〕《西昆酬唱集》：北宋初年诗人杨亿、刘筠、钱惟演等十七人唱和的诗集，诗学李商隐，追求词藻华丽，堆砌典故，人以之为宗，号“西昆体”。

〔5〕笺注：指笺与注。注，指对原文加以注释；笺，对注再加以解释。

〔6〕恶诗：犹言坏诗。

**新评**

古人作诗，唯求出处；今人解诗，亦力考其所出处。然于字句之真正内涵，则很少顾及。这一方面源于古人解经的习惯，重述而不重作。另一方面也与古人逞才使气炫耀学问有关。然诗歌作为一种创作，首先必具独创性，应具自己真实的面目。如处处求出处，岂不成了古人文字奴才，陈陈相因的结果必然会成为一堆文字垃圾，又有何价值可言？

## 东坡先生省试《刑赏忠厚之至论》

**题解**

本文选自《老学庵笔记》卷八，题目为编者所加。与上则一样，同样表达了作者写作率意而为，不计出处，唯求内容的表达为上的原则。作者引用了苏东坡参加科考的一则逸事，意在说明，文字写作，词自己出，方能自然而功，如处处考知出处，必有碍于思想的表达，故欲得工巧，反而不能。

东坡先生省试《刑赏忠厚之至论》有云[1]：“皋陶为士[2]，将杀人。皋陶曰：‘杀之’三。尧曰‘宥之’三[3]。”梅圣俞为小试官[4]，得之以示欧阳公[5]。公曰:“此出何书?”圣俞曰:“何须出处?”公以为皆偶忘之[6],然亦大称叹。初欲以为魁[7],终以此不果[8]。及揭榜,见东坡姓名,始谓圣俞曰:“此郎必有所据,更恨吾辈不能记耳。”及谒谢[9],首问之,东坡亦对曰:“何须出处?”乃与圣俞语合。公赏其豪迈,太息不已[10]。

注释

〔1〕东坡先生:指苏轼,号东坡。省试,指在尚书省的考试,由礼部负责。按苏轼于嘉祐二年(1057)参加省试,时欧阳修为主试官。

〔2〕皋陶(gāo yáo):传说为舜时掌管刑法之臣,苏轼误为帝尧之师。

〔3〕宥(yòu):赦免。　三:连续三次。

〔4〕梅圣俞:梅尧臣(1002—1060),字圣俞,宣城(今属安徽)人,北宋著名诗人。

〔5〕欧阳公:指欧阳修。

〔6〕偶忘之:以为偶然忘了(这一句的)出处。

〔7〕魁:第一名。

〔8〕未果:没有实现。

〔9〕谒谢:指考中的考生事后谒见宗师(考官)表示感谢。

〔10〕太息:叹息。

新评

成就大学问、大作家者,必能自出己意,独出心裁。古往今来,多少大文学家何尝不是这样。然今人论文,必得立一固定不易之标准来衡量千差万别的文章,其实文章千古事,得失寸心知,是很难用现成的标准来评其差别好坏的,就此意义讲,任何一种考试都有其不合理之处。欲以考试求得人才,难矣!设使苏东坡不遇欧阳修与梅尧臣,又怎能脱颖而出,成就一代文豪的地位?

# ◎附　录

## 陆游行年略考

陆游(1125—1210),字务观,号放翁,晚号龟堂老人,宋越州山阴县(今浙江绍兴)人。祖父佃,字农师,王安石弟子。宋徽宗时,官至尚书左丞(宰相的次官),后被贬亳州(今安徽亳州)知州。父亲陆宰,字符钧,曾官朝请大夫,直秘阁,京西路转运副使。母唐氏,晁冲之女甥。陆游有兄二、弟一。长兄淞,官至知辰州;仲兄浚,官至岳州通判;弟浸,官至泉州、严州通判。原配唐琬,被出;继配王氏,生有子七人:子虡,官知江州;子龙,官东阳令;子修,官知江宁军;子坦,官知安丰军;子约,官知辰州军;子布,官淮南东路提刑;子適,官知严州。

**宋徽宋宣和七年,乙巳(1125),一岁**

本年十月十七日(公历十一月十三日),父宰由寿春赴京师途中,泊舟淮河岸边。平旦大风雨,陆游生。时陆宰年三十八,游长兄淞十七,次兄浚十三。

这年,金大举南侵,徽宗传位太子赵桓,是为钦宗。

**宋钦宋赵桓靖康元年,丙午(1126),二岁**

父宰以京西转输饷军,留泽潞,家寓荥阳。四月,宰罢京西转运副使,由荥阳南迁寿春。

正月,以主战派李纲为东京留守、同知枢密院事。金兵渡河南侵,太学生陈东等上书,请斩六贼以谢天下。九月,投降派贬逐李纲。闰十一月,金兵破京师,钦宗往金营请降。

此年,岳飞二十三岁。

**靖康二年、宋高宗赵构建炎元年,丁未(1127),三岁**

三月,张邦昌在金人卵翼下建立伪政权,即伪位,僭号大楚。四月,金俘二帝及宋皇族北去。五月,康王赵构即位于南京(商丘),改元建炎,是为宋高宗,以李纲为相,宗泽知开封。八月,李纲罢相。九月,张邦昌伏法。王彦赴太行组织忠义军。

**建炎四年,庚辰(1130),六岁**

随父陆宰到东阳避难,依地方武装首领陈宗誉。

本年正月,金破定海、明州。四月,宋败金于江上,高宗至越州。九月,金立刘豫为齐帝。十月,金放秦桧还。次年,高宗以秦桧为参知政事。八月,为相。

**绍兴四年,甲寅(1134),十岁**

上年,陆游全家由父亲带领回到山阴。本年,陆游入乡校,从韩有功及从父彦远读书。

吴玠大败金人于仙人关。九月，赵鼎为相。

**绍兴六年，丙辰(1136)，十二岁**

陆游已能诗文。以门荫补登仕郎。

太行山忠义社梁兴等百馀人归岳飞，王彦率所部八字军万人赴临安。

**绍兴九年，己未(1139)，十五岁**

二月，李纲、张浚、赵鼎等主战派人物均被贬至远方。三月，金以河南地归宋，宋金交割地界。秋，河北起义军云集太行山。十月，太行山义士王忠植取石州等十一郡。参知政事李光因不附和议罢官。

李光罢官归山阴，常访陆宰聚谈，每言及秦桧误国，愤切慷慨，形于辞色。

**绍兴十年，庚申(1140)，十六岁**

本年，陆游到临安应试。

五月，金取河南、陕西等地。六月，刘锜破金于顺昌；吴璘破金于石壁寨；岳飞破金于京西；韩世忠破金于淮东。七月，岳飞大败金于朱仙镇。高宗用秦桧谋，诏命岳飞班师。次年十一月，宋金和议成，宋帝称臣。十二月，岳飞遇害。

**绍兴十二年，壬戌(1142)，十八岁**

始从爱国诗人曾几游。《剑南诗稿》存诗始于本年。

**绍兴十四年，甲子(1144)，二十岁**

与唐琬结婚。琬后为游母不喜，陆游被迫休弃唐琬。

**绍兴十七年，丁卯(1147)，二十三岁**

在山阴与王氏结婚，次年生长子。父亦卒于次年，年六十一。

**绍兴二十三年，癸酉(1153)，二十九岁**

赴临安考试，考官陈之茂置为第一。

次年赴礼部考试，主考官置游前列，以论恢复语触秦桧，为秦黜落。归山阴后，居云门山草堂读兵书两年。

**绍兴二十五年，乙亥(1155)，三十一岁**

在山阴，春日游禹迹寺南沈氏园，与唐琬相遇。

本年十月，秦桧死。

**绍兴二十八年，戊寅(1158)，三十四岁**

始出仕，为福州宁德县主簿。

**绍兴二十九年，己卯(1159)，三十五岁**

调官福州决曹。

**绍兴三十年，庚辰(1160)，三十六岁**

正月，自福州北归，再到临安，任敕令所删定官，居百官宅。

**绍兴三十一年，辛巳(1161)，三十七岁**

本年七月，再为大理司直，兼宗正簿。十月，以敕令所罢，返山阴。冬，再入都为史官。有《代乞分兵取山东札子》。

本年九月，金主完颜亮大举侵宋，济南辛弃疾聚义军三千人投耿京。十月，金后方立完颜雍为帝。十一月，虞允文破完颜亮于采石，亮为部下杀死。金遣人与宋议和。

**绍兴三十二年，壬午(1162)，三十八岁**

九月，任枢密院编修官兼编类圣政所检讨官，与范成大、周必大等同官。得史浩等荐，赐进士出身。

**宋孝宗赵昚隆兴元年，癸未(1163)，三十九岁**

因与张焘等论龙大渊、曾觌结党事，触怒孝宗。五月，被出为镇江通判，先返山阴。

本年正月，张浚为枢密使，赴建康准备北伐。五月，张浚败金兵。因诸将不协，宋师复大溃于符离。

**乾道元年，乙酉(1165)，四十一岁**

七月，改任通判隆兴军事，取道建康赴任。

**乾道二年，丙戌(1166)，四十二岁**

言官论陆游“交结台谏，鼓唱是非，力说张浚用兵”，罢归返山阴。

**乾道五年，己丑(1169)，四十五岁**

在山阴。十二月得报，以左奉议郎为通判夔州军州事。以久病，本年未启程。

下年闰五月，自山阴启程赴夔州。十月到夔州，成《入蜀记》六卷。

**乾道八年，壬辰(1172)，四十八岁**

四川宣抚使王炎召游为权四川宣抚使司干办公事兼检校官。游正月启行，三月抵达王炎幕府，协助王炎积极备战。十月，被调为成都府路安抚司参议官。十一月，自南郑启程，岁末抵成都。

**乾道九年，癸巳(1173)，四十九岁**

春，权通判蜀州事；夏，摄知嘉州事。

**淳熙元年，甲午(1174)，五十岁**

春，离嘉州返蜀州任。冬，摄知荣州事。

**淳熙二年，乙未(1175)，五十一岁**

正月，离荣州任，赴成都任成都路安抚司参议官兼四川制置使司参议官。

六月，范成大知成都府，权四川制使。

**淳熙三年，丙申(1176)，五十二岁**

六月免官，奉祠。九月，有知嘉州新命，以臣僚言其代理知嘉州宴饮颓放，罢新命，改为主管台州桐柏山崇道观。因自号放翁。

**淳熙五年，戊午(1178)，五十四岁**

本年正月，奉诏还朝。二月离成都，秋抵临安。召对，除提举福建常平茶盐公事。冬季抵建安任所。

**淳熙六年，己亥(1179)，五十五岁**

本年秋，奉诏归临安，改提举江南西路常平茶盐公事，十二月到抚州上任。次年为给事中赵汝愚劾奏，罢归山阴。此后，在山阴五年。

**淳熙十三年，丙午(1186)，六十二岁**

春，赴临安入见孝宗，被任知严州。七月到任所。

**淳熙十五年，戊申(1188)，六十四岁**

严州任满，七月还山阴。冬，除军器少监，至临安。

**淳熙十六年，己酉(1189)，六十五岁**

正月，除授礼部郎中。四月，兼膳部郎中。七月，兼实录院检讨官。十一月，被劾罢官归里。此后十三年，常在山阴居住。

**嘉泰二年，壬戌(1202)，七十八岁**

五月，宁宗宣召以原官提举佑神观兼实录院同修撰兼同修国史。六月至临安，十二月，除秘书监。

**嘉泰三年，癸亥(1203)，七十九岁**

正月，任宝谟阁待制。四月，修史成，请致仕。除提举江州太平兴国宫。五月，归山阴。

**嘉定二年己巳(1209)，八十五岁**

在山阴。立秋以后，得膈上疾。十二月二十九日(公历1210年1月26日)逝世。

## 陆游研究主要文献资料

**《四库全书》版陆游著作：**

《入蜀记》四卷

《陆氏南唐书》十八卷

《老学庵笔记》十卷

《剑南诗稿》八十五卷

《渭南文集》五十卷(其中包括词二卷，《入蜀记》五卷)

《放翁诗选》十九卷(前集十卷，后集八卷，别集一卷)

《放翁词》一卷

**今本陆游著作及作品研究版本：**

游国恩、李易《陆游诗选》，人民文学出版社，1957年版

蔡竹屏《陆放翁诗词选》，浙江人民出版社，1958年版

《陆游集》全五册(书后附今人孔凡礼《陆游佚著辑存》)，中华书局，1976年版

朱东润《陆游选集》，上海古籍出版社，1979年版

苏州市教育局教研室《陆游诗词选析》，江苏人民出版社，1980年版

夏承焘、吴熊和《放翁词编年笺注》，上海古籍出版社，1981年版

刘逸生、陆应南《陆游诗选》，广东人民出版社，1984年版

钱仲联《剑南诗稿校注》全八册(中国古典文学丛书)，上海古籍出版社，1985年版

孔镜清《陆游诗文选注》，上海古籍出版社，1987年版

徐放《陆游诗今译》，宝文堂书局，1988年版

康锦屏《陆游名篇赏析》，北京出版社，1989年版

陆坚主编《陆游诗词赏析集》，巴蜀书社，1990年版

王水照、高克勤《陆游选集》，人民文学出版社，1997年版

邹志方《陆游诗词浅释》，海南出版社，1997年版

吴熊和主编《唐宋词汇评》第三卷《陆游》(103首词)，浙江教育出版社，2004年版

**关于陆游的年谱：**

于北山《陆游年谱》，上海中华书局，1961年版；上海古籍出版社，1985年版

欧小牧《陆游年谱》，人民出版社，1981年版

夏承焘、吴熊和《陆游年谱简编》(《放翁词编年笺注》附录)，上海古籍出版社，1981年版

周宪文《陆放翁年谱》，《铭传学报》1982年第十九期

陆坚《陆游年谱简编》(《陆游诗词赏析集》附录)，巴蜀书社，1990年版

**关于陆游的传记：**

《宋史》卷三九五《陆游传》

蔡增杰《陆放翁评传》，《南开周刊》1930年第89、99期

祁述祖《陆游评传》，《天风》1937年第1期

冬青《陆游评传》，《南风》1938年第14卷第1期

欧小牧《爱国诗人陆游》，上海古典文学出版社，1957年版

齐治平《陆游传论》，上海古典文学出版社，1958年版；岳麓书社，1984年版

孔凡礼、齐治平《古典文学研究资料汇编——陆游卷》,中华书局,1962年版

容若《陆游评传》,《书和人》1966年第24期第1辑

刘维崇《陆游评传》,台湾正中书局,1966年版

周慷燮等《陆游研究汇编》,香港崇文书局,1975年

齐治平《陆游》,上海古籍出版社,1978年版

郑光《陆游传》,中州书画社,1982年版

喻朝刚《陆游》,黑龙江人民出版社,1983年版

储东润《陆游传》,台湾国际文化事业公司,1985年版

朱传誉主编《陆游研究资料》五册,台北天一出版社,1985年。

朱东润《陆游传》,上海中华书局,1960年版;台北华世出版社,1984年版;海南出版社,1993年版

## 《陆游集》名言警句

△平生万里心,执戈王前驱。(《夜读兵书》)(第003页)

△风力渐添帆力健,橹声常杂雁声悲。(《望江道中》)(第009页)

△白发无情侵老境,青灯有味似儿时。高梧策策传寒意,叠鼓冬冬迫睡期。(《秋夜读书每以二鼓尽为节》)(第010页)

△纤纤女手桑叶绿,漠漠客舍桐花春。(《上巳临川道中》)(第012页)

△五更欹枕一凄然,梦里扁舟水接天。(《上巳临川道中》)(第012页)

△山重水复疑无路,柳暗花明又一村。箫鼓追随春社近,衣冠简朴古风存。(《游山西村》)(第014页)

△身游万死一生地,路入千峰百嶂中。(《晚泊》)(第015页)

△江声不尽英雄恨,天意无私草木秋。(《黄州》)(第016页)

△君看赤壁终陈迹,生子何须似仲谋!(《黄州》)(第017页)

△章华歌舞终萧瑟,云梦风烟旧莽苍。草合故宫惟雁起,盗穿荒冢有狐藏。(《哀郢二首》)(第018页)

△将军坛上冷云低,丞相祠前春日暮。(《山南行》)(第021页)

△会看金鼓从天下,却用关中作本根。(《山南行》)(第021页)

△此身合是诗人未?细雨骑驴入剑门。(《剑门道中遇微雨》)(第024页)

△逆胡未灭心未平,孤剑床头铿有声。(《三月十七日夜醉中作》)(第026页)

△丈夫五十功未立,提刀独立顾八荒。京华结交尽奇士,意气相期共生死。(《金错刀行》)(第028页)

△呜呼,楚虽三户能亡秦,岂有堂堂中国空无人!(《金错刀行》)(第028页)

△壮心未许全消尽，醉听檀槽出塞声。(《醉中感怀》)(第030页)

△丈夫出门无万里，风云之会立可乘。追奔露宿青海月，夺城夜踏黄河冰。(《胡无人》)(第031页)

△巴酒不能消客恨，蜀巫空解报归期。(《秋夜怀吴中》)(第035页)

△万里因循成久客，一年容易又秋风。(《宴西楼》)(第036页)

△人生不作安期生，醉入东海骑长鲸，犹当出作李西平，手枭逆贼清旧京。金印煌煌未入手，白发种种来无情。(《长歌行》)(第037页)

△国仇未报壮士老，匣中宝剑夜有声。何当凯旋宴将士，三更雪压飞狐城！(《长歌行》)(第037页)

△令传雪岭蓬婆外，声震秦川渭水滨。(《成都大阅》)(第039页)

△时平壮士无功老，乡远征人有梦归。(《春残》)(第043页)

△闭门种菜英雄老，弹铗思鱼富贵迟。生拟入山随李广，死当穿冢近要离。(《月下醉题》)(第044页)

△天上但闻星主酒，人间宁有地埋忧？(《江楼醉中作》)(第045页)

△山河兴废供搔首，身世安危入倚楼。横槊赋诗非复昔，梦魂犹绕古梁州。(《秋晚登城北门》)(第048页)

△朱门沉沉按歌舞，厩马肥死弓断弦。戍楼刁斗催落月，三十从军今白发。笛里谁知壮士心，沙头空照征人骨。(《关山月》)(第050页)

△青骊一出天之涯，年年伤春抱琵琶。(《浣花女》)(第052页)

△九万里中鲲自化，一千年外鹤仍归。(《寓驿舍》)(第053页)

△依依向我不忍别，谁似峨嵋半轮月。(《舟中对月》)(第055页)

△江山重复争供眼，风雨纵横乱入楼。(《南定楼遇急雨》)(第057页)

△一千五百年间事，只有滩声似旧时。(《游楚城》)(第058页)

△戏招西塞山前月，来听东林寺里钟。(《六月十四日宿东林寺》)(第060页)

△黯黯江云瓜步雨，萧萧木叶石城秋。孤臣老抱忧时意，欲请迁都涕已流。(《登赏心亭》)(第061页)

△放尽樽前千里目，洗空衣上十年尘。萦回水抱中和气，平远山如蕴藉人。更喜机心无复在，沙边鸥鹭亦相亲。(《登拟岘台》)(第066页)

△老子犹堪绝大漠，诸君何至泣新亭。一身报国有万死，双鬓向人无再青。(《夜泊水村》)(第070页)

△诸公尚守和亲策，志士虚捐少壮年！京洛雪消春又动，永昌陵上草芊芊。(《感愤》)(第071页)

△早岁那知世事艰？中原北望气如山。楼船夜雪瓜洲渡，铁马秋风大散关。塞上长城空自许，镜中衰鬓已先斑。《出师》一表真名世，千载谁堪伯仲间？(《书

愤》)(第 073 页)

△小楼一夜听春雨,深巷明朝卖杏花。矮纸斜行闲作草,晴窗细乳戏分茶。(《临安春雨初霁》)(第 074 页)

△铁马渡河风破肉,云梯攻垒雪平壕。(《雪中忽起从戎之兴戏作四首》)(第 076 页)

△十万貔貅出羽林,横空杀气结层阴。(《雪中忽起从戎之兴戏作四首》)(第 076 页)

△三万里河东入海,五千仞岳上摩天。遗民泪尽胡尘里,南望王师又一年!(《秋夜将晓出篱门迎凉有感二首》)(第 078 页)

△诗家三昧忽见前,屈贾在眼元历历。天机云锦用在我,剪裁妙处非刀尺。(《九月一日夜读诗稿有感走笔作歌》)(第 080 页)

△僵卧孤村不自哀,尚思为国戍轮台。夜阑卧听风吹雨,铁马冰河入梦来。(《十一月四日风雨大作二首》其二)(第 082 页)

△百榼旧曾夸席地,一窗今复幻壶天。梦回橙在屏风曲,雨霁梅迎拄杖前。(《书室明暖,终日婆娑其间,倦则扶杖至小园,戏作长句二首》)(第 084 页)

△重帘不卷留香久,古砚微凹聚墨多。月上忽看梅影出,风高时送雁声过。(《书室明暖,终日婆娑其间,倦则扶杖至小园,戏作长句二首》)(第 084 页)

△自恨不如云际雁,南来犹得过中原。(《枕上偶成》)(第 087 页)

△吴中近事君知否?团扇家家画放翁。(《六月二十四日夜分,梦范致能、李知几、尤延之同集江亭,诸公请予赋诗,记江湖之乐,诗成而觉,忘数字而已》)(第 088 页)

△孤灯无焰穴鼠出,枯叶有声邻犬行。壮日自期如孟博,残年但欲慕初平。(《枕上作》)(第 090 页)

△共道功名方迫逐,岂知老病只逡巡。(《忆昔》)(第 091 页)

△叹息老来交旧尽,睡来谁共午瓯茶?(《幽居初夏》)(第 092 页)

△白发萧萧卧泽中,只凭天地鉴孤忠。(《书愤二首》)(第 094 页)

△细雨春芜上林苑,颓垣夜月洛阳宫。壮心未与年俱老,死去犹能作鬼雄。(《书愤二首》)(第 094 页)

△镜里流年两鬓残,寸心自许尚如丹。衰迟罢试戎衣窄,悲愤犹争宝剑寒。(《书愤二首》)(第 094 页)

△城上斜阳画角哀,沈园非复旧池台。伤心桥下春波绿,曾是惊鸿照影来。(《沈园二首》)(第 097 页)

△万里关河孤枕梦,五更风雨四山秋。(《枕上作》)(第 100 页)

△何方可化身千亿?一树梅前一放翁。(《梅花绝句》)(第 102 页)

△稼轩落笔凌鲍谢,退避名声称学稼。(《送辛幼安殿撰造朝》)(第 103 页)

△天山挂旆或少须,先挽银河洗嵩华。(《送辛幼安殿撰造朝》)(第 104 页)

△深仇积愤在逆胡,不用追思灞亭夜。(《送辛幼安殿撰造朝》)(第 104 页)

△五丈原头刁斗声，秋风又到亚夫营。昔如埋剑常思出，今作闲云不计程。（《秋夜思南郑军中》）（第106页）

△死去元知万事空，但悲不见九州同。王师北定中原日，家祭无忘告乃翁。（《示儿》）（第111页）

△元知造物心肠别，老却英雄似等闲！（〔鹧鸪天〕“家住苍烟落照间”）（第113页）

△逢人问道归何处，笑指船儿此是家。（〔鹧鸪天〕“懒向青门学种瓜”）（第114页）

△零落成泥碾作尘，只有香如故。（〔卜算子〕“驿外断桥边”）（第116页）

△春如旧，人空瘦，泪痕红浥鲛绡透。桃花落，闲池阁，山盟虽在，锦书难托。（〔钗头凤〕“红酥手，黄縢酒”）（第120页）

△绣屏惊断潇湘梦，花外一声莺。（〔乌夜啼〕“金鸭馀香尚暖”）（第123页）

△朝云梦断知何处，倩双燕、说与相思。从今判了，十分憔悴，图要个人知。（〔一丛花〕“尊前凝伫漫魂迷”）（第129页）

△难求系日长绳，况倦客飘零少旧朋。（〔沁园春〕“一别秦楼”）（第132页）

△烟波无际，望秦关何处？叹流年又成虚度。（〔谢池春〕“壮岁从戎”）（第139页）

△此生谁料，心在天山，身老沧洲。（〔诉衷情〕“当年万里觅封侯”）（第149页）

△自许封侯在万里。有谁知，鬓虽残，心未死！（〔夜游宫〕“雪晓清笳乱起”）（第151页）

△从今去，任东西南北，作个飞仙。（〔大圣乐〕“电转雷惊”）（第154页）

△行遍天涯真老矣，愁无寐，鬓丝几缕茶烟里。（〔渔家傲〕“东望山阴何处是”）（第158页）

△重到故乡交旧少，凄凉，却恐他乡胜故乡。（〔南乡子〕“归梦寄吴樯”）（第160页）

图书在版编目（CIP）数据

陆游集 /（宋）陆游著；王增斌解评 . —2 版 . —太原：三晋出版社，2008. 8（2024.5 重印）
（中国家庭基本藏书 · 名家选集卷）
ISBN 978 – 7 – 80598 – 985 – 3 – 01

Ⅰ. 陆… Ⅱ. ①陆…②王… Ⅲ. ①宋词—选集②古典诗歌—作品集—中国—南宋③古典散文—作品集—中国—南宋 Ⅳ. I214.422

中国版本图书馆 CIP 数据核字（2008）第 112033 号

陆游集

著　　者：（宋）陆　游　　解 评 者：王增斌

责任编辑：李永明　　审 订 者：李永明
封面设计：敬人工作室　　版式设计：敬人工作室
责任校对：李永明　　责任印制：李佳音

出版发行：山西出版集团 · 三晋出版社
地　　址：太原市建设南路 21 号
电　　话：（0351）4956036（咨询）　4922268（邮购）
传　　真：（0351）4922102
网　　址：www.sxskcb. com
邮　　编：030012

印刷装订：山西新华印业有限公司
（本书如有破损、缺页、装订错误，请与本社联系调换）

开　　本：787mm × 960mm　1/16
字　　数：230 千字
印　　张：13.25
版　　次：2008 年 8 月第 2 版
印　　次：2024 年 5 月第 2 次印刷
书　　号：ISBN 978 – 7 – 80598 – 985 – 3 – 01
定　　价：52.00 元